Collins | Die Tribute von Panem auf Lateinisch

Suzanne Collins

Die Tribute von Panem auf Lateinisch

De sortibus Pani tributis

Ausgewählt, übersetzt und eingeleitet
von Markus Janka und Michael Stierstorfer

Reclam

Zu den Originalausgaben und den deutschen Übersetzungen siehe die Übersicht auf Seite 22.

RECLAMS UNIVERSAL-BIBLIOTHEK Nr. 19646
2021 Philipp Reclam jun. Verlag GmbH,
Siemensstraße 32, 71254 Ditzingen

Umschlagschrift und -abbildung: © Verlag Friedrich Oetinger, Hamburg
Druck und Bindung: Eberl & Koesel GmbH & Co. KG,
Am Buchweg 1, 87452 Altusried-Krugzell
Printed in Germany 2021

ISBN 978-3-15-019646-5
www.reclam.de

Inhalt

Anhang

Einleitung: Bezüge zur griechisch-römischen Kultur

»Waffen und Mann besinge ich ...«. Mit diesen vielzitierten Worten hat Vergil sein Hauptwerk, das Epos *Aeneis*, begonnen. Den Vers »Waffen besingt das Mädchen, das der Führung als Erste getrotzt hat ...« hätte Suzanne Collins ihren ersten drei Bänden über *The Hunger Games* oder *Die Tribute von Panem* als Motto voranstellen können, wenn sie sie auf Lateinisch verfasst hätte. In diesen drei Bänden erzählt die jugendliche Jägerin Katniss aus Distrikt 12 über das ihr und ihrem Umfeld auferlegte Schicksal und das harte und mühselige Leben, das die arrogante Oberschicht des sogenannten Kapitols der einfachen Bevölkerung in den übrigen Distrikten aufbürdet. Diese hat nicht nur an Mangel und Unterernährung zu leiden, sondern wird zudem durch Showveranstaltungen von höchster Grausamkeit auf perverse Weise unterdrückt und gequält.

Die »Hungerspiele« scheinen die Gladiatorenspiele der alten Römer in die jüngste (ja sogar zukünftige) Zeit zu übertragen. In dieser dystopischen Welt haben aber nicht verwegene und professionell ausgebildete Gladiatoren mit Netz oder Schwert um ihr Leben zu kämpfen, sondern Mädchen und Jungen, die durch ein Losverfahren ausgewählt und dann zu diesem *Brot* und diesen *Spielen* geschickt werden. Diese Tribute bieten auch eine moderne Version der Geschichten um die athenischen Tribute: Die Athener müssen darin nach einer Niederlage im Krieg gegen Minos dem kretischen Minotaurus Menschenopfer darbringen, bis Theseus heroisch dieses ungeheuerliche Mischwesen unschädlich macht und die aus seiner Stadt stammenden Jugendlichen rettet. Hier übernimmt Katniss teilweise die Theseus-Rolle, indem sie ihren Freund Peeta und andere Kameraden beschützt. In der Kampfarena kann sie, gefestigt durch die starke innere Bindung an Familie und Freunde, zweimal das mit modernster Technik und Missbrauch der natürlichen Umwelt als Waffe arbeitende Kapitol überwinden und schließlich sogar das Ungeheuer der Diktatur bändigen.

Doch Suzanne Collins hat nicht nur Beispiele und Handlungsmuster aus der griechischen und römischen Geschichte und Mythologie eingearbeitet, sondern überdies zahlreiche lateinische und einige griechische Namen verwendet. Sie bedient sich also der antiken Hochkultur auf verschiedenen Ebenen: 1. als Metanarrativ des Plots; 2. als Lieferant für Charakteronyme, Gruppenbezeichnungen und Motti; 3. als Quelle zur Schaffung von Heldenfiguren; und 4. als Quelle für archaische Gegenstände und Orte. All dies wollen wir im Folgenden herausarbeiten.

Es war uns eine Freude, Schlüsselstellen dieser drei Bände in die Sprache zurückzubringen, aus der so viele Motive und Namen stammen. Wir waren bestrebt, mit Ausdrücken, die dem lateinischen Sprachgebrauch der Jetztzeit angemessen sind, Gehalt und Sprachgestalt von Collins' Formulierungen auf Lateinisch zu vermitteln. Wer das neueste lebendige Latein zu schätzen weiß, wird daran seine Freude haben.[1]

Von Herzen danken wir an dieser Stelle unseren Freunden und Kollegen Raimund Fichtel, der mit hellwachem Sprachgefühl und bewundernswerter Sorgfalt unseren lateinischen Stil ausfeilte und dabei von unserem mit glänzendem Scharfsinn begabten Berkan Sariaydin unterstützt wurde, und Patrick König, der mit unermüdlichem Fleiß und kluger Gründlichkeit das lateinisch-deutsche Wörterverzeichnis erstellt hat, das allen Leserinnen und Lesern, ob jung oder älter, höchst nützlich sein wird.

1 Für einen Einsatz im Unterricht siehe das Unterrichtskonzept in Stierstorfer 2017.

Der Theseus-Mythos

In den *Tributen* fließt der Theseus-Mythos auf zwei Ebenen ein: im Setting der labyrinthartigen Kampfarena und im Motiv der Auslosung von Tributen als Opfer für ein tyrannisches System. Die prominenteste Stelle aus der römischen Literatur, die eine Opferung von Tributen thematisiert, ist Ovid, *Metamorphosen* 8,152–181. Darin verarbeitet der Verwandlungsdichter das Motiv im Rahmen seiner ›Theseis‹, in der er die vortrojanische Heldengeneration fokussiert:[2] Nach dem Sieg von Kreta über Athen fordert König Minos jedes neunte Jahr je sieben Jünglinge und Mädchen als Tribute für den Stiermenschen Minotaurus, den außerehelichen Sohn seiner Frau Pasiphae. Theseus lässt sich freiwillig als Opfer für den Stiermenschen auswählen, um dem brutalen Morden ein Ende zu bereiten, und begibt sich in das Labyrinth. Dank dem berühmten Faden der in ihn verliebten Ariadne verirrt er sich im Irrgang nicht; er bringt das Ungeheuer mit seinen bloßen Fäusten zur Strecke und segelt schließlich zurück nach Athen (Ariadne setzt er unterwegs auf der Insel Dia/Naxos aus).

Die existentielle Bedrohung, die von der Losung der Tribute als neue Opfer für den Minotaurus ausgeht, wird durch die Transponierung in eine futuristische Moderne in den *Tributen* noch verschärft: Wie in der Standardversion von Ovid ist sie als Motiv für eine Tyrannei funktionalisiert. Anders als bei Ovid taucht hier kein Stiermensch auf, dafür aber andere, noch schrecklichere Hybridwesen, wie Riesenwespen, Wolfsmenschen, Monsteraffen, humanoide Vögel oder Echsenmenschen.[3] In den *Tributen* hat Athen keinen Krieg gegen Kreta verloren, sondern die Distrikte unterliegen im Rahmen eines

2 Vgl. Janka und Stierstorfer 2015.

3 Vgl. S. Mills, »Classical Elements and Mythological Archetypes in

Aufstands dem Kapitol. Jedes Jahr werden zwölf Mädchen und zwölf Jungen, die das zwölfte Lebensjahr erreicht haben oder älter sind, per Los für die Arena ausgewählt. Durch diese höhere Frequenz der Opferspiele und durch die höhere Zahl an Tributen ist der Leidenszustand der Distrikte gegenüber dem von Athen aus der Standardversion noch verschärft. Wie Theseus meldet sich auch Katniss freiwillig, nämlich als Ersatz für ihre kleine Schwester Primrose – kurz Prim –, auf die das Los eigentlich gefallen ist. Nach einer längeren Trainingsphase wird sie mit den anderen Tributen in eine verschlungene, labyrinthartige Arena gebracht. Diese ist im Untergrund wie ein verwinkeltes Labyrinth organisiert, und auch an der Oberfläche ist sie verwirrend und unüberschaubar. Analog zur mythologischen Vorlage wird als Höhepunkt der Kampf zwischen Mensch und Mischwesen inszeniert. Das Labyrinth des Minotaurus ist daher in dieser Adaption als despotischer Ort der Machtausübung einer dekadenten Oberschicht funktionalisiert. Die durch die neueste Technik des Kapitols evozierten Fallen und Überwachungsmechanismen, die sich in der Arena befinden, stehen bei Collins für die Unterdrückung von demokratisch gesinnten Menschen durch einen totalitären Staat, an dessen Spitze ein Tyrann steht und der eine Zwei-Klassen-Gesellschaft etabliert: Während die niederen Bewohner der Distrikte ausgebeutet werden, können wenige höhergestellte Auserwählte unermesslichen Reichtum genießen.

In der Tradition des Theseus ist Katniss als messianische Figur inszeniert, die der Schreckensherrschaft eines tyrannischen Staates ein Ende bereiten will, um die Menschen von ihrem Leid zu befreien. Während Theseus dies durch den Sieg über den Minotaurus erreicht, genügt es bei Katniss nicht, die

The Hunger Games«, in: *New Voices In Classical Reception Studies*, H. 10 (2015) S. 56 f.

Spiele *einmal* zu gewinnen und deren Regeln mit List außer Kraft zu setzen. Vielmehr muss sie in der Trilogie *dreimal* in das Labyrinth der Hungerspiele steigen. So schafft sie es mithilfe ihrer Klugheit in Band 2, eine systematischen Gesetzen gehorchende Arena, die je nach Uhrzeit an bestimmten Orten perfide Fallen generiert, technisch außer Kraft zu setzen, und in Band 3, als Galionsfigur einer riesigen Bewegung von Aufständischen das drakonische Regiment des Kapitols unter Führung von Präsident Coriolanus Snow zu beenden und sogar zu verhindern, dass ein neues tyrannisches Regiment unter Präsidentin Alma Coin entsteht. Dazu muss sie den labyrinthartigen Parcours um das Kapitol durchqueren, wo nicht nur in Form von verborgenen Kapseln Fallen lauern, sondern sie sich den Weg auch zum Teil durch das katakombenartige Kanalsystem des Kapitols bahnen muss.

Das Labyrinth des Minotaurus ist in diesem Rezeptionsdokument lediglich in ein (post)modernes Gewand gehüllt und aufgrund der zahlreichen Fallen noch tückischer ausgestaltet als das Setting in der Standardversion von Ovid. Darüber hinaus ist es jedoch auch zu einem Rhizom erweitert. Während es in der Antike nur ein einziges unveränderbares Labyrinth gab, wird in der Trilogie jedes Jahr ein neues Labyrinth gebaut. Die alten können sogar als Attraktion besichtigt werden. Es werden also immer wieder neue Labyrinthe evoziert, und unterschiedliche Settings sorgen für Abwechslung.

Auch wenn das Labyrinth in eine Arena und der Minotaurus in andere Hybridwesen abgewandelt sind, dient die Theseus-Sage somit als Metanarrativ der Trilogie, freilich an der Textoberfläche nur schwach markiert. Die Romanserie bildet folglich insgesamt eine »Schnittstelle zwischen Fantasy und Science Fiction«.[4]

4 Schüller 2014, S. 17.

Der Sirenen-Mythos

In Band 2 tauchen sirenenhafte Vögel als fiese Foltermittel des Kapitols auf: Die gewandte Kriegerin Katniss hört in der Arena in einem bewaldeten Teil, der von einem Dschungel umgeben ist, plötzlich das angsterfüllte Geschrei von ihr bekannten Personen, die eigentlich nicht an den Spielen beteiligt sind. Sie denkt im Affekt, diese seien vom Kapitol in die Arena verschleppt worden und schwebten nun in Lebensgefahr. Zunächst identifiziert sie die Stimme ihrer Schwester Prim und versucht verzweifelt, diese zu retten. Auf ihrer Suche bemerkt sie bald, dass Prims Worte von einem sogenannten Schnattertölpel kommen, einem mutierten schwarzen Vogel mit einer Haube aus Federn auf dem Kopf. Das Kapitol hat ihn eigentlich als Spitzel erschaffen, der sich die Worte von Rebellen merken und diese dem Kapitol weitergeben soll. Hier wird er jedoch zur Verwirrung und als Gehirnwäsche zum Brechen des Kampfwillens eingesetzt.

Katniss vernichtet den Vogel mit einem Pfeil, um den schrecklichen Klagelauten ein Ende zu setzen. Daraufhin beginnen andere Schnattertölpel die Stimmen von Gale und anderen Freunden der Protagonistin nachzuahmen. Katniss gerät in eine hysterische Raserei. Schließlich sammeln sich mehrere Schnattertölpel, aus deren Schnäbeln als Höhepunkt »ein sorgsam abgestimmter Chor des Grauens« ertönt. Katniss sinkt neben ihrem Begleiter Finnick, der sich die Ohren zuhält, zu Boden und rollt sich wie dieser zusammen. Da sie den Vögeln mithilfe von Waffengewalt keinen merklichen Schaden zufügen kann, blendet sie die Schreie von Prim, Gale, ihrer Mutter und weiteren Bekannten schließlich aus und beweist damit mentale Stärke. Auf diese Weise verstummt der Gesang der mutierten Vögel mit der Zeit, und Katniss wird von Peeta aus dem Dschungel getragen.

Anders als im Sirenen-Mythos sind die »Sirenen« hier keine geflügelten Frauen mit Vogelkörpern, sondern mutierte, schwarze Vogelwesen, die äußerlich an Elstern erinnern und von einem tyrannischen Regime erschaffen wurden. Darüber hinaus betören die sirenenhaften Wesen die Protagonisten nicht mit ihren Liedern und töten sie danach, sondern sie verwirren sie und möchten sie in den Wahnsinn treiben, indem sie die Stimmen von gequälten Verwandten und Freunden nachahmen. Nur mythenkundige Rezipienten dürften die intertextuelle Anspielung auf die Sirenen der *Odyssee* bemerken. Die Sirenen sind insgesamt als animalische Mutationen und Schergen des Kapitols inszeniert und zu Werkzeugen einer Tyrannei degradiert, die Menschen mit ihren Stimmen manipulieren: Die Heldin muss die Illusionen durchschauen, um die Wahrheit aufzudecken und um nicht den Verstand zu verlieren.[5]

Gladiatorenspiele

Collins bediente sich aber nicht nur am Mythos, sondern auch an der römischen Historie, v. a. den Gladiatorenspielen. Denn die Tribute kämpfen – wie ihre römischen Vorbilder das als eine Spielart taten – entweder gegen andere ›Gladiatoren‹ oder gegen wilde Tiere. Auch ihnen wird eine breite Aufmerksamkeit zuteil, die jedoch in einen modernen Voyeurismus durch digitale Überwachungstechnik mündet, sowie eine Popstar-ähnliche Verehrung. Der Unterschied besteht im Wesentlichen darin, dass die Arena weitere Fallen enthält, die mithilfe modernster Technik zum Einsatz kommen, und dass der Kampf anders als bei den Gladiatoren, die zumeist in

5 Vgl. dazu ausführlich: Stierstorfer 2016.

Paaren kämpften, eher ungeordnet stattfindet, auch wenn die Spiele strengen Regeln unterliegen.

Insgesamt haben wir eine verschärfte und modernisierte Variante von Gladiatorenkämpfen: Hier kämpfen keine erwachsenen Gladiatoren, sondern Kinder und Jugendliche mit dem primären Ziel des Tötens gegeneinander. Im alten Rom starben viel weniger Gladiatoren, weil deren Ausbildung sehr teuer war – ein großes Blutbad wäre einer ›Ressourcenverschwendung‹ gleichgekommen. Außerdem werden die Heranwachsenden durch ein Los gezwungen, gegeneinander anzutreten, wohingegen römische Gladiatoren nicht selten auch freiwillig gekämpft haben, um z. B. ihre Schulden zu tilgen.

Die Fabel des Menenius Agrippa

Und schließlich spielt der Name des besonders perfiden Herrschers über das Kapitol, Coriolanus Snow, auf das berühmte Exemplum bei Livius an (*Ab urbe condita* 2,33–40). Wie Präsident Snow die Bestrebungen nach Selbstbestimmung der niederen Bewohner der Distrikte unterdrückt, so möchte auch der Patrizier Coriolanus im frühen 5. Jh. v. Chr. die Plebejer schwächen, indem er deren höchste Vertreter, die Volkstribunen, infrage stellt. Auch Snow tut alles dafür, seine Macht zu festigen, indem er seine politischen Gegner auf jede erdenkliche Weise ausschalten lässt.

Im Film *Die Tribute von Panem. Mockingjay. Teil 1* (2014) schlüpft Snow zudem in die Rolle des Patriziers Menenius Agrippa: Das römische Volk verlässt im frühen 5. Jh. v. Chr. Rom, um gegen die stete Ungleichbehandlung zu protestieren. Menenius Agrippa erzählt ihm daraufhin die Fabel vom Magen und den Körpergliedern: Wenn die Glieder dem Magen den Dienst verweigern, schwächen sie sich letztlich selbst (*Ab urbe condita* 2,32). Auf eine ähnliche Weise setzt Snow das Kapitol mit den Distrikten in Beziehung, indem er betont, dass das Kapitol das Herz ist und die Distrikte das Blut. Diese Szene aktualisiert also die Ständekämpfe bei Livius und überträgt sie auf einen kapitalistischen Kontext. Denn zur Befriedigung der unzähligen Begierden der Einwohner des Kapitols liefert jeder der zwölf Distrikte andere Güter und Produkte.

Weitere Anleihen bei der griechisch-römischen Kultur

Um die römische Dekadenz der späten Kaiserzeit auf das Kapitol von Panem zu transferieren, hat Collins vielen der machthabenden Figuren Namen von oftmals negativ konnotierten römischen Machthabern gegeben. Der Name bringt also gewissermaßen entindividualisiert den dekadenten Lebensstil zum Ausdruck. Neben Coriolanus Snow ist hier der Stylist Cinna zu nennen, der nach dem Konsul und Optimatengegner Lucius Cornelius Cinna aus dem 2./1. Jh. v. Chr. benannt ist. Der Name von Cinnas Kollegin, Octavia, war zur Zeit des Augustus sehr prominent (dessen ältere Schwester hieß beispielsweise so). Auch folgende dekadente Kapitolbewohner tragen Vornamen aus dem Fundus der römischen Oberschicht: der Moderator Caesar Flickerman, der Spielemacher Seneca Crane, der Kommentator Claudius Templesmith und die Karriere-Tribute Cato und Brutus. Diese Namen zeigen einen ausschweifenden Lebensstil an und spiegeln somit eine Facette von deren Figurenkonzeption wider.

Diese Namen der Dekadenz stehen im Gegensatz zu den naturnahen Pflanzennamen der Familie der Protagonistin. Die englische Bezeichnung Katniss bedeutet »Pfeilkraut« – zugleich ein symbolischer Hinweis auf die Wehrhaftigkeit der Namensträgerin. Ihre Schwester heißt Primrose, »Primel«, deren Katze

»Butterblume«, ihre Mutter Lorel, »Lorbeer« (möglicherweise eine Anspielung auf *laurus*, den lateinischen Namen für »Daphne«). Somit spielt die gesamte Trilogie mit den Gegensätzen der bedrohlichen Naturferne und der lebensspendenden Naturnähe. Dadurch werden indirekt also Großstädte und deren Verlust des Naturbewusstseins kritisiert, während die einfache Landbevölkerung glorifiziert wird, weil sie sorgsam mit der Natur umgehe und mit kleinen, bescheidenen Dingen zufrieden sei.

Auch Namen aus der griechischen High Society kommen vor: Der Vorname des neuen Spielemachers und frühen Verbündeten der Rebellion Plutarch Heavensbee stammt von dem altgriechischen Schriftsteller Plutarch, einem kaiserzeitlichen Philosophen und Biographen. Vielleicht ist es gerade dieser altgriechische Name, der anzeigt, dass Plutarch Heavensbee eigentlich kein Anhänger des römisch dekadenten Kapitols, sondern, wie sich am Ende von Band 2 herausstellt, ein Rebell ist.

Andere Namen sind mythologisch motiviert: So lassen sich die Namen der beiden Kameramänner Castor und Pollux auf die beiden Dioskuren aus der griechisch-römischen Mythologie zurückführen. In den *Tributen* filmen sie mit nahezu unbändiger Kraft Katniss bei Kriegsszenarien, im Mythos kämpfen sie Seite an Seite tapfer gegen Roms Feinde, so dass sie sogar einen Tempel auf dem Forum erhalten haben. In der Mythenversion Ovids sind die beiden Brüder, die zudem sehr gut ringen bzw. auf Pferden reiten können.

Wieder andere Namen wurden aus lateinischen Begriffen geformt und verstärken somit den Charakter der jeweiligen Figuren. So bedeutet der Vorname der Präsidentin der Revolution Alma Coin »die Nährende«, was darauf hinweisen könnte, dass sie die Revolution mit ihrem Antrieb gewissermaßen nährt. Und die ehemalige Stylistin bei den Hungerspielen und Unterwäscheverkäuferin Tigris hat eine äußerliche Transformation zu einem Raubtier unternommen, worauf bereits ihr Name hindeutet, »Tiger« (*tigris, -is*).

Auch bei Gegenständen spielt das Lateinische eine Rolle: So erhalten heranwachsende Distriktangehörige im ersten Band einen Tesserastein, wenn sie ihren Namen für eine sparsame Jahresration Getreide und Öl öfter in den Lostopf für die Hungerspiele werfen lassen. Das lateinische Wort *tessera, -ae* bezeichnet nachklassisch in Verbindung mit *frumentaria* eine Berechtigungsmarke für den Getreideempfang. Und schließlich bedeutet der Name des titelgebenden Landes Panem, das eine Art futuristisches Nordamerika darstellt, »Brot« (im Akkusativ). Mit dem bekannten Motto *Panem et circenses* meinte der Dichter Juvenal, dass sich das römische Volk durch Essen und Vergnügungen von der politischen Verantwortung ablenken lasse. Daneben verweist der Name darauf, dass in Panem Brot, das eigentlich ein Grundnahrungsmittel des Menschen ist, zu einem Luxusgut gehört, das sich viele Bewohner der Distrikte nicht leisten können. Ihr Leben ist vom täglichen Kampf um überlebensnotwendige Lebensmittel geprägt. Zugleich schwelgen die Bewohner des Kapitols im Luxus und interessieren sich für nichts anderes mehr als für Brot und Spiele; auch die Politik und das sich etablierende System der Tyrannei durchschauen sie nicht, da sie stets bespaßt werden. Dadurch eröffnet der Text eine warnende Lesart: Auch angesichts der überbordenden Fülle an Brot und Spielen in der Postmoderne sollte man sich stets kritisch mit der Politik und den Machthabern auseinandersetzen.

Lateinische (Kunst-)Namen werden auch für Gruppenbezeichnungen, die es in der realen Welt nicht gibt, verwendet. So heißt eine Dienerschicht des Kapitols Avox. Damit sind ehemalige Rebellen gemeint, die vom Kapitol eingefangen und gefoltert wurden: Ihnen wurden die Zungen herausgeschnitten, so dass sie nun nicht mehr sprechen, sondern nur noch als

Haussklaven oder Arbeiter Befehle entgegennehmen können. Der lateinische Begriff *vox, vocis* bedeutet »Stimme«, *a/ab* »von … weg«. Somit lässt sich erschließen, dass ein Avox jemand ist, dessen Stimme weg ist. Vielleicht hat Collins auch das Alpha privativum aus dem Griechischen übernommen.

Collins hat die griechisch-römische Kultur funktionalisiert, um postmoderne Heldenfiguren zu formen. So ist Katniss, die in die Fußstapfen von Theseus tritt, bezüglich ihres Verhaltens eine Hybridfigur aus der Jagdgöttin Diana, einer Amazone und dem Fabelwesen des Phönix: Sie kann so exzellent jagen wie die Jagdgöttin, ist sehr naturverbunden und auch ähnlich keusch, so dass sie sich in der Arena beim Verarzten von Peeta sogar schämt, seine nackte Haut zu betrachten; zudem hat sie dieselben Waffen wie Diana, nämlich Pfeil und Bogen. In der Arena wird sie zur Amazone, denn sie kämpft hart und mutig, auch gegen Männer. Und für die Bewohner der Distrikte mutiert sie sehr bald zum Phönix, der aus der Asche emporsteigt, egal welche Rückschläge »das Mädchen, das in Flammen steht«, hinzunehmen hat. Wie Katniss entstammt auch der Heros Finnick der griechisch-römischen Kultur. Bei genauerer Betrachtung erweist er sich als Hybridfigur aus dem Meeresgott Poseidon und dem Gladiatorentypus des Retiarius. So besitzt er, der aus dem Fischerdistrikt 4 stammt, einen wertvollen Dreizack als Waffe und ist bei der Eröffnungsfeier der Jubiläumsspiele ähnlich wie Poseidon nahezu nackt. Mit den Waffen Dreizack und Fischernetz trägt er zugleich diejenigen des Retiarius. Dieser Gladiator kämpfte stets gegen den Murmillo. Beim Kampf erweckte diese Konstellation in der Antike den Eindruck, als fange ein Fischer einen (See-)Fisch (lat. *murma*) ein, da der Murmillo einen Helm mit kleinen runden Fischaugen und einer flossenartigen Metallplatte trug. Zudem kämpft Finnick in der Arena ähnlich tapfer wie ein Gladiator und hat wie die Stargladiatoren im alten Rom rein körperliche Affären mit wohlhabenen Edeldamen aus der Oberschicht, die ihn mit Geschenken überhäufen.

Einige Gegenstände und Settings sind archaisch und von der griechisch-römischen Antike inspiriert. Der Dreizack sowie Pfeil und Bogen wurden bereits erwähnt. Als wichtigstes Item fungiert zudem das Füllhorn, in der antiken Tradition ein überdimensionales längliches goldenes Trinkgefäß, mit allerlei Früchten gefüllt. Es war das Symbol schlechthin für die Friedenszeit. In den *Tributen* wird es radikal zum Waffenarsenal umgedeutet. So erweist es sich nicht nur zu Beginn der Kampfphase der Hungerspiele, sondern auch im weiteren Verlauf als Ort des Todes. Einzelne Tribute sterben dort beim Kampf um die besten Ausrüstungsgegenstände, und somit ist das Füllhorn Gegenstand des Krieges und nicht Friedenssymbol. Die Spotttölpelbrosche, die auf den Filmplakaten stets in Flammen steht, erinnert an den brennenden Vogel Phönix, der aus der eigenen Asche wieder aufersteht. Schließlich sind noch die Hologramm-Karten (= Holos) aus Band 3 zu erwähnen, mit denen sich Katniss und die Rebellen ihren Weg durch das Kapitol bahnen können, ohne in eine der unzähligen Fallen zu tappen. Denn diese 3D-Hologramm-Karten zeigen das ganze Areal an und helfen, Katniss als Theseus-Figur ins Innerste des Kapitols zu kommen, ähnlich wie der Faden der Königstochter Ariadne im Minotaurus-Mythos dem Theseus.

Zu guter Letzt nehmen auch die Orte Anleihen bei mythologischen oder historischen Vorbildern. Die Labyrinthe wurden bereits erwähnt. Das Kapitol mit seinem monumentalen Präsidentenpalast erinnert stark an Roms gleichnamiges Zentrum der Macht, wo sich die Tempel der wichtigsten Gottheiten, also der kapitolinischen Trias – Jupiter, Juno und Minerva –, befanden. Dort wurden auch die Konsuln vereidigt. Durch die entrückte Randposition lassen sich vom Kapitol aus alle anderen Hügel Roms überblicken. Das Kapitol von Panem hat eine ähnliche Randposition, so dass die Distrikte, die hier die Hügel Roms ersetzen, nicht hinterrücks angreifen können. Je weiter ein Distrikt vom edlen Kapitol entfernt liegt, desto ärmer ist er und desto härter die Arbeit. Während in Distrikt 1 beispielsweise Luxusgüter hergestellt werden, müssen die Bewohner von Distrikt 12 in Bergwerken Kohle gewinnen. Im Film erinnert das Emblem des Kapitols an römische Feldzeichen. So prangt in der Mitte ein Adler mit ausgebreiteten Flügeln; wie der Adler des Zeus hält er Blitze in seinen Klauen. Dieses Symbol wird von einem Lorbeer umkränzt. Als *titulus* findet sich der Name Capitol und als *subscriptio* anstatt ›SPQR‹ ein großes ›C‹ mit Krone darauf. Nicht zu vergessen ist das Setting der Vorstellung der Tribute, das an eine Mischung aus dem Circus eines Wagenrennens und einer langen Prachtstraße eines Triumphzugs wie die berühmte *via sacra* erinnert: Die Tribute fahren, paarweise nach Distrikten unterteilt, in flinken, zweirädrigen Chariot-Wägen, die von je zwei Pferden gezogen werden, an der jubelnden Masse vorbei, auf sandigem Untergrund.

Fazit

Gerade die Transformation all dieser antiken Stoffe in postmoderne Szenarien, die der gegenwärtigen Lebenswelt nahe sind, zeigt, dass gewisse Grundprobleme der Menschheit wie eine stetig anwachsende Politikverdrossenheit keineswegs nur Probleme der römischen Kaiserzeit waren, sondern im Zeichen des ansteigenden Populismus noch immer hochaktuell sind. Die Jugend von heute und die Wähler von morgen sollten sich also nicht zu sehr von Brot und Spielen der Massenindustrie ablenken lassen, sondern den Blick wieder aufs Wesentliche, nämlich die Politik richten. Figuren, Gegenstände, Settings und

Motive aus der griechisch-römischen Mythologie und Historie dienen in den *Tributen von Panem* also als transformationsoffenes Metanarrativ. In ihrem Nachwort zu Band 3 erwähnt Collins explizit, dass »die Welt der Griechen« sie neben anderen Kulturgütern zu der Trilogie inspiriert hat. Und die Bezeichnung ihrer drei Lektoren als Triumvirat lässt durchscheinen, dass auch die römische Kultur wichtig für ihre Trilogie ist. Spätestens seit *Harry Potter* wird Fantasy und Phantastik zunehmend mit Versatzstücken aus der griechisch-römischen Kultur nobilitiert: Der Stoff soll dadurch noch bedeutender wirken und mit einer jahrtausendealten Tradition verknüpft werden. Darum lasset die vielseitigen Spiele mit der griechisch-römischen Kultur stets weitergehen!

Markus Janka und Michael Stierstorfer

Zu dieser Ausgabe

Im Original publizierte Suzanne Collins die *Tribute von Panem* in drei Bänden auf Englisch in den Jahren 2009 bis 2011 und im Verlag Scholastic Corporation, New York: *The Hunger Games*, 2009; *Catching Fire*, 2010; *Mockingjay*, 2011.

Die deutsche Übersetzung von Sylke Hachmeister und Peter Klöss erschien in den Jahren 2012 bis 2015 im Verlag Friedrich Oetinger, Hamburg: *Die Tribute von Panem.* Band 1: *Tödliche Spiele*, 2012, [17]2019; *Die Tribute von Panem.* Band 2: *Gefährliche Liebe*, 2014; *Die Tribute von Panem.* Band 3: *Flammender Zorn*, 2015.

Im Folgenden wird jeweils die entsprechende Stelle in diesen Ausgaben angegeben.

Literaturhinweise

Janka, M. / Stierstorfer, M.: Von Arkadien über New York ins Labyrinth des Minotaurus: Mythologische Orte in Ovids *Metamorphosen* und aktueller Kinder- und Jugendliteratur. In: Gymnasium 122 (2015) S. 1–44.

– Verjüngte Antike – Aktuelle antikenhaltige und lateinsprachige Kinder- und Jugendliteratur im globalen Forschungsverbund. In: Gymnasium 126 (2019) S. 205–243.

Schüller, L.: *Die Tribute von Panem* – Literatur und Film. In: Deutschunterricht. H. 4 (2014) S. 17–23.

Stierstorfer, M.: Antike Mythologie in der Kinder- und Jugendliteratur der Gegenwart. Unsterbliche Götter- und Heldengeschichten? Frankfurt a. M. 2016. S. 110–124.

– Panem et Circenses reloaded. *Die Tribute von Panem* als Brücke zum römischen Mythos und zur Historie. In: Der Altsprachliche Unterricht. H. 1 (2017) S. 6–10.

– Brot und Lektüre für Jung und Alt? Zur Frage, ob *Die Tribute von Panem* als polyvalente All-Age-Serie oder als gewaltverherrlichende Trivialliteratur gelesen werden sollten. In: JuLit 1 (2021) S. 41–47.

Textstellen aus Band 1:
Die Tribute von Panem. Tödliche Spiele

In einer nicht allzu fernen Zukunft herrscht in Nordamerika das übermächtige Kapitol über den Staat Panem. Dieser setzt sich neben dem Kapitol aus zwölf (vormals dreizehn) geschwächten Distrikten zusammen, deren Bewohner in ärmlichen Verhältnissen leben. Diese versorgen das Kapitol mit Gütern aller Art. Siebzig Jahre zuvor hat es einen Aufstand der Distrikte gegen das Kapitol gegeben, der jedoch brutal niedergeschlagen wurde. Seither ist es die Pflicht jedes Distriktes, alljährlich zwei menschliche Tribute, jeweils ein Mädchen und einen Jungen im Alter zwischen zwölf und 18 Jahren, an das Kapitol zu entrichten. Diese müssen dann bei den »Hungerspielen«, einem grausamen Fernsehevent, das nur einen überlebenden Sieger vorsieht, gegeneinander antreten.

Im Mittelpunkt der Handlung steht die junge Katniss Everdeen aus Distrikt 12. Als bei der Auslosung der Tribute des Distriktes das Los auf ihre jüngere Schwester Prim fällt, meldet sie sich freiwillig, um dieser die Teilnahme an den »Hungerspielen« zu ersparen. Gemeinsam mit dem »männlichen Tribut« Peeta Mellark reist sie zum Kapitol, um sich dort auf die Spiele vorzubereiten. In einer für die beiden fremden und dekadenten Welt werden sie medienwirksam zur Schau gestellt und treten schließlich in einer speziell konzipierten Arena den Kampf auf Leben und Tod an. Nach einer harten Auseinandersetzung mit ihren Kontrahenten gehen schließlich Katniss und Peeta als die letzten beiden Überlebenden aus dem Wettstreit hervor. Eine inszenierte Romanze zwischen den beiden sowie die Androhung eines gemeinsamen Suizids sorgen dafür, dass die bisherige Regel eines alleinigen Siegers geändert wird und beide die »Hungerspiele« lebend beenden können.

1.1 Die jagende und naturverbundene Katniss

Katniss schildert ihren Alltag in Distrikt 12. Regelmäßig geht sie mit ihrem Freund Gale zum Jagen, um zu überleben. Dadurch eröffnen sich Parallelen zur griechisch-römischen Jagdgöttin Artemis/Diana. Zudem möchte Katniss ähnlich wie diese keine Familie mit einem Mann gründen. Für Katniss liegt der Grund dafür in ihrer Furcht, ihre Kinder würden dann in die Hungerspiele geschickt.

Deutsch: S. 7 (»Als ich aufwache …«) – S. 18 (»… natürlich recht.«)

Cum surgam, altera pars lecti frigida est. Digitos meos porrigens Primulaeque sororis calorem quaero, sed linum exasperatum strati nostri solum tango. Primula malo quodam somnio commota ad matrem ascendisse videtur. Sic est. Hic est dies messis.

Nisa sum cubito meo. Satis lucis in cubiculo nostro fuit, ut ambas viderem: Primulam, parvam sororem meam, in latere involutam et inductam in matris corpore genis iunctis. Dormiens mater iuniorem speciem praebet, exhausta quidem, sed non tam tristis videtur. Primulae facies tam recens est quam gutta imbris, tam amabilis quam is flos, a quo nominata est: Prima rosa, Primula. Antea etiam mater formosissima erat. Hoc quidem mihi narraverunt.

Ad Primulae genua omnium deformissimus cattus custos sedet. Nasus simus est, dimidia auris deest, oculi colorem putidae cucurbitae praebent. Primula eum Caltham Palustrem nominavit, quia ea perseverat pellem eius luteam flori flavo lucido similem esse. Is cattus me odit aut mihi saltem diffidit. Quamquam plures anni iam praeterierunt, certe memoria tenet me conatam esse eum in aqua hamae cuiusdam demergere, cum Primula eum in domum nostram apportavisset. Erat parvus cattulus macer, cuius venter vermium plenus erat et in cuius pelle pulices vagabantur. Tunc minime mihi opus erat novis faucibus alendis. Sed Primula tam diu orabat et flebat, ut eum retinere deberemus. Bene evenit. Mater eum parasitis purgavit et is re vera murium venator est. Nonnumquam etiam rattos capit. Cum eviscero feras, Calthae Palustri intestina proicio. Itaque mihi non iam sibilans minatur.

Viscera. Nullae minae. Plus familiaritatis inter nos numquam erit.

Prosilio e lecto et caligas venatorias meas induo. Quae corio molli sunt pedibus meis adaptato. Insuper et bracas et tunicam subuculam induo, sub pilleum farcio crines in nodum collectos et sacculum commeatum continentem capesso. In mensa sub patina lignea, quae eum a rattis (et cattis) esurientibus protegit, est parvus caseus caprinus perfectus involutus in foliis basilici. Quem Primula mihi die messis donavit. Cauta caseum sacculo condo et egredior.

Nostra pars Regionis XII, quae »Margo« nominatur, hoc diei tempore alioquin fabris carbonariis referta esse solet, qui ad laborem matutinum proficiscuntur. Ii sunt viri feminaeque dorsis obliquis et tumidis articulis digitalibus, qui iam diu destiterunt pulverem carbonis ex unguibus fragilibus et ex rugis facierum maceratarum scabere. Hodie autem nigrae viae luti vacuae sunt. Fenestrae canorum aedificiorum angustorum clausae sunt. Messis non prius quam hora secunda post meridiem incipiet. Ergo diutius dormiunt, si quidem possunt.

Nostrum domicilium paene in fine Marginis situm est. Solas paucas portas praetereo, ut eum desertum agrum perveniam, qui »pascuus« nominatur. Hunc agrum pascuum a silva dirimit alta saepes filo metallico constructa et spinetis ferreis aculeatis tecta, quae totam Regionem XII circumdat. Per viginti quattuor diei horas haec saepes flumine electrico repleta esse oportet, ut feras silvam habitantes arceat – velut aut greges canum ferorum aut pumas solas aut ursos –, qui antea nostris viis periculosi erant. Sed nunc nos felices putamus, si vesperi per duas aut tres horas flumen electricum nobis est, et ideo ea saepes sine periculo tangi potest. Attamen semper aliquamdiu exspecto stridorem auscultans, qui mihi indicat saepem flumine electrico repleri. Sed nunc muta manet ut lapis. Sub tegmine virgulti me quam planissimam reddo et per eam partem pedes duos latam irrepo, quae iam per complures annos aperta est. Sunt etiam alia vitia in hac saepe, sed hoc tam vicinum nostro domicilio est, ut hac via utar, cum silvam adeo.

Sub tegmine arborum et arcum et pharetram sagittis repletam e cavo quodam stipite promo. Sive flumen electricum adest sive nullum adest: Tamen ea saepes perfecit, ut carnivoros a Regione XII arceret. At intra silvam liberi vagantur et insuper cavere debes et serpentes pestiferas et bestias rabidas et semitas vix pervias. At alimenta adsunt, si quidem scias, ubi ea reperias. Pater meus id sciebat et me docebat, antequam eruptio quaedam in cuniculo montano eum laceravit. Nihil eius reliquum erat, quod sepelire possemus. Tunc duodecim annos nata fui. Nunc quinque annis post adhuc expergisci soleo somnians me magna voce patrem inclamare, ut cursim effugeret.

Quamquam aditus in silvam lege prohibitus est et praedones ferarum severissime puniuntur, plures homines aditum auderent, si arma haberent. Plurimi non satis fortes sunt, ut cultro solo armati silvam periculosam intrent. Arcus meus rarissima res est. Is a patre meo ipso constructus est una cum nonnullis aliis, quos velaminibus aquae imperviis involutos in silva abscondi. Si pater eos vendidisset, multam pecuniam acquirere potuisset; at si magistratus hoc comperissent, is ob seditionem excitandam publice supplicio affectus esset. Plurimi Vigiles Pacis nos paucos venatores tolerant, quia sicut ceteri omnes recentis carnis cupidi sunt. Immo Vigiles Pacis emptores nostri optimi sunt. Sed numquam ii permitterent, ut aliquis Margini arma suppeditet.

Autumno pauci audaces clam silvam intrant, ut mala carpant. Sed semper in conspectu agri pascui manent. Satis vicini agro pascuo manent, ut, si periculum instet, confestim in quoddam praesidium Regionis XII confugiant: »Regio XII. Ubi sine periculo inedia peris«, murmuro. Tum statim respicio. Hic quoque, in ultima mundi regione, timor est, ne subausculteris.

Cum minor nata essem, matrem gravissime perterrebam loquens de Regione XII: de Pane et iis, qui patriam nostram in urbe longinqua regunt, quae Capitolium vocatur. Aliquando intellexi hanc libertatem dicendi nobis eo plus importunitatis allaturam esse. Ideo didici lingua favere et personam quasi neglegentem inducere sic, ut nemo cogitationes meas perspicere posset. Didici in schola tranquille exercitia mea perficere, in foro comiter de nugis colloqui, in Foculo, mercatu illo vetito, ubi plurimam pecuniam mereo, omnino pauca eloqui et commercia sola curare. Domi etiam, ubi minus cauta sum, evito res difficiles velut messem aut inopiam alimentorum aut Ludos Famis. Si Primula forte hoc resonaret, quid nobis fieret?

In silva me exspectat unicus homo, quocum sic versor, quomodo re vera sum. Is Gallus vocatur. Sentio vultumque meum solutiorem meque celeriorem fieri, dum colles ad locum nostrum ascendo. Hic est scopulus prominens, qui vallem supereminet et dumeto fruticum ab aspectu ingrato protegitur. Cum videam Gallum me exspectantem, paulum rideo. Is dicit me numquam ridere nisi in silva.

»Salve, Catula«, Gallus ait. Verum nomen mihi Catanissa est, sed cum ei primum nomen meum dicerem, id ei solum insusurravi. Itaque Catulam audivit. Et cum postea ista catula fera demens me per silvam donum sperans consequi inciperet, Gallus mihi hoc nomen ioculare dedit. Quam catulam feram postremo interficere debui, quia feras bestias fugavit. Hoc me prope paenituit; nam non mala comes erat. At eius pellem magno pretio vendidi.

»Specta, quod iaculatus sum«, Gallus dicit et tortam panis tollit, in qua spiculum haeret, et ego rideo. Est panis verus in pistrina coctus, non unus earum planarum tortarum solidarum, quas frumento nobis tributo utentes ipsi coquimus. Tortam manibus teneo, sagittam extraho et locum ictus ad nasum meum duco. Odorem sorbeo et sentio salivam in ore cieri. Panis tam delicatus numquam nisi paucis praecipuis diebus nobis est.

»Hem, bene, adhuc calidus est«, aio. Iam sub diluculo in pistrina eum fuisse apparet, ut panem commutaret. »Quanti fuit?«

»Unius sciuri tantum. Puto eum senem hodie paulo molliorem fuisse«, Gallus dicit. »Mihi etiam bonam fortunam optavit.«

»Scilicet hodie nos omnes humaniores versamur, quippini?« dicens ne oculos quidem torqueo. »Primula nobis caseum reliquit.« Quem promo.

Cum is delicias aspiciat, vultus eius hilarior fit. »Gratias ago tibi, Primula! Cena admodum festiva haec fiet.« Subito sermone Capitolino Euviam Ornatam imitatur, feminam immaniter hilarem, quae quotannis tempore messis huc advenire et nomina recitare solet: »Paene id oblitus sum. Laeti sint Ludi Famis!« Nonnullos rubos a fruticibus circumstantibus carpit: »Et sit fortuna …« Unum rubum alte ad me iacit.

Rubum ore capiens tenuem cutem eius dentibus rumpo. Statim gustus dulcacidus super linguam meam spargitur. »… *semper* vobiscum!«, sententiam simili alacritate compleo. Coacti sumus illudere istis rebus. Aliter prae timore periremus. Praeterea sermo Capitolinus tam grandiloquus est, ut paene omnia, quae hoc modo eloquaris, iocose sonet.

Specto Gallum cultrum extrahentem et panem in quadras dividentem. Is frater meus esse posset. Leves capilli nigri ei sunt, cutis eius olivae colorem ostendit, etiam oculi nostri similes sunt. Tamen non propinqui sumus, non vere cognati quidem. Plurimae familiae, quae in cuniculis montanis laborant, similes formas praebent.

Qua de causa mater mea et Primula soror, quae flavis capillis et oculis caeruleis sunt, semper quodammodo alienae hic videntur. Quae profecto sunt alienae. Nam matris cognati eorum paucorum mercatorum fuerunt, qui et magistratibus et Pacis Vigilibus et raris hospitibus in Margine de commeatu provident. Pharmacopolium in lepidiore parte Regionis XII habebant. Quia paene nemo medicum solvere potest, pharmacopolae apud nos medici munere funguntur. Pater matrem cognovit, quia venans nonnumquam herbas colligebat eiusque familiae vendebat, ut ii ex his medicamina componerent. Constat matrem eum ex corde adamavisse. Aliter ea nequaquam domum suam reliquisset, ut in Marginem commigraret. Hoc mihi in mentem revocare conor, cum hanc feminam solam conspicio tranquille sedentem, quamvis eius nati macie tantopere affecti sint, ut ossa promineant. Patris gratia ei ignoscere tempto. Sed ut vere dicam, non bene ignoscere soleo.

Gallus quadras panis molli caseo caprino oblinit et diligenter eas folio basilici ornat, dum ego bacas carpo. Commodi sedemus in spelunca nostra praerupta. Ibi nemo nos conspicere potest, cum nobis liber conspectus vallis subiacentis sit, quae vita aestiva abundat: holera, quae metas, radices, quas effodias, pisces, qui sole splendent. Praeclarus dies est, caelum apertum et ventus mollis. Cena iucunde sapit; caseus in pane calido mergitur, bacae in ore rumpuntur. Perfectus esset, si re vera dies festus esset, si totus hic dies factus esset, ut cum Gallo per montes vagarer et id venarer, quod vesperi cenaremus. At hora secunda post meridiem nobis in loco addicto standum et exspectandum erit, dum nomina vocantur.

[…]

»Quid agamus?«, ex eo [= Gallo] quaero. »Aut venari aut hamo piscari aut aliquid colligere possumus.«

»Ad lacum piscemur. Hamum ponamus et in silva aliquod colligamus. Aliquod belli huic vespero«, respondet.

Hic vesper. Post messem omnibus est celebrandum. Multi etiam celebrant cura metuque levati, quia liberi sui per unum annum ultra superstites erunt. Sed duae familiae saltem et fenestras claudent et fores obserabunt et mirabuntur, quomodo hebdomadas sequentes doloris plenas sustineant.

Nos felices sumus. His diebus, qui praeda faciliore et suaviore abundant, ferae bestiae nos neglegunt. Paulo ante meridiem iam duodecim pisces, saccum holerum et, omnium optimum, situlam fragorum plenam adepti sumus. Campum fragorum ante duos annos inveni, sed Gallus excogitavit, ut rete ad bestias arcendas tenderemus.

Domum redeuntes devertimus ad Foculum, qui in horreo deserto habetur, ubi prius carbo conservabatur. Cum ratio efficacior inveniretur, qua carbo recta via a cuniculis montanis ad tramites transportaretur, mercatus vetitus magis magisque hoc loco pandi coepit. Plurimae tabernae hoc tempore diei messis iam clausae sunt, sed in Foculo adhuc turba quaedam versatur. Facile sex pisces bono pane et alios duos sale commutamus. Crassa Sais, femina macie ossea insignis, quae e magno aeno plurimas pateras sorbitionum fervidarum vendit, dimidiam copiam holerum nostrorum accipiens nobis nonnulla crustula paraffini reddit. Alibi fortasse paulo plus eis commutamus, sed id studemus, ut Crassa familiariter utamur. Sola est, quae a nobis canem ferum emere soleat. Non consulto quidem canes venamur, sed cum unum aut duos nos aggredientium figamus … – caro est caro. »In sorbitione mea caro bovis fit«, ait Crassa Sais iocans. Nemo in Margine vivens bonam clunem canis ferinae sperneret, sed Pacis Vigiles Foculum frequentantes satis pecuniae habent, ut elegantiores sint.

Negotiis mercaturae finitis domum praetoris adimus, ut dimidiam copiam fragorum ei vendamus. Nam scimus eum eorum avidissimum esse et pretium nostrum solvere posse. Magdalena, filia praetoris, portam aperit. In schola aequalis mea est. Praetoris filiam putares paulum superbam esse, sed ea satis aequam se gerit. Sibi soli satis est. Sicut ego ipsa. Cum neutra factionis alicuius est, in schola multas res communicamus: una prandere, in conciliis iuxta sedere, comites in corporum exercitationibus esse. Vix ullum verbum inter nos colloquimur eoque contentae sumus.

Hodie pro ornatu scholari illepido pretiosum vestimentum candidum induerat et flavos capillos rosea fascia alligavit. Vestitus messis.

»Lepidum vestimentum«, Gallus ait.

Magdalena eum suspicit, ut cognoscat, utrum hae blanditiae verae an simulatae sint. Hoc vestimentum vere lepidum est, sed diebus profestis numquam id induisset. Labra comprimit, tunc subridet: »Em, si ego haec sum, cui Capitolium intrandum est, formosa esse desidero.«

Nunc Gallus invicem confusus est. Dixitne hoc ex animo? An eum lacessere vult? Quod ego puto.

»Tibi Capitolium non erit intrandum«, Gallus severe respondet. Oculis intentis demum eam fibulam aspicit, quam in vestimento inseruit. Purum aurum. Pulcherrime elaboratum. Eo pretio familia quaelibet per nonnullos menses victum compararet. »Quot sortes tu habes? Quinque? Ego iam sex habui, cum duodecim annos natus essem.«

»Non eius culpa est«, aio.

»Nullius culpa est. Sed verum est«, Gallus ait.

Magdalena statim minus aperta videtur. Mihi pecuniam ad fraga solvenda commendat: »Bonam fortunam, Catanissa!«

»Eandem tibi«, respondeo et porta occluditur.

Taciti ad Marginem ambulamus. Mihi displicet Gallum Magdalenam hoc modo offendisse, quamquam recte dixit.

1.2 Das Losverfahren bei den Hungerspielen

Katniss erläutert das Losverfahren anlässlich der anstehenden Hungerspiele und erklärt, wie man zum Tribut auserwählt wird. Sodann steht die sogenannte Ernte, also die Auslosung der Tribute an. Aus diesem Anlass versammeln sich alle Bewohner von Distrikt 12 auf dem Marktplatz und warten auf den Beginn der »fröhlichen Hungerspiele«.

Deutsch: S. 18 (»Das Erntesystem ist ungerecht ...«) – S. 26 (»... Es ist Primrose Everdeen.«)

Ratio messis iniusta est, pauperes pessimas partes habent. Cum primum quis duodecim annos natus est, ad messem eligi potest. Unusquisque duodecim annos natus unam sortem accipit. Quivis tredecim annos natus duas sortes accipit. Hoc continuatur usque ad duodeviginti annos, qua aetate ultima electio uniuscuiusque fieri potest et nomen eius septies per globum vitreum volat. Haec unicuique civi duodecim regionum Panis lex constituta est.

Sed prava res est haec: Si quis est pauper et esurit sicut nos, nomen suum saepius addere potest commutans hoc addito tesseras lapideas. Quaque tessera lapidea victum modicum frumenti et olei ad unum hominem alendum solvere potes. Etiam familiaribus tesseras comparare potes. Quam ob rem cum duodecim annos nata essem, nomen meum quater per globum vitreum cucurrit. Semel, quia debui, et ter, quia tesseras commutavi frumento et oleo, quibus et ego et Primula et mater vesceremur. Et sic quotannis factum est. Quia notae eae cumulantur, nomen meum hoc anno, quo sedecim annos nata sum, iam viginti notas habet. Gallus, qui duodeviginti annos natus est, per septem annos quinque familiares suos solus aluit aut alimenta contribuit. Ideo nomen eius etiam quadraginta et duas notas habet.

[...]

Mater et soror iam paratae ad proficiscendum sunt, cum domum revertar. Mater pulchro vestimento induta est ex eo tempore relicto, quo pharmacopolium ei erat. Primula meo primo vestitu ad messem facto induta est, nempe tunica inferiore et tunica crispata. Hic vestitus paulum lubricus ei est, sed mater eum acibus stabilivit. Tamen tunica crispata iterum atque iterum e posteriore parte tunicae inferioris labitur.

Me exspectat solium balneare aquae calidae plenum. Squalorem et sudorem, quos in silva accepi, detergeo et capillos lavo. Mirata sum, quod mater unum ex pulchris suis vestimentis mihi exposuit. Eodem tenero colore caeruleo est, quo etiam calcei sunt.

»Haec vere mihi exposuisti?«, e matre quaero. Paulatim non iam omnia eius munera reicio. Per aliquod tempus tantum ei irascebar, ut ei minime permitterem, ut mihi adesset. Et hoc insolitum est. Nam vestimenta e iuventute eius magnopere diligit.

»Sic est. Veni, crines tuos disponamus«, dicit. Ei permitto, ut eos manteli quodam siccet in nodumque ponat. Sic neque me ipsam cognosco in eo speculo fracto, quod parieti applicatur.

»Venusta es«, Primula voce summissa edit.

»Mihi ipsi dissimilis videor«, aio. Eam amplector sciens instantes horas terribiles ei futuras esse. Prima messis ei est. Ei minimum periculum est, quia unam sortem solam habet. Neque admitterem, ut ea tesseram accipiat. At mei causa sollicita est. Ne eveniat id, quod excogitari nequit.

Primulam quam optime tueor, sed adversus messem impotens sum. Ea cura, qua torqueor, quandocumque soror tristis est, exaestuat in pectore meo et velut in speculo reflectitur in vultu meo. Video tuniculam eius a tergo rursus e tunica inferiore elapsam esse meque cogo ut tranquilla permaneam: »Parvam caudam insere, anaticula!«, aio tuniculam infarciens.

Primula subridens minore voce edit: »Quax.«

»Tu ipsa quax«, respondeo paulumque rideo. Una Primula me hoc modo commovere potest. »Age cenemus«, dico osculum capiti eius dans.

Pisces et holera iam in olla quadam coquuntur, sed ad cenam parantur. Nobis placet etiam fraga et pistoris panem cenae reservare. Ut ea luculentissima sit, nobis persuasum est. Pro his nunc lac Dominae, caprae Primulae, bibimus et panem secundarium e tesserarum lapidearum frumento paratum edimus, quamquam nemo nostrum cibos nunc desiderat.

Prima hora post meridiem ad forum proficiscimur. Officio praesentiae moribundi soli non tenentur. Hodie vesperi magistratus circumibunt per familias, ut examinent, num absentes vere moribundi sint. Si non, in vincula coniciuntur.

Vere triste est messem in foro potissimum haberi, uno eorum paucorum locorum in Regione XII sitorum, qui iucundiores esse possunt. Forum tabernis cinctum diebus mercaturae imprimis caelo aperto feriarum speciem sensumque praebet. Hodie autem, quamquam vexilla in domiciliis lucent, animi hominum obscurati torvique sunt. Cinematographi ut buteones in tectis insidiantes hanc tristitiam augent.

Tacentes homines ordine forum intrant nominaque sua inscribunt. Messis Capitolio obiter opportuna est, ut etiam census populi habeatur. Adulescentes et virgines a duodecim annis ad annos duodeviginti aetate separati in areis funibus divisis saepiuntur. Eorum maiores natu in fronte, iuniores velut Primula in posteriore parte stant. Eorum familiares circum eos consistunt manibus firmo nexu iunctis. Alii, quibus aut nemo est, qui periclitetur, aut qui id neglegere consueverunt, sponsiones de nominibus eorum duorum faciunt, quorum nomina sortiuntur. Etiam sponsiones de aetate aut de origine eorum, utrum e Margine an mercatorum sint, aut de eorum affectibus, utrum affligantur et lacriment. Plurimi eos fures repellunt, sed admodum caute. Ii enimvero saepe indices sunt, et quis numquam legem violavit? Me cottidie sclopetere possent, quia venata sum, sed cibi cupiditas magistratuum me protegit. Quod non quivis de se ipso dicat.

Res parva est. Si optio nobis esset, utrum fame interire aut sclopeti praeferremus, globus sclopeti citior esset; de hac re cum Gallo consentio.

Quo plures homines confluunt, eo densiores stant, ut te comprimi putes. Forum maius quidem est, sed non omnes octo milia Regionem XII inhabitantes capit. Morati in vias adiacentes ducuntur, ubi spectaculum in quadris visificis spectari potest; nam a televisione publica directe transmittitur.

In grege sedecim annos natorum Marginem habitantium adsto. Breviter nobis adnuentes scaenam ex tempore exstructam intuemur, quae ante domum iudicii sita est. In qua sunt et tres sedes et unum scamnum et duo magni globi vitrei, quorum alter pueris, alter puellis paratus est. Oculos defigo in chartas papyraceas in globo vitreo puellis parato iacentes. Earum viginti diligenti manu nomen Catanissae Semperdiae inscriptum est.

Singulas sedes occupant Magdalenae pater, praetor Submarinus, vir procerus tenui capillo, et Euvia Ornata, quae modo advenit e Capitolio, femina risu candido minax, pallidis capillis roseis, vestimento acrioris coloris viridis induta. Inter se susurrant et solliciti sedem vacuam intuentur.

Eo momento, quo urbis horologium secundam horam sonat, praetor scamnum ascendit et recitare incipit. Quotannis idem. Historiam Panis narrat, eiusdem rei publicae, quae e ruina eius surrexit, quae olim America Septemtrionalis nominabatur. Enumerat clades, siccitates, tempestates, incendia, de mari tumido narrat, quod tantam terram devoravit, et de atroci bello paucorum alimentorum restantium causa gesto admonet. Ex hoc bello natio Panis exstitit splendido Capitolio insignis, quod XII regiones circumdant; natio Panis, quae civibus pacem et res prosperas donavit. Tum Dies Atri secuti sunt, seditio regionum adversus Capitolium conflata; earum XII victae sunt, tertia decima exstincta est. Foedus de perduellione factum novas leges nobis dedit, quae pacem confirmarent; et ut quotannis admoneamur Dies Atros numquam repetendos esse, Ludos Famis nobis dedit.

Quorum ludorum leges simplices sunt: Poena seditionis unicuique duodecim regionum singuli pueri singulaeque puellae ad ludos et certamina praebendi sunt, qui sortes tributae nominantur. Hae viginti et quattuor sortes tributae in immani arena clauduntur, quae qualislibet area esse potest, sive desertum fervidissimum sive vastitas frigidissima. Per plures hebdomadas pugnatoribus decertandum est ad mortem. Sors tributa, quae restat, victrix abit.

Capitolium ergo liberos regionibus nostris eripit eosque cogit, ut alius alium interficiat nobis spectantibus, nos quodammodo admonens nos sibi sine ulla spe deditos et novam seditionem vix superfuturos esse. Utcumque id dissimulant, profecto hoc declarant: »En nobis liberos vestros rapientibus et immolantibus vos impotentes spectatis. Si signum aliquod dissensionis detis, ad unum omnes vos perdemus. Sicut Regionem XIII perdidimus.«

Quo magis nos humiles reddant nosque torqueant, Capitolini postulant, ut Ludos Famis quasi festivos celebremus velut spectaculum athleticum, quo regiones inter se certant. Sors tributa victrix domi secura vivet et regio eius praemiis quasi obruitur, quae alimentorum potissimum sunt. Per totum annum Capitolini regionem victricem et frumento et oleo et bellariolis onerant, cum omnes ceterae fame laborent.

»Hoc est tempus et paenitentiae et gratiae«, praetor perorat.

Tunc nomina victorum in tabulas relata recitat, qui e Regione XII venerant. Per septuaginta et tres annos duo soli vicerunt. Quorum unus superstes est. Qui nominatur Faenomius Sednatius, vir ventriosus mediae aetatis, qui eo momento et apparet et clamans verba absurda edit et in scaenam titubat et se in tertiam sedem iactat. Ebrius est. Admodum ebrius. Multitudo plausu benigno respondet, sed is confusus Euviam Ornatam amplecti conatur, quod ea magnopere certans tandem repellere potest.

Praetor vultum dolentis induit. Quod omne spectaculum televisione transmittitur, Regio XII hoc momento a toto Panis orbe deridetur, quod hic bene scit. Celeriter animos hominum in messem advertere studet Euviam Ornatam introducens.

Hilaris et vivida, ut solet, Euvia Ornata in scamnum incedit et sententiam suam recitat: »Laeti sint Ludi Famis. Et sit fortuna semper vobiscum!« Eius roseos crines capillamenti esse apparet, quia post Faenomii amplexum cirri sui praeclari paulum loco suo moverunt. Paucis verbis adhuc praedicat, quanti honoris sibi sit huic spectaculo interesse, quamquam nemo est, quin sciat eam in meliorem regionem ascendere velle, ubi veri victores sunt, non ebrii, qui omnibus spectantibus eam inepte offendant.

Per multitudinem spectans Gallum cognosco, qui pauculum adridens respondet. Haec pars messis saltem aliquod delectamenti offert. Sed subito Galli memini eiusque quadraginta duo nominum in globo vitreo iacentium et mecum reputo non bonam fortunam ei esse, si eum confers cum pueris. Et forte idem de me cogitat, nam vultus eius obscuratur et se avertit. »At alia milia chartarum insunt!«, ei insusurrare cupio.

Tempus sortitionis adest. Euvia Ornata dicens ut semper: »Feminae primae!« ad globos vitreos puellarum transit. Manum inserit, in profundo globo submergit, unam chartam extrahit. Multitudo attenta non iam respirat, sonum acus in solum cadentis audias, egoque misera pereo ex animo sperans id non nomen meum esse, minime nomen meum.

Euvia Ornata ad scamnum redit, chartam polit et voce clara nomen recitat. Non est meum nomen.

Est Primula Semperdia.

1.3 Katniss als freiwilliger Tribut

Als ihre Schwester für die Spiele ausgelost wird, ist Katniss zutiefst schockiert. Ohne lange zu zögern, meldet sie sich freiwillig, was die sensationsgierige Moderatorin Effie Trinket sehr erfreut. Außerdem erinnert sich Katniss daran, wie Peeta Mellark, der als der männliche Tribut auserwählt wurde, ihr in jüngeren Jahren als Bäckerssohn einmal außen verkohlte Brotlaibe, die er eigentlich an die Schweine verfüttern sollte, zugeworfen hat, womit er Katniss und ihrer hungernden Familie sehr geholfen hat.

Deutsch: S. 28 (»›Prim!‹ Ein erstickter Schrei ...«) – S. 38 (»... Tun nicht erklären.«)

»Primula!« Clamorem debilitatum edo; musculi mei convalescunt: »Primula!« Non viam mihi facere debeo per multitudinem. Nam ceteri liberi sua sponte locum mihi dant liberum aditum ad scaenam facientes. Eo ipso tempore, quo scalas ascendo, cum ea sum. Motu bracchii eam post me removeo.

»Voluntaria prodeo!«, anhelo. »Sors tributa voluntaria prodeo.«

In scaena confusio fit. E Regione XII per decennia ne unus quidem voluntarius prodiit, et non iam omnes praecepta in tabulis fixa de voluntariis memoria tenent. Lex est, ut alius puer aut alia puella prodire et locum eius sive pueri sive puellae obtinere possit, cuius nomen e globo vitreo extractum est. In nonnullis regionibus, quibus magno honori est messem vincere, homines libentissime in vitae periculum se inferunt; qua de causa difficile est voluntate prodire. At in Regione XII, qua sors tributa nihil aliud significat nisi cadaver, nulli fere voluntarii prodire solent.

[...] Praetor me vultu contristato aspicit. Vix me cognovit, sed memoria tenuis adesse videtur. Sum ea puella, quae fragos apportat. Ea puella, de qua filia eius fortasse aliquando narravit. Ea puella, quae ante quinque annos matri et sorori artissime coniuncta adstitit, cum ei, quia maxima natu fuit, nomisma virtutis traderetur. Nomisma patri tributum, qui in cuniculis montanis evanuit. Reminisciturne hoc? »[...] Permittite, ut ea ascendat!«

Post me Primula insanum clamorem tollit. Macra bracchia sua ut retinaculum me circumfundunt: »Minime, Catanissa! Minime! Ne prodieris!«

»Mitte me«, acriter dico, quia aliter animo perturbarer, et flere nolo. Televisione hodie vesperi emissionem messium repetente omnes lacrimas meas cernent meque facilem victimam ignavamque aestimabunt. Sic eis non satisfacere in animo habeo. »Mitte me!«

Aliquis eam a tergo meo abstrahit. Respiciens cognosco Gallum Primulam sublevavisse adstantes percutientem. »Age, ut ascendas, Catula!«, dicit luctans, ut vocem fortem edat, tum Primulam ad matrem meam aufert. Quam audacissime scalas ascendo.

»Euge!« Euvia Ornata elate dicit: »Hic est animus ludorum!« Gaudet in regione sua tandem novi quiddam evenisse: »Quod est nomen tuum?«

Graviter respirans respondeo: »Catanissa Semperdia!«

»Certe haec soror tua fuit. Cui non totam spectaculi gloriam concedere vis? Agite, cives! Fortiter plaudite sorti tributae novissimae«, Euvia Ornata decantat.

Hoc decet Regionem XII: Nam nemo plaudit. Ne ii quidem, qui tesseras sponsionis manibus tenent quique nihil aliud curare solent. Forsitan, quia me e Foculi commerciis cognoverunt aut patrem meum cognoverant aut Primulae aliquando occurrerunt, quae omnibus utique amabilis est. Sine ulla plausus adhortatione immota adsto, cum homines, qua sola ratione licet, dissentiant: silentio. Quod significat: Non consentimus. Id non probamus. Hoc plane falsum est.

Tum inexspectatum quoddam accidit: Equidem id non exspectavi, nam minime putavi me ipsam ullius momenti Regioni XII esse. At mutatio quaedam incidit, ex quo processi Primulaeque locum obtinui, et nunc peculiaris quaedam videor. Primo unus, tum secundus, postremo omnes manibus laevis labra sua tangunt mihique manus porrigunt. Hic est gestus vetustus, qui raro in regione nostra adhibetur quemque nonnumquam in funeribus spectas. Gratiam admirationemque demonstrat, sic homini amato valedicunt.

Nunc profecto paene fleo, sed commode accidit, quod eo tempore Faenomius in scaenam titubat, ut mihi gratuletur: »Spectate eam! Spectate hanc!«, quasi mugit bracchio umeros meos attingens. Quamvis homo fractus sit, vim mirabilem habet. »Haec mihi placet!« Spiritus eius aquam vitae olet diuque is homo non iam lavabatur. »Magnam …« Per aliquod tempus verbum aptum requirere videtur. »… virtutem!«, triumphans edit meque mittit. »Plus quam vos!«, addit ad extremam scaenam labans. »Plus quam vos!«, nunc mediam in machinam cinematographicam clamat.

Utrum hoc omnibus spectatoribus dicit an tam ebrius est, ut etiam Capitolio illudat? Id numquam comperiam, nam cum os aperiat, ut dicere pergat, de scaena decidit et confectus est.

Turpis est, tamen ei gratus sum. Omnibus machinis cinematographicis malevolenter in eo intentis satis temporis mihi est, ut vocem parvam suffocatam edam meque colligam. Digitos post tergum inter se pectine iungo et prospicio. Eos colles intueor, quos hodie mane cum Gallo ascendi. Brevi aliquid desidero … Cogitatio repentina cum Gallo regionem effugiendi … et in silva perseverandi … At scio recte me egisse, quod non aufugerem. Quis tunc pro Primula professus esset?

Faenomius in lectica positus aufertur et Euvia Ornata spectaculum denuo incitare conatur: »Quam agitatus dies!«, quasi tibia canit luctans, ut capillamentum in ordinem ponat, quod ad latus dextrum labi videtur. »Sed etiam agitatior erit! Iam e pueris sortem tributam eligemus!« Sperans se sic crines suos cohibere, unam manum in caput ponit transiens ad globum vitreum, qui puerorum nomina continet, et primam quamvis chartam extrahit. Ad scamnum recurrit neque mihi tempus restat, ut Gallo pollices premam, cum iam nomen recitet: »Petrus Mollarcus!«

Pro dolor!, mecum reputo, *non iste!* Nam nomen cognovi, quamvis nullum umquam colloquium cum puero huius nominis haberem. Petrus Mollarcus.

Minime profecto hodie Fortuna mecum est.

Specto eum viam sibi ad scaenam facientem. Is est mediocri altitudine, statura quadrata, flavis capillis cineraceis, qui undis similes in frontem pendunt. Horrore commotus vultus eius est. Apparet eum luctari, ut id aequo animo ferat, sed in caeruleis oculis eius eundem metum conspicio, quem praeda mihi venanti ostendit. Attamen promptus scaenam ascendit et se in loco suo collocat.

Euvia Ornata requirit, num voluntarii adsint, sed nemo prodit. Scio ei duos fratres maiores esse, quos in pistrina videbam, sed alter fortasse vetustior est, quam ut voluntarius prodeat, et alter non vult. Hoc solitum est. Die messis pietas inter familiares apud plerosque modica est. Quod ego feci, extremum quoddam fuit.

Sicut quotannis fieri solet, praetor nunc officio suo fungens foedus de perduellione factum longum et ieiunum recitat, sed minime ausculto.

Cur hic?, mecum reputo. Tum mihi ipsi persuadere tempto, ut id nihil referat. Petrus Mollarcus egoque amici non sumus. Ne vicini quidem. Non inter nos colloquimur. Plures anni praeterierunt, ex quo semel conveniremus. Haud scio, an hic id oblitus sit. At ego minime oblita scio me huius rei semper memorem futuram esse …

Pessimum tempus fuit. Pater tribus mensibus ante casu adverso in cuniculis mortuus est, mense Ianuario frigidissimo post hominum memoriam. Cum torpor post hoc damnum acceptum e mente recederet, quasi ex nihilo dolore icta sum, corpus curvatum et singultibus concussum est: *Ubi es?*, intus clamavi. *Quo abiisti?* Nullum videlicet responsum accepi.

Regio ut compensaret mortem eius, nobis parvam pecuniam attribuit, quae ad unum maeroris mensem tolerandum sufficeret. Propositum erat, ut postea mater mea laboratura sit. Sed ea hoc non fecit. Ea nihil fecit, nisi in sede sua manebat, saepius stragulis involuta in lecto subsidebat prospiciens. Nonnumquam commota expergiscebatur, quasi eam aliquid agere necesse esset, sed paulo post iterum obtorpuit. Primulae preces eam non tangere videbantur.

Metu terribili vexabar. Hodie arbitror matrem meam obscuro maeroris mundo inclusam esse, sed tunc mihi videbar me non patrem solum, sed etiam matrem amisisse. Mihi undecim annos natae (Primula soror septem annos nata erat) partes matris patrisque familiae agendae erant. Nulla optio mihi erat. Alimenta in mercatu emebam, cibos, quoad poteram, coquebam et curabam, ut habitus Primulae meique satis decens esset. Nam magistratus regionis, si comperissent matrem meam nos curare nequire, nos ei dempsissent et cuidam instituto publico tradidissent. Aspectum horum liberorum, qui in institutis vivebant, e schola noveram. Cognovi et tristitiam et cicatrices, quas manus iratae in oribus reliquerant, et desperationem, quae umeros eorum premebat. A tali vita Primulam utique tueri debui. Primulam dulcem parvam, quae me flente flebat, antequam causam cognovisset, quae matris capillos pectebat et nectebat, antequam ad scholam proficiscebamur; quae adhuc cottidie vesperi speculum tonsorium patris poliebat, quia is pulverem carbonis oderat, qui in Margine omnia tegebat. Quae in instituto publico velut cimex comprimeretur. Quam ob rem miseriam nostram celabam.

Sed pecunia angusta effecit, ut sensim fame periremus. Non aliter id exprimere possum. Utinam ad mensem Maium perseverem, mecum cogitabam, usque ad diem octavum ante Idus Maios solum, quo dies natalis meus duodecimus futurus esset. Tum me tesseris lapideis inscribere et pretiosum frumentum oleumque recipere potero, quibus vescamur. At usque ad hunc diem nonnullae hebdomades erant. Interea forte mortuae sumus.

Fame perire non inusitatum fatum in Regione XII est. Quis non fame confectos mortuos vidit? Seniores, qui laborare non possunt, liberos familiarum, quae nimios esurientes alere debent, vulneratos e cuniculis montanis. Vias pervagantur. Aliquando eos immotos aut ad parietem sedentes aut in agris iacentes vides, eiulatus e domicilio quodam auditur et Vigiles Pacis advocantur, ut cadavera auferant. Causa mortis numquam fames nuntiatur. Semper est aut influentia aut frigus aut peripleumonia. Sed sic nemo fallitur.

Eo die, quo post meridiem Petrum Mollarcum conveni, imber frigidissimus defluit. In urbe fueram, ut Primulae utensilia cultus infantium usu contrita in mercatu venderem, sed nulli emptores fuerunt. Quamquam cum patre nonnumquam in Foculo fueram, non ausa sum sine comite hunc locum durum et obscurum adire. Vetus palla venatoria patris imbre madefacta erat, ut frigoribus horrerem. Per tres dies nihil aliud quam aquam calidam cum nonnullis aridis foliis mentae piperatae consumpsimus, quae in extremo armario culinae inveni. Cum mercatus finiretur, tam vehementer tremui, ut fascem utensilium cultus infantium in lacunam paludis deicerem. Quem non sustuli metuens, ne collaberer atque surgere non possem. Et omnino nemo haec utensilia cupivit.

Domum redire nequivi.

[...]

Cum pistrinam praeterirem, odor panis modo cocti me tantopere oppressit, ut vertigine corriperer. Furni in posteriore parte siti erant et nidor aureus per culinae portam apertam effundebatur. Commota et calore et odore delicato constiti, dum imber intervenit, qui velut digitis gelidis suis dorsum meum praetervehens me in vitam meam redegit. Operculum dolii purgamentorum pistrinae tollens vas tam vacuum inveni, ut crudele esset.

Subito aliquis me inclamavit. Suspexi et pistricem cognovi. Iussit me abire. Utrum sibi Pacis Vigiles advocandi sint? Se in summa pigere protervas puellas Marginis semper purgamenta sua scrutari. Turpia eius verba fuerunt meque defendere nequivi. Cum caute operculum clauderem et recederem, eum conspexi: puerum flavum, qui post tergum matris prospexit. E schola mihi notus erat. Aequalis mihi erat, sed nomen eius ignorabam. Nimirum, quia is semper liberos urbem habitantes conveniebat. Mater eius fremens in furnariam rediit, sed is videlicet observavit me saepem praetereuntem, in qua porcum alebant, nitentemque posteriore parte veteris mali. Statim intellexi me nihil domum portaturam esse. Genua mea infirmitati concesserunt, ut in stipite delaberer ad radices. Plus aequo fuit. Nimis aegrota et infirma et fessa fui, immo defatigata. *Advocent sane Pacis Vigiles nosque in institutum publicum deportent*; hoc cogitavi. *Vel potius me iam in imbre mori sinatis.*

E pistrina crepitus sonuit, audivi et pistricem iterum clamantem tumque pulsum quendam. Mirata sum, quid accideret. Pedes viam palustrem pulsantes appropinquaverunt, ut arbitrarer hanc eam esse eamque advenire, ut me baculo expellat. Sed ea non fuit. Puer fuit. Cubitis suis duas magnas tortas panis attulit, quas in ignem decidisse apparuit; nam crusta incendio nigra facta est.

Mater eius magna vociferatione clamavit: »Da eas porcis, stulte! Quippini? Nullus decens homo panem ambustum emet!«

Ambusta frusta abscindere et in alveum iactare coepit, cum tintinnabulum in priore parte tabernae pistoris sonuit et mater abiit, ut emptori cuidam serviret.

Puer me neglexit, sed ego eum observavi. Ob panem et ob cicatricem rubram, quae in genae osse apparuit. Quo instrumento eum verberaverat? Mei parentes nos numquam verberabant. Hoc ne excogitare quidem poteram. Puer cito ad pistrinam respexit, ac si percontaretur, an securus esset. Tum rursus ad porcum obversus alteram tortam panis ad me iacuit; altera extemplo consecuta est; tum terram pedibus pulsans in pistrinam recessit et leniter culinae portam occlusit.

Incredula oculos defixi in tortis panis. Partibus ambustis exceptis plane bonae fuerunt. Meaene erunt? Visae sunt. Ad pedes meos enim iacuerunt. Antequam quispiam hoc factum intellegeret, tortas in tunicam meam farsi, pallio venatorio totum corpus meum implicui, cito profugi. Calor panis urebat cutem meam, sed eo artius eum amplexa victumque vitamque retinui.

Cum domum meam pervenissem, paulum refrigeratae tortae panis fuerunt, sed intus adhuc calidae manserunt. Cum eas in mensam dimitterem, Primula porrigens frustum exscindere cupivit, sed et eam iussi, ut consideret, matremque coegi, ut nobiscum ad mensam veniret, et potionem theanam calidissimam infudi. Partes nigras erasi panemque minutim consecui. Unam tortam totam comedimus frustatim omnia deinceps gustantes. Panis perbonus et iucundus sapore fuit uvis passis et nucibus refertus.

Utensilia siccanda igni admovi, in lectum repsi et somno sine ullis somniis capta sum. Postridie mane tandem mihi in mentem venit illum puerum fortasse volentem panem diutius in furno coxisse tortasque in ignem iecisse scientem se punitum iri tumque eum mihi dedisse. Hanc cogitationem autem reieci. Casu id accidisse constat. Qua de causa hoc faceret? Me ignoravit. Quamquam quod panem ad me iecit, probe humanum factum fuit, quod verberibus punitum esset, si detectum esset. Cur hoc fecisset, nescivi.

1.4 Die Vorstellung der Tribute als römischer Triumphzug

Nachdem Katniss und Peeta von den Stylisten des Kapitols, Cinna und Portia, aufgehübscht worden sind, präsentiert man sie in einem Streitwagen, den Pferde ziehen und der an einen römischen Chariot bei Wagenrennen erinnert, dem gierigen Publikum des Kapitols: Da die beiden möglichst viele wohlhabende »Sponsoren« der reichen Elite für sich gewinnen müssen, um zum Überleben brauchbare Gegenstände für die Arena zu bekommen, müssen sie gute Miene zum bösen Spiel machen. Aufgrund ihres extravaganten Looks und ihres gekonnten Spiels mit dem Publikum stechen sie bald aus der Menge der Tribute heraus.

Deutsch: S. 79 (»Die Eröffnungsmusik erklingt.«) – S. 83 (»… Genau auf seinen Bluterguss.«)

Prooemium musicum spectaculi sonat. Facile percipitur, nam per totum Capitolium tremens consonat. Graves portae removentur et aspectum offerunt viarum hominibus cinctarum. Cursus viginti fere minutarum nos ad forum vehit, ubi nos salutabunt, hymnum cantabunt et in eam palaestram nos deportabunt, quae usque ad ludorum initium et domicilium et carcer noster erit.

Sortes tributae Regionis I essedo evehuntur, quod ab equis niveis trahitur. Formosissimam speciem praebent ii colore argenteo perfusi, tunicis elegantibus gemmis ornatis induti. Regio I merces luxuriosas Capitolio efficit. Vociferatio multitudinis auditur. Regioni I semper favetur.

Regio II locos suos petit, ut Regionem I sequatur. Mox etiam nos ad portam pervenimus et video lucem caeli obscuri crepusculo canescentem. Sortibus tributis Regionis XI evehentibus Cinna apparet face ardenti praeditus: »Agite!«, dicit, et priusquam aliquid agere possumus, amictus nostros incendit. Hiante ore spiritum duco calorem exspectans, sed lenem titillationem solam animadverto. Cinna currus ascendit et pilleos nostros accendit. Cura levatus ingemit: »Contigit!« Tum clementer mentum meum manu tenens dicit: »Memores estote! Fortes estote! Ridete! Vos diligent!«

Cinna de curru desilit, sed ultimum quoddam ei in mentem venit. Aliquid ad nos clamat, sed vox eius cantu musico obstrepitur. Iterum et vociferatur et gestum agit:

»Quid is dicit?«, e Petro quaero. Primum aspiciens video eum fictis flammis lucentem. Eandem speciem me praebere constat.

»Puto eum dixisse, ut manus iungamus«, Petrus dicit. Dextram meam laeva sua comprehendit, tum confirmantes Cinnam intuemur. Qui et adnuit pollicemque tollit et hoc ultimum video, priusquam ex urbe evehimur.

Terror, qui initio multitudini nobis ingredientibus inicitur, cito gaudio laeto eorum cedit, qui exsultantes »Vivat Regio XII!« clamant. Omnes animos nobis intendunt et tres currus antecedentes neglegunt. Primo velut attonita sum, sed tum in magno quadro visifico nos ipsos conspicio. Verba mihi desunt. Attonitos spectatores forma nostra facit. Crepusculo invadente ignis vultus nostros illucet. Sinuantes amictus nostri syrmae igneae esse videntur. Recte Cinna modicum medicamen faciei nobis commendavit, ut ambo non modo formosiores videamur, sed etiam optime cognosceremur.

Memores estote! Fortes estote! Ridete! Vos diligent! Cinnae vox in capite meo resonat. Mentum paulo altius tollo, quam blandissime rideo, manu libera significo. Nunc gaudeo me Petro niti posse, qui tam stabilis est quam cautes in aestu. Tanta fiducia commoveor, ut etiam oscula iaciam multitudini. Capitolini effrenati exsultant, nos floribus obruunt, nomina nostra clamitant, praenomina etiam, quae in libello spectaculi requisiverunt.

Et musica strepitu consonans et exsultatio et admiratio me excitant neque commotum animum meum opprimere possum. Cinna magnum commodum mihi comparavit. Nemo mei obliviscetur, neque speciei meae neque nominis mei: Catanissae puellae inflammatae reminiscentur.

Primum in spem exiguam induci me sentio. Certo munificus aliquis reperietur, qui me adiuvet! Paucis opibus additis (velut cibis quibusdam armisque aptis) cur ludos perditos ducam?

Aliquis rosam rubram ad me iacit. Quam capio, leniter odoror manuque osculum in partem largitoris iacio. Centum manus tolluntur, ut osculum meum capiant, velut si re vera tangi posset.

»Catanissa! Catanissa!« Undique nomen meum vocatur. Omnes oscula mea desiderant.

Cum forum intremus, demum intellego me paene Petro sanguinem suppressisse, quod tam arte manum eius complexa sim. Eam mittens digitos nostros alternis tactibus impositos aspicio. At is statim eos rursus capessit: »Noli me mittere«, dicit. Ignis in oculis suis caeruleis ardet: »Te obsecro. Aliter periculum est, ne concidam.«

»Sane quidem«, dico et manum eius tenere pergo, sed utcumque mirum mihi videtur, quo modo Cinna nos coniunxerit. Utcumque non aequum est nos societate quadam coniunctos introducere tumque in arena includere, ut alter alterum interficiat.

Duodecim currus circuitum fori complent. Ad fenestras domiciliorum forum cingentium nobilissimi cives Capitolii stipantur. Equi currum nostrum ante ipsum palatium Praesidis Nivei ducunt, ubi consistimus. Musica strepitu festivo finitur.

Praeses, vir parvus exilisque capillis albis chartae similibus, nos de maeniano altissimo salutat. Mos est, dum is orationem habet, imagines sortium tributarum inserere. Sed in quadris visificis aspicio nobis multo plus temporis dedicari quam oportere. Quo tenebrosius fit, eo difficilius fit oculos a flammis nostris avertere. Cum hymnus nationis consonet, cito ad cuncta sortium tributarum paria machinam cinematographicam convertere conantur, sed ea in curru Regionis XII haeret, qui ultimum cursum circa forum facit tumque in palaestram abit.

Vix portae post nos occlusae erant, cum iam greges lanistarum nos circumdant, quorum adulationes in nos effusae non facile intelleguntur. Cum respiciam, animadverto multas ceterarum sortium tributarum nos infeste intueri, quod suspicionem meam confirmat nos clariores fuisse quam omnes ceteras. Tum et Cinna et Porcia adsunt, qui nos de curru descendentes adiuvant et caute amictus et pilleos ardentes demunt. Porcia eos aerosolum adhibens exstinguit.

Sentio me adhuc Petro adhaerere et rigidos digitos meos cogo, ut aperiantur. Manus nostras fricamus.

»Gratias ago, quod me tenuisti. Paene labefactus sum«, Petrus dicit.

»Hoc non spectari potuit«, dico. »Certo id nemo animadvertit.«

»Certo scio eos nihil animadvertisse nisi te. Saepius flammas induas«, dicit. »Te bene decent.« Tum tam dulce mihi arridet aequissima timiditate utens, ut statim calore perfundar.

Sed signum periculi in mente mea sonat. *Ne stulta sis. Petrus iam cogitat, quomodo te interficiat,* mecum reputo. *Tibi blandiri conatur, ut facilis praeda futura sis. Quo amabilior, eo periculosior est.*

Hoc ego quoque possum. In ungues erecta genam eius osculor. Eum ipsum locum, qui sanguinis eruptione insignis est.

1.5 Ein dekadentes Abendmahl am Kapitol

Als Katniss mit ihrem Team, dem betrunkenen Mentor Haymitch, der stets quasselnden Moderatorin Effie Trinket und ihrem Kampfgefährten Peeta am Kapitol zu Abend isst, berichtet ihr Effie, wie sehr sie sich bereits ins Zeug gelegt hat, um Sponsoren auf Katniss und Peeta aufmerksam zu machen. Außerdem fällt Katniss ein stummes und unscheinbares Mädchen mit rotem Haar auf, das als sogenannte Avox nur für das Servieren zuständig ist und auf Befehle sofort reagiert, wie im alten Rom Sklavinnen und Sklaven. Das Mahl fällt sehr üppig aus und es mangelt an keiner Köstlichkeit.

Deutsch: S. 84 (»Das Trainingscenter ist ...«) – S. 90 (»... Ausfahrt aus dem Trainingscenter.«)

Palaestra in aedibus turri similibus sita est, quae sortibus tributis solis exstructae sunt. Hic usque ad initium ludorum ipsorum habitabimus. Singulis regionibus singula tabulata praesto sunt. Anabathrum intratur et numerus regionis propriae premitur. Facillime hoc memoria tenes.

[...]

Euviae Ornatae officia nondum perfecta esse videntur, postquam stationem tramitum advenimus. Et haec et Faenomius nobis providebunt, donec arenam intraverimus. [...] At Euvia Ornata laetitia elata esse videtur. Primum par curat, quod in exordio festi ab omnibus praeclare celebratum est. Laudat et habitus nostros et spectaculum nostrum. Praeterea Euvia Ornata confirmat sibi quemque nobilem dignumque ordine Capitolino notum esse seque nos per totum diem eximiis laudibus extulisse, ut munificos nobis compararet.

»At me quasi de rebus arcanis loquentem finxi«, dicit conivens per oculos semiapertos. »Faenomius mihi enim nihil de consiliis vestris narravit. Tamen ex eis, quae praesto erant, fructum capere studui. Quomodo Catanissa se ipsam pro sororis salute sacrificaverit. Quomodo vos ambo efficaciter luctemini, ut barbaria in regione vestra superetur.«

Barbariane? Hoc admodum facete sonat ex ore eius feminae, quae nos praeparat, ut trucidemur. Et qua re bonam fortunam nostram iudicat? Moribus nostris convivalibus?

»At certo omnes cunctatione quadam haesitant, quia regione carbonis orti estis. Sed ego dixi, quod ingeniosissimum erat: »›Scitisne, si carbo satis vehementer premitur, bacae ex eo fiunt!‹« Euvia tantopere ore renidenti nobis arridet, ut fieri non possit, quin eius ingenium laetissimi laudemus, etiamsi errat.

Carbo in bacas non mutatur. Eae in conchis crescunt. Haec opinari videbatur carbonem in adamantes mutari, quamquam et hoc falsum est. Audivi in Regione I machinam esse, quae graphitem in adamantes mutat. Sed in Regione XII graphites non effodiuntur. Haec Regionis XIII erant, donec eversa est.

Miror, utrum ii, apud quos Euvia per totum diem nos plurimum praedicavit, hoc sciant an scire velint. »Doleo me non munificorum pactionem facere posse. Hoc Faenomio soli licet«, tristis nuntiat: »Sed ne anxii sitis, eum arcessam et, si necesse est, armorum vi utar.«

Euviae Ornatae vitia quidem aliqua sunt, sed eius fortitudinem animi admiror.

Deversorium meum maius est quam totum domicilium nostrum in Regione XII situm. Tam eleganti supellectili instructum est quam currus tramitis tantaque automata praebet, ut tempus mihi ad omnia experienda defuturum esse constet. Tabula ipsa instrumentaria lavacri mammati plus quam centum optiones praebet, quibus et gradus caloris et aquae pressus et saponae et saponata capillaria et unguenta et spongiae (ad fricandum aptae) eligantur. Cum in storea balneari pedem ponis, flabella calefactoria accenduntur, quae corpus flatibus suis siccant. Neque madidi capilli nodosi mihi molesti sunt, sed manum arcae cuidam impono, quae aera super cutem capitis mei efflat capillosque citissime et enodat et disponit et siccat. Velut velum splendens in umeros defluunt.

Armarium linteaminum sic instruo, ut vestes gustui meo aptas edat. Me iubente fenestrae urbis regiones electas aut propius attrahunt aut procul depellunt. Nomen cibi alicuius ex ingenti indice ciborum electum in tubam stentoriam murmuro et statim idem et calore et nidore insignis apponitur. Conclave pervagor, iecur anserinum et panem mollem gusto, cum quis repente fores pulsat. Euvia me ad cenam vocat. Bene. Nam cibi avidissima sum.

Cum triclinium intremus, et Petrus et Cinna et Porcia in maeniano quodam stantes ad Capitolium despiciunt. […] Praeterea hodie vesperi oportet non solum cenare, sed etiam nostra consilia ludorum invenire, et Cinna et Porcia iam demonstraverunt eorum inventa magni momenti esse.

Iuvenis quietus candida tunica indutus nobis vini calices manubriis longis affectos ministrat. Primo vinum abnuere volo, sed praeter id, quod mater mea nobis tussi laborantibus praebere solet, nullum vinum umquam bibi, et quando postea talem occasionem habebo? Bibo pauculum eius liquoris acidi acerbique et clam mecum reputo eius saporem nonnullis mellis ligulis additis meliorem futurum esse.

Eo ipso tempore Faenomius apparet, quo cibus affertur. […] Vinum quidem is non abnuit, sed cum sorbitionem gustare incipiat, intellego me eum primum aliquid gustantem videre. Forte profecto se satis diu continebit, ut nobis auxilio futurus sit.

[...] Ponuntur et sorbitio fungorum et olera acerba cum lycopersicis pisis magnitudine similibus, caro assa iuvenci sanguinea tenuissime scissa, pastilli tubulati liquamine viridi parati, caseus, qui in lingua resolvitur, dulcibus uvis caeruleis compositus. Ministri, omnes iuvenes tunicis candidis induti sicut is, qui initio nobis vinum ministravit, et intrant et exeunt muti curantque, ut et catini et calices semper repleantur.

Cum dimidium vini mei ebiberim, paulum gravata aquam praefero. Hic status mihi displicet et spero eum mox remissurum esse. Causam invenire nullam possum, cur Faenomius hoc statu semper uti patiatur.

Animum intendere sermoni studeo, in quo nunc habitus nostri ad interrogationem nostram apti tractantur, cum puella quaedam scriblitam pulcherrimam in mensa ponit diligenterque accendit. Scriblita ergo exardescit, tum flammae parumper in extremis partibus vibrant, dum denique exstinguuntur. Paulisper dubito: »Qua re haec ardet? Alcoholo?«, rogo puellamque suspicio. »Hoc minime cupi... Ehem! Te cognovi!«

Faciei huius puellae nec nomen nec tempus tribuere possum. Sed certa sum. Capilli rubidi, vultus memorabiles, cutis alba porcellanae similis. Dum ea verba eloquor, metu culpaque commoveor, et quamvis nesciam, quid id sit, sentio malam memoriam cum ea coniunctam esse. Isque horror, qui eius faciem pervolat, perturbationem et molestiam meam etiam auget. Caput quassans cito abit.

Cum eam abientem spectem, quattuor adulti me intuentur velut falcones.

»Ne sis ridicula, Catanissa! Quomodo Avox quaedam tibi nota esset?«, Euvia in me invehitur. »Id ne cogitari quidem potest.«

»Quid est Avox?«, nescia ex ea quaero.

»Aliquis, qui crimen quoddam commisit. Ei linguam exsciderunt, ut non iam loqui queat«, Faenomius dicit. »Verisimile ea proditrix est. Minime verisimile est te eam cognovisse.«

»Etiamsi eam cognovisti, cum nemine eorum tibi colloqui licet, nisi ut aliquid iubeas«, Euvia dicit. »Sed sine dubio eam minime cognovisti.«

Immo, eam cognovi. Et Faenomio dicente eam proditricem esse etiam scio, qua de causa eam cognoverim. Sed omnium improbatio tam manifesta est, ne umquam hoc concedam. »Minime. Non puto, solum credidi …«, balbutio vino nequaquam adiuvante.

[…]

Postquam scriblitam comedimus, nos in atrium quoddam conferimus, ut transmissionem televisificam repetitam initii ludorum spectemus. Nonnulli ceterorum parium lepidi quidem videntur, sed nullum par nos exaequat. Etiam nos ipsi admirationis sonum edimus, cum nos e palaestra proficiscentes spectemus.

1.6 Das gladiatorenähnliche Trainingslager

Am nächsten Morgen werden Katniss und Peeta in ein Trainingscenter nach dem Vorbild eines römischen Gladiatorenlagers geführt: Sie sollen für den Beginn der Hungerspiele möglichst fit sein und möglichen Sponsoren beweisen, dass sie den Umgang mit Waffen beherrschen. Katniss verunsichert das bevorstehende erste Training jedoch sehr. Wie ein römischer Lanista erklärt Haupttrainerin Atala den Tributen die Spielregeln. Im weiteren Verlauf des Trainings gesellt sich in einer dekadenten Loge auch die Elite des Kapitols hinzu und beobachtet die Fähigkeiten der Tribute, wie einst die römische Oberschicht. Erst durch einen provokanten »Tell'schen«

Pfeilschuss kann Katniss die Aufmerksamkeit dieser besonders verwöhnten Zuschauer für sich gewinnen.

Deutsch: S. 106 (»Es ist fast zehn. …«) – S. 115 (»… Erlaubnis zu warten.«)

Iam paene decima diei hora est. Dentes meos frico et iterum capillos pecto. […] Ad anabathrum Euviae et Petro occurrens me ipsam ungues rodentem deprehendo. Quod ilico desino.

Ipsa conclavia exercitationis in tabulatis subterraneis aedium nostrarum sita sunt. Talibus anabathris citius una minuta illuc veheris. Fores apertae aditum dant ad immanem basilicam athleticam et variis armis et cursibus obstatis plenam. Quamquam hora decima nondum est, novissimi advenimus. Ceterae sortes tributae arto circulo consederunt. Omnes pannos numeros regionum monstrantes in vestimentis suis fixerunt. Dum aliquis in dorso meo numerum XII figit, cito circumspicio. Petrus egoque soli similibus vestimentis induti sumus.

Cum primum nos in circulum contulimus, summa exercitatrix, femina athleticae proceritatis nomine Atala, procedit et rationem exercitationum explicare incipit. Unaquaque in statione periti uniuscuiusque disciplinae praesto sunt. Sponte nostra ab alia ad aliam stationem procedere nobis licet, sicut Faenomius nos iussit. Nonnullis in stationibus rationes pericula vitae superandi docentur, in aliis artes pugnandi. Vetiti sumus, ne cum aliis sortibus tributis artes pugnandi exerceamus. Si cum socio quodam exercere desideramus, adiutores adsunt.

Atala tabulam stationum recitante forte ceteras sortes tributas specto. Numquam antea sic consedimus, in solo, simpliciter vestiti. Subito timore horresco. Paene omnes pueri et plus quam dimidia turba puellarum me proceriores sunt, quamquam multis sortium tributarum alimenta numquam sufficiebant. Hoc intellegas spectans et eorum ossa et cutem et oculos in orbitas reductos. Sim sane natura minus procera, sed omnino versutus animus familiae meae mihi de hac re commodo fuit. Erecta sedeo et, quamvis tenuis sim, robusta sum. Caro et plantae silvanae una cum labore, qui mihi opus erat ad ea adipiscenda, corpus meum satis sanum reddiderunt.

Quod ad liberos regionibus locupletioribus ortos attinet, aliter res se habet. Ii voluntarii, qui per omnem vitam huic rei et alebantur et exercebantur. Sortes tributae Regionibus I, II et IV ortae hanc speciem praestare solent. Vetant quidem leges ludorum, ne sortes tributae iam antea exerceantur, sed tamen quotannis accidit. In Regione XII has sortes tributas ambitiosas vel solum ambitiosos nominamus. Et verisimile est unam earum victricem futuram esse.

Spectaculum meum igneum heri vesperi datum, quod mihi palaestram intranti emolumento fuit, mihi minoris momenti esse videtur contrarios meos consideranti. Ceteri nobis inviderunt, non quod nos praeclari fuimus, sed quod ornatores nostri praeclari fuerunt. Nunc nihil nisi contemptum in aspectibus sortium tributarum ambitiosarum intellego. Hae omnes aut viginti quinque aut quinquaginta chiliogrammatibus graviores sunt quam ego. Et superbae et atroces esse videntur. Cum Atala nos dimiserit, eae sine ulla mora arma maxime mortifera petunt, quibus quasi ludentes utuntur.

Feliciter accidit, quod velox sum, mecum reputo, cum a Petro impulsa contremesco. Adhuc iuxta me stat Faenomio imperante. Tranquilliorem speciem praebet. »Qua statione incohare vis?«

Primo sortes tributas ambitiosas specto demonstrantes, quid possint, et id agentes, ut metum contrariis iniciant, tum ceteras et haud sufficienter nutritas et impotentes, quae trementes primas exercitationes aut cultro aut securi perficiunt.

»Nos in nodos ligando exerceamus!«, dico.

»Bonum propositum«, Petrus dicit. Transimus ad stationem orbam, cuius exercitator laetari videtur se tandem discipulos habere. Videlicet ars nodos ligandi non tanti aestimatur apud Ludos Famis. Cum cognoscat me laqueorum peritam esse, nos faciles insidias efficacissimas docet, quae efficiunt, ut contrarius humani generis uno crure ab arboris ramo pendeat. Per unam horam huic arti intenti sumus, donec eam ambo edidicimus. Tum transimus ad artem se ipsum celandi. Petro vere maximo gaudio esse videtur pallidam cutem suam mixtura et limi et luti et bacarum suci oblinere et celandi causa vini folia aliaque folia agglutinare. Is exercitator, qui stationi celandi praeest, admodum laetatur.

»Scriblitae mihi quidem curandae sunt«, Petrus mihi confitetur.

»Scriblitaene?«, ex eo quaero sollicita spectans puerum Regione II ortum, qui alicui simulacro icendo e quindecim metris iaculo quodam cor transfigit. »Quales scriblitae?«

»Domi. Eae saccharo obductae in pistrina.« Scriblitas in fenestris tabernariis expositas in animo habet. Pulchras scriblitas floribus aliisque ornamentis e saccharo factis decoratas, quae initio annorum novorum aut diebus natalibus parantur. Cum in foro sumus, Primula me semper illuc trahit, ut eas admiretur, quamquam numquam nobis pecunia suffecit, ut unam solam emeremus. At in Regione XII tanta inopia pulchrarum rerum est, ut id ei vix negare possim.

Picturam corpus celantem in Petri bracchio diligentius intueor. Lineamentum claris et obscuris coloribus varium lumen solis in mentem vocat, quod in silvis per frondes lucet. Miror, quomodo is hoc cognoverit, nam dubito, an umquam post saepem fuerit. Potestne hoc in illa malo sola, quae in aula postica pistrinae stat, observavisse? Haec omnia stomachum mihi faciunt: eius facultates, scriblitae insuperabiles, laudes eius, qui artem celandi docet.

»Pulcherrime! Solum restat, ut aliquis usque ad mortem decorari possit!«, dico.

[...]

Per tres dies proximos et Petrus et ego adimus deinceps tranquilli unamquamque stationem. Discimus varias artes velut ignem accendendi, cultros iaciendi, casas exstruendi. Quamquam Faenomius nos monuit, ne nimis studiosi videremur, Petrus certaminibus singularibus excellit egoque examen plantas edendi perficio sine ulla haesitatione.

[...]

Secundo die, quo iactum hastae temptamus, [Petrus] hoc mihi ad aurem insusurrat: »Umbram habere videmur.«

Hastam meam iacio, quod mihi non tam male contingit, dummodo ne nimis longe mihi iaciendum sit, et parvam puellam Regione XI ortam conspicio, quae e minore spatio nos spectat. Quae est ea duodecim annos nata, cuius statura me de Primula admonuit. Ex propinquo spectata decem annos nata esse videtur. Oculos fuscos splendentes et cutem fuscam vellutinam habet et in ungues erecta stat, bracchia leviter sublevata sunt, velut si minimo sono audito avolaret. Inopinanti mihi eam spectanti avis in mentem venit.

Petro iaciente novam hastam capesso. »Eam Rutam nominari puto.«

Labrum meum mordeo. Ruta etiam parvus flos flavus nominatur, qui in agris pascuis nostris floret. Ruta. Primula. Neutra plus quam triginta quinque chiliogrammata pondo pendet.

»Quomodo id vitamus?«, paulo asperius quam volui interrogo.

»Nullo modo«, is respondet. »Brevi colloquio cum ea habito tantum.«

Ex quo parvam illam adesse scio, facere non possum, ut eam neglegam. Tarda pone nos consequitur ad singulas stationes exercitationis. Et plantarum tam perita est quam ego ipsa et velociter enititur in altum et certos destinat ictus. Funda semper certo ictu destinata ferit. Sed quid prodest funda contra virum centum chiliogrammatum gladio armatum?

Inter ientacula et cenas in tabulatis Regionis XII habitas et Faenomius et Euvia nos diligenter inquirunt de unoquoque diei tempore. Quid fecerimus, quis vos spectaverit, quomodo ceteras sortes tributas aestimemus. Et Cinna et Porcia absunt, ut nemo adsit, qui utile quoddam contribuat. Saltem Faenomius et Euvia non iam inter se litigant. Immo uno animo et concordes et cupidi studere videntur, ut nos quam optime exerceant. Id agunt innumeris praeceptis, quid nobis exercitantibus agendum quidve vitandum sit. Petrus patientior est, sed ego fastidio et morosa fio.

Secundo die cum tandem cubitum eamus, Petrus murmurat: »Utinam aliquis Faenomio potum quoddam compararet!«

Sonum et anhelitui et risui similem edo. Tum animum meum rursus colligo. Me nimis necessitas distinguendi perturbat, quando amici esse videamur et quando non. Eo potissimum tempore, quo arenam intrabimus, sciam, quomodo res se habeat. »Desine. Ne simulaverimus nullo teste.«

»Sit sane ita, Catanissa«, fessus dicit. Abhinc nil inter nos colloquimur nisi testibus praesentibus.

Tertio exercitationis die deinceps a mensa cenae ad horas exercitationis singulas ante ludorum magistros vocamur. Ordine alia post aliam regionem vocatur, primum puer, deinde puella. Ut solet, Regio XII ultima vocatur. Nos ceteri in triclinio permanemus nescii, quo nobis aliter eundum sit. Qui abiit, non revertitur. Quo magis vacuum fit triclinium, eo minus cogimur amici videri. Ruta evocata nos soli remanemus. Tranquilli sedemus, dum Petrus evocatur. Qui surgit.

»Reminiscere, quod Faenomius dixit – tibi pondera iacienda esse.« Haec verba sine venia ex ore meo exeunt.

»Gratias ago. Reminiscar eius«, dicit. »Et tu … bene feri!«

Adnuo. Nescio, cur aliquid dixerim. Quamquam si remove-

or, Petrus saltem victor esto. Melius hoc esset et regioni nostrae et matri meae et Primulae.

Post circiter quindecim minutas nomen meum vocatur. Crines meos permulcens leves reddo, umeros contendo et basilicam athleticam intro. Statim intellego res non opportunas mihi esse. Iam diutius aequo adsunt ludorum magistri. Viginti et tribus spectaculis iam perfuncti sunt. Et apparet plurimos nimis vini bibisse. Nil nisi domum redire cupiunt.

Mihi nihil restat, quam ut omnia proposita mea perficiam. Ergo stationem sagittas emittendi adeo. Ah, ea arma! Multos dies prurigo ea manibus meis tenendi me occupat.

[...]

Tum in mediam basilicam athleticam redeoque et priorem locum meum teneo et simulacrum loco cordis transfigo. Postea eum rudentem, quo saccus arenae pugilatoribus paratus pendet, sagitta discindo. Saccus in solum cadit et rumpitur. Statim cernuo et altero genu nixa sagittam in unam lucernarum alte super solum basilicae pendentium emitto. Pluvia repentina scintillarum e fultura praecipitatur.

Praecipuus ictus. Me adverto ludorum magistris. Nonnulli approbantes adnuunt, sed plurimi porco lactenti intenti sunt, qui modo apponitur.

Subito plane furibunda fio. Neque enim tam modesti sunt, ut animis attentis me spectent, quamquam vitae periculo certamen adeam. Quia porcus iste mortuus maioris momenti est quam ego. Cor meum vehementer pulsare incipit, faciem meam ardentem sentio. Sine ulla haesitatione sagittam e pharetra demo eamque recta via in mensam ludorum magistrorum emitto. Voces monentes audio, homines recedunt. Sagitta malum in porci ore situm traicit idque velut clavulis in pariete posteriore figit. Increduli in vultu meo oculos defigunt.

»Gratias ago, quia attentis animis spectavistis«, dico. Tum me averto et recta via exitum peto nulla venia exspectata.

1.7 Showtime vor den Spielen

Die Tribute wollen die Bewohner des Kapitols für sich gewinnen: Sie sollen sich für sie und ihr Privatleben interessieren. Katniss und Peeta treten zu diesem Zweck overdressed als Pseudo-Paar auf die Bühne und versuchen die Herzen des Publikums durch automatisierte Emotionen und Gefühlsausbrüche nachhaltiger für sich zu gewinnen. Zugleich erhält Katniss die Möglichkeit, ihr extravagantes Flammenkleid, das an einen Phoenix erinnert, zu präsentieren

Deutsch: S. 140 (»Caesar Flickerman, der Mann ...«) – S. 147 (»... sind zusammen hier.«)

Caesar Flagravir, vir, qui per plus quam quadraginta annos interrogationes perficit, in scaenam salit. Paulum te sollicitare potest, quod per omne hoc tempus vere nihil in specie eius mutatum est. Eadem eius facies est sub corio quodam fuci nivei. Idem comptus, unoquoque anno novi coloris. Idem scaenae habitus caeruleo mediae noctis colore et consitus innumeris lucernulis electricis, quae stellis similes coruscant. In Capitolio chirurgi sunt, qui efficiunt, ut et iunior et tenuior videaris. In Regione XII contra quodam modo laudi est forma vetustioris hominis, nam ibi multi praematura morte moriuntur. Si ibi homini provectiore aetate occurris, longaevitati eius gratulari et reconditam causam exquirere desideras, cur superstes sit. Homini pingui invidetur, quod aliter ac plurimi nostrum plus, quam satis est, habet. Hic autem rugas aspernantur. Venter obesus bonam fortunam non indicat.

Hoc anno Caesaris crines caeruleo colore columbis simili sunt eiusque palpebrae labraque eodem colore fucata sunt. Immanem speciem praebet, sed non tam horribilem quam anno priore, cum color ruber ei esset et eum sanguinem effundere putares. Exordiens paulum iocatur, tum ad rem venit.

Ea puella Regione I orta, quae aurea palla vespertina perspicua induta blandam formam praebet, Caesarem adit, ut interrogaretur. Cuius praeceptori sine dubio nulla opera adhibenda erat, ut imaginem ei aptam inveniret. Flavi capilli defluentes, oculi virides smaragdo similes, corpus procerum et luxuriosum. Profecto puella delicata est.

Quaeque interrogatio trium minutarum tantum est. Tum signo dato proxima sors tributa interrogatur. Hoc Caesari concedendum est, quod summis opibus nititur, ut sortibus tributis auctoritatem et gratiam quandam comparet. Comis est, animos sollicitarum sortium tributarum confirmare conatur, minimis eorum iocis ridet et ad dictum minus lepidum sic respondet, ut eius nemo umquam obliviscatur.

Adsideo velut matrona, sicut Euvia me docuit, ceteris regionibus deinceps vocatis. Quisque aliquas partes agere videtur. Puer immanis Regione II ortus impius necator atrocissimus est. Puella vulpis faciem habens versuta et difficilis captu est. Cinnam statim vidi considentem, sed quamquam is adest, quasi impedita sum. Octo, novem, decem. Puer mancus Regione X ortus valde quietus est. Manus meae immaniter sudant, sed palla gemmis ornata nihil resorbet; quae, cum eas detergere coner, labuntur. Undecim.

Ruta, quae tenuissimam pallam alis ornatam sibi induerat, ad Caesarem volitat. Conspicata eam, quae magis nymphae quam sortis tributae similis esse videtur, turba obmutescit. Caesar valde comiter cum ea agit eique gratulatur, quia exercitans septem adepta est; quae est aestimatio praeclara puellae tam parvae. Eo interrogante, qua maxima virtute in arena nitatur, minime cunctatur: »Difficile est me capere«, voce trementi dicit. »Nisi me capiunt, neque me interficere poterunt. Ergo noli me perditam ducere!«

»Neque decies centenis milibus annis!«, Caesar exhortans dicit.

Verberi, puero Regione XI orto, eadem cutis obscura est quam Rutae. Sed haec est una similitudo inter eos. Hic est eximia corporis magnitudine et unius metri et nonaginta centimetrorum longitudine et ursi vim habet, sed animadverti eum a sortibus tributis ambitiosis invitatum, ut se eis applicaret, id repudiavisse. At paene omne tempus solus secum degit, cum nemine collocutus est, parvum studium se exercendi ostendit. Tamen decem adeptus est, ut facile intellegas ludorum magistros admiratione affectos esse. Verber Caesaris leve colloquium repudians aut »Ita« aut »Minime« respondet aut nihil dicit.

Si tanta corporis magnitudine ipsa essem quam is, tanta morositate et iniquitate uti possem, quanta volo; id tamen nullius momenti esset. Pro certo habeo dimidium numerum munificorum huius rationem saltem habere. Si mihi pecunia esset, ipsa spem in eo ponerem.

Cum Catanissa Semperdia evocetur, quasi somnians et surgo et ad mediam scaenam procedo. Caesari dextram manum offero isque tam commodus est, ut non statim manum suam vestimento suo detergeat.

»Age, Catanissa, Capitolium Regione XII multo differre constat. Quid te potissimum commovit, ex quo hic versaris?«

Quid? Quid dixit? Non bene eum intellego.

Os meum aridum velut scobis est. Desperata multitudinem percenseo et Cinnam requiro eumque oculis meis figo. Animo meo fingo haec verba ex eius ore edi: »Quid te potissimum commovit, ex quo hic versaris?« Maximo labore aliquid invenire luctor, quo hic laetata sum. *Es honesta*, mecum reputo. *Es honesta.*

»Satura varia carnis agninae olerumque«, pressa vociferor.

Caesar ridet et paucos spectatores assentiri minus clare animadverto.

»Ea prunis torrefactis condita?«, Caesar rogat. Adnuo. »Ah,

eius semper milia comedere soleo.« Manibus ventrem suum tegens se obliquum spectatoribus advertit. »Vos haec non videre spero?« Spectatores eum placant plauduntque. Hoc est, quod in animo habui. Caesar sortes tributas periclitantes adiuvare temptat.

»Age, Catanissa, cum ludorum initio tu intrares, cor meum constitit. Quid tu ipsa putas de hoc habitu?«

Cinna supercilium allevat. Es honesta. »Postquam timorem meum superavi, ne viva deflagrarem, putas?«, quaero.

Risus multus verusque spectatorum.

»Sic est. Abhinc incipe«, Caesar dicit.

Cinna, amice, hoc omnino tibi aliquando confiteri debeo. »Putavi Cinnam ingeniosum esse eumque habitum omnium, quos umquam vidi, praeclarissimum esse neque credere potui me hoc indutam esse. Neque credere possum me hoc, quem videtis, indutam esse.« Tunicam inferiorem levo et extendo. »Agite, intuemini!«

Spectatoribus »Ah!« et »Oh« clamantibus Cinnam aspicio minimum motum digiti facientem. Scio, quid dicere velit. *Te verte mea causa.*

Semel circumagor et extemplo animi commoti sunt.

»Oh, repete hoc!«, Caesar dicit. Ergo bracchia tollens et circumagor et circumagor et efficio, ut tunica inferior volitet, dum vestitus me velut flammarum lingulis cingat. Multitudo gaudio exsultat. Cum consistam, Caesaris bracchium capesso.

»Ne destiteris!«, dicit.

»Necesse est. Vertigine corripior!« Etiam furtim cachinno, quod fere nullo vitae meae tempore umquam feci. Sed animus sollicitus et vertigo hoc effecerunt.

Caesar me protegens amplectitur: »Secura sis! Te retineo. Neque admitto, ut vestigia praeceptoris tui sequaris.«

Immensa clamitatio fit, dum machinae cinematographicae

Faenomium quaerunt, qui de scaena praecipitans gloriam sibi comparavit. Is benigne abnuens rursus digito me demonstrat.

»Securi sitis«, Caesar multitudinem confirmat. »Apud me tuta est. Age, veniamus ad aestimationem tuam exercitationis. Undecim! Age, aperi nobis, quid illic intus acciderit!«

Ludorum magistros in maeniano sedentes breviter suspicio et labrum meum mordeo. »Em, hoc solum prodere possum, quod spectaculum primum quoddam illic actum sit.«

Machinae cinematographicae ludorum magistros capessunt cachinnantes et adnuentes.

[...]

»Tum breviter ad id momentum messis redeamus, quo nomen sororis tuae vocatum sit«, Caesar dicit. Nunc paulum depressus videtur. »Voluntaria eius locum obtinuisti. Potesne de ea nobis narrare?«

Minime. Non omnibus vestrum. At forsitan Cinnae. Non credo me tristitiam in eius vultu animo fingere: »Primula nominatur. Duodecim annos tantum nata est. Nihil est in toto orbe terrarum, quod plus amem.«

Hoc puncto temporis in foro etiam acum cadentem audivisses.

»Quid illa postea tibi dixit?«, Caesar quaerit.

Es honesta. Es honesta. Graviter salivam haurio. »Illa dixit mihi maxime nitendum esse, ut victrix abeam.« Intentis animis et avidissimis auribus spectatores unumquodque verbum meum excipiunt.

»Et quid respondisti?«, Caesar caute requirit.

Sed pro calore gelidum rigorem corpus meum invadentem sentio. Musculi mei contenduntur velut in necando. Cum loquar, vox mea una octava gravior est: »Hoc ei iuravi.«

»Quod tibi credo«, Caesar dicit me premens ad pectus suum, cum signum sonat. »Mihi displicet. Tempus nostrum peractum est. Fortunata sis, Catanissa Semperdia, sors tributa Regionis XII.«

Plausus diu adhuc auditur, postquam consedi. Cinnam quaero, ut me ipsam sedem. Is furtim pollices tollit.

Inter primam partem interrogationis Petri plane gravata adhuc sum. Tamen animadverto eum ab initio spectatores sibi conciliavisse. Quos ridentes et ovantes audio. Is ludens utitur imagine filii pistoris et singulas sortes tributas cum pane singularum regionum comparat. Tum narratiunculam de periculis, quae in Capitolii balneis pluviis latent, narrat. »Dic mihi, adhuc roseum odorem oleo?«, e Caesare quaerit et tum alter alterum naribus scrutatur spectatoribus admiratione furentibus. Ego rursus aspicior, cum Caesar ex eo quaerat, num domi ei amica quaedam sit.

Petrus cunctatur, tum non vere fidem faciens renuit.

»Puer tam formosus quam tu. Puella praecipua esse debet. Veni, quomodo nominatur?«, Caesar dicit.

Petrus suspirans dicit: »Est quidem haec unica puella. Quam amo, ex quo cogito. Sed paene certus sum ei usque ad messem ne minimam quidem scientiam mei fuisse.«

[...]

»Habetne alium amatorem?«, Caesar quaerit.

»Nescio, sed multi iuvenes eam cupiunt«, Petrus dicit.

»Scisne, quid tibi agendum sit? Vinces et victor domum reverteris. Tum nullo modo te reiciet«, Caesar exhortans dicit.

»Hoc mihi non continget, puto. Vincere ... non fieri potest, quod ad me attinet«, Petrus dicit.

»Cur non?«, Caesar miratus quaerit.

Petrus erubescit velut lycopersicum et haesitare lingua incipit: »Quod ... quod ... Una hic sumus.«

1.8 Der Flug zur Arena der Spiele

Nach der Vorstellung vor Publikum, dem neuen Styling und dem Anwerben von Sponsoren wird Katniss mit einem Fluggefährt zur Arena der Spiele gebracht. Da der Ort der Arena für die »Gladiatoren« geheim sein soll, bleibt ihr Sichtfeld eingeschränkt. Nachdem sie von ihrem Stylisten Cinna ihren charakteristischen Zopf geflochten bekommen hat und sie sich die Spotttölpelbrosche angeheftet hat, beginnen auch schon die Spiele. Zudem sieht Katniss bald das sehr gefährliche, golden glänzende Füllhorn ...

Deutsch: S. 163 (»Der Flug dauert etwa eine halbe Stunde ...«) – S. 169 (»... ertönt der Gong.«)

Per dimidiam horam iam volamus, cum fenestrae obscurantur. Arenae appropinquare videmur. Scapha Hoveriana advolat. Cum Cinna ad scalas revertor, quae nunc per tubum quendam in locum subterraneum deducunt, in catacumbas, quae sub arena sitae sunt. Sequimur insignia usque ad finem meum, ad cellam ad me ipsam praeparandam aptam. Eius nomen legitimum est carcer, sed in regionibus saeptum. Ubi pecora exspectant, dum concidantur.

Omnia novissima sunt; prima unicaque sors tributa sum, quae hoc carcere umquam utetur. Arenae loci memorabiles sunt, qui ludis finitis conservantur. Grati acceptique loci Capitolinis excurrentibus aut ferias agentibus. Devertere per unum mensem, iterum ludos specta, circuitum fac per catacumbas, visita loca mortis! Etiam spectaculis repetitis interesse potes.

Cenae exquisitae esse dicuntur!

Ego maximam operam do, ut ientaculum retineam, dum lavatione pluvia lavor et dentes frico. Cinna crines meos in nodum usitatum simplicem ligat, qui per dorsum meum defluit. Tunc vestimenta afferuntur, cuique sorti tributae eadem.

Quod ad habitum meum attinet, Cinna nunc nulli rei consulere potest. Ne scit quidem, quid in eo fasciculo sit. At me adiuvat in induendo interulas et simplices bracas fulvas et cingulum rusticum fuscum et atram pallam velamento auctam, quae usque ad femur meum defluit: »Pallae pannus insutus calorem corporis conservare debet. Te ipsam para ad noctes frigidas«, dicit.

Caligae, quae super impilia arta adstringo, spe meliores sunt. E pelli molli factae similes iis sunt, quibus domi uti soleo. Hae quidem tenuem et flexibilem soleam cummeam sectura transversa ornatam habent. Optimae ad currendum sunt.

Cum me paratam esse putem, Cinna fibulam sulida imitatrici aurea ornatam e pera promit. Cuius oblivio me totam cepit.

»Quomodo hanc accepisti?«, interrogo.

»E vestimentis viridibus, quibus tramite vehens induta eras«, dicit. Nunc memini me eam e matris vestimento deprompsisse et tuniculae meae applicavisse. »Vix arbitri tibi eam permiserunt. Sunt, qui putaverint te ea armorum loco uti posse, quod commodum iniquum esset. Denique tamen eam probaverunt«, Cinna narrat. »At anulum puellae Regione I ortae abstulerunt. Cum gemmam ornamenti torquerent, spina apparebat veneno imbuta. Affirmavit se nescisse anulum fraude alteratum esse, quod refelli non poterat. Memoriam suam utique delevit. Age, parata es. Ambula paululum. Experire, si omnia commoda tibi sunt.«

[...]

Adhuc Cinnae manum tenens transgredior et in rotunda lamina metallica consisto. »Ne oblita sis, quod Faenomius dixit: Cursu se proripere, aquam invenire. Cetera omnia consequentur«, dicit. Adnuo. »Et memor es: Mihi sponsiones facere non licet. Sed si liceret, pecuniam meam de te ponerem.«

»Vere?«, voce summissa edo.

»Vere«, Cinna dicit. Se demittens frontem meum osculatur: »Fortunata sis, puella inflammata!« Tum cylindrus vitreus super me delabitur, manus nostras coniunctas dirimit, eum a me separat. Digitis mentum suum attingit. Sursum caput!

Mentum meum levans quam rectissima adsto. Lente cylindrus elevatur. Circa quindecim secundas tenebris involuta sum, tum sentio me a lamina metallica e superiore parte cylindri in apertum locum eici. Breviter clara solis luce occaecata fortem ventum odore pinuum me spei plenum facientem animadverto.

Tum undique vox rauca Claudii Templiferrarii moderatoris maxime memorabilis sonat.

»Spectatores, Famis Ludi quarti et septuagesimi coeperunt.«

Per sexaginta secundas. Tam diu nobis in nostris laminis metallicis standum est, donec sonus cymbali penduli nos emittit. Si quis prius egreditur, globus ignivomus terrestris eius crura lacerat. Sexaginta secundae, ut circulum sortium tributarum aspicias, quae aequis spatiis a Cornu Copiae distant, quod est cornu aureum incurva margine, qui magnitudine admodum sex metrorum est et omnibus rebus abundat, quae nos protegant, ut pericula arenae superemus: Insunt et nutrimenta et canistra aquae et arma et medicamenta et vestimenta et ignitabula. Circa Cornu plures copiae dissipatae sunt, quae eo minoris pretii sunt quo longius a Cornu distant. Tantummodo paucis passibus a pedibus meis iacet, ut exemplum afferam, lamina plastica unius metri quadrati. Ea, si imber subito cooritur, certe utilis est. Sed in exitu Cornus tentorium convolutum est, quod me paene omni tempestate protegeret. Ea condicione, ut cum ceteris viginti et tribus sortibus tributis de eo certem. Quod mihi evitandum est, sicut me admonuerunt.

In area plana et aperta sumus. Locus aequus terra bene calcata est. Post eas sortes tributas ex adverso constitutas nihil animadverto, quod clivum praecipitem aut etiam cautem significet. Ad dexteram meam lacus est. Laeva parte et post me silva pinea lucida sita est. Faenomius si adesset, mihi suaderet, ut illuc curram. Sine ulla mora.

Eo absente tamen praecepta eius audio: »Nil nisi aufugite, quam maximum intervallum inter vos et ceteros efficite et fontem aquae quaerite!«

Sed illecebrae, verae illecebrae, sunt omnia ea dona, quae specto mihi illic parata esse. Et scio, nisi ipsa ea adipiscar, alium ea adepturum esse. Scio sortes tributas ambitiosas primarum caedium superstites plurimas earum rerum ad vitam conservandam utilium inter se dispertituras esse. Una res mihi arridet. Illic, in acervo tegumentorum convolutorum, et pharetra argentea sagittis repleta et arcus nervo intentus iacent, qui quasi exspectat, dum quis eo utatur. *Is meus est*, mecum reputo. *Mihi destinatus est.*

Celeris sum. Celerius curro quam ceterae puellae scholae meae, solo in cursu longiorum spatiorum nonnullae celeriores sunt. [...] Pedibus initium cursus praeparo, sed non ut in silvas circumiacentes aufugiam, sed ut ad acervum curram ad arcum capessendum. Subito Petrum animadverto dextra parte post circa quinque alias sortes tributas distantem paulo longius. Nihilominus cognosco eum me aspicientem et mihi videor eum renuere. Sed sol luce sua oculos meos occaecat, et dum hanc rem considero, iam cymbalum pendulum sonat.

1.9 Feuerattacken und Jägerwespen

Nachdem Katniss die ersten gefährlichen Angriffe in der Arena überlebt hat, tauchen plötzlich Feuerbälle auf. Außerdem betreiben die aggresiven Karrieros aus den Distrikten 1 und 2 eine Hetzjagd auf sie, doch sie kann sich auf einen Baum flüchten. Dort entdeckt sie ein Nest von mutierten Riesenwespen.

Deutsch: S. 199 (»Der Feuerball streift ...«) – S. 210 (»... beginne zu sägen.«)

Globus igneus suram dexteram meam stringens prope me decidit. Videns bracas meas femur et crus tegentes ardere, plane furiosa fio. Manibus et pedibus versor, retro repto et vociferans res horrendas effugere luctor. Mente mediocriter recuperata femur et crus in solo volvens flammas exstinguo. Sine ulla mora nudis manibus reliquias texti adhuc leviter ardentis abscindo.

In solo sedeo nonnullis metris a flamma subita distans, quam globus igneus produxit. In sura dolorem quasi mugientem sentio, manus meae rubris ulceribus obsitae sunt. Tantopere tremo, ut moveri nequeam. Si ludorum magistri me conficere volunt, hoc est tempus aptum.

Rursus Cinnae vocem audio, quae imagines textorum luxuriosorum et gemmarum nitentium mihi in mentem vocat: »Catanissa – puella inflammata.« Quo dicto ludorum magistros nunc ex animo ridere constat. Forte Cinnae vestimenta pulcherrima eos adduxerunt, ut me hoc insolito modo torqueant. Hoc providere non potuit et pro certo scio id ei dolere, nam credo eum me re vera diligere. Attamen fortasse tutius fuisset, si me nudam in curru obtulissem.

Impetus finivit. Ludorum magistri mortem meam non desiderant. Nunc quidem nondum eam desiderant. Quivis scit eos nos post sonum cymbali penduli intra paucas secundas interficere posse. Sed verum gaudium in Famis Ludis est spectare, quibus modis sortes tributae se invicem necent. Interdum sortem tributam aliquam interficiunt, ut alias moneant sibi eam potestatem necandi esse. Sed plerumque nos commovent, ut comminus altera contra alteram stet. Cum nunc non iam tela in me coniciant, una quidem alia sors tributa mihi admodum vicina esse videtur.

Si possem, in arbore quadam me occulerem, sed fumus adhuc tam densus est, ut me perdere posset. Me colligo et corpus meum a pariete igneo abstraho, qui caelum luce complet. Is me non iam consequi videtur, sed foetidae nubes atrae etiam nunc adsunt.

Sensim lux diversa apparet, diei lux. Fumi vertices solis radios capessunt. Visus malus est, fortasse quindecim metra in omnes partes patet. Facile esset alicui sorti tributae latere prope me. Mihi quidem culter meus depromendus esset, sed dubito, an eum diu tenere possem. Tamen dolor manuum multo minor eo surae est. Adustiones odi, eas semper oderam, etiam eas parvas, quibus afficeris, cum panem e furno promis. Semper pessimus dolor mihi fuit, sed talem numquam passa sum.

Tam exhausta sum, ut stagnum eo tempore demum cognoscam, quo iam usque ad talos instem. Id a fonte quodam alitur, qui e rima rupis oritur, et frigore desiderato est. Manus in vadum immergens statim lenimen animadverto. Nonne hoc mater mea dicebat? Frigidam aquam optimum medicamentum adustionibus esse? Quia calorem extrahat? At ea minores adustiones in animo habebat et hoc medicamentum manibus meis commendaret. Sed quid de sura? Quamquam nondum tam audax fui, ut eam aspicerem, tamen conicio hoc vulnus multo gravius esse.

Per aliquod tempus et prona ad marginem stagni iaceo manus in aqua lente movens et parvas flammas in unguibus meis intueor, qui sensim infringuntur. Bene. Satis superque ignis in hac vita habui.

[...]

Tum recordor matrem meam aliquando dixisse graviter adustos saepe nullum dolorem sentire, quia nervi eorum deleti sint. Hac cogitatione erecta consido et crus meum iacto.

Suram aspiciens paene concido. Caro rubro colore lucet et pustulis incendialibus obsita est. Me cogo, ut profunde lenteque respirem, nam paene pro certo scio machinas cinematographicas in faciem meam intentas esse. Sic vulneratae mihi infirmitatem ostendere non licet. Siquidem auxilium desidero.

Misericordia auxilio tibi non est. Admiratio, quia non desperas, auxilio est. Reliquas partes bracarum inferiorum apud genu deseco et vulnus diligentius examino. Locus adustus tantus est quantus palma. Nusquam cutis nigra est. Detrimento esse non potest vulnus aqua curare, mecum reputo. Cauta crus in stagnum porrigo pedem in lapide quodam deponens, ut pellis caligae non tam madida fiat. Suspiro, nam hoc lenimen quoddam fert. Scio herbas certas esse, quae citius vulnera sanent, neque memoria teneo, quae eae sint. Et aqua et tempore hoc vulnus mihi curandum esse verisimile videtur.

Procedamne? Fumus sensim abit, sed adhuc tam densus est, ut periculosus esse possit. Sed si longius ab igne recedam, nonne recta via in arma ambitiosorum incurram? Praeterea quandocumque crus ex aqua levo, dolor tam acer redit, ut id rursus demittam. Manus melius valent. Nam eae tolerant, si eas breviter e stagno extraho. Sic tarde impedimenta mea componere possum. Primo aquam e stagno in lagoenam meam infundo et illam praeparo, et postquam satis temporis praeteriit, corpus meum aqua alere incipio. Paulo post me ipsam cogo, ut crustulum rodam, quod ventrem meum redintegrat. Saccum dormitorium evolvo, qui praeter aliquas maculas nigras incolumis est. [...]

Quamquam dolor adest, fatigatio eum superat. Vellem ad arborem adire, ut ibi adquiescam, sed sic facile detegi possem. Praeterea ne excogitare quidem possum, ut stagnum relinquam. Ergo impedimenta mea diligenter dispono et etiam peram umeris impono, sed, ut videtur, abire nequeo. [...] In peram me reclino fatigatione victa. *Inveniant me isti ambitiosi, si volunt*, mecum reputo, antequam in torporem delabor. *Inveniant me.*

Et profecto me inveniunt. Bene accidit, quod iam parata sum ad proficiscendum, nam quo tempore appropinquantes audio, eos minus una minuta antecedo. Iam advesperascit. Vix vigilo, et iam pedibus meis sto et per stagnum curro et in virgulta confugio. Crus laesum me inhibet, sed et eos, qui me consequantur, non tam celeres esse quam ante incendium animadverto. Eos tussientes et vocibus raucis clamantes audio.

Attamen appropinquant velut caterva canum ferocium, ideo id ago, quod in talibus periculis iam semper egi. Arborem altam eligo et in eam eniti incipio. Currere iam dolet, sed eniti torquet, quia ad hoc non solum vi mihi opus est, sed etiam manibus meis cortex arboris tangendus est. Sed velox sum, et cum ii ad arborem meam perveniant, iam plus sex metris super eos sum. Paulum consistimus et nos invicem recognoscimus. Spero eos palpitationem cordis mei non audire.

De me nunc actum esse posset, mecum reputo. Quomodo eis resistam? Omnes sex adsunt, et quinque ambitiosi et Petrus, et una hac re consolor, quod hi etiam satis confecti esse videntur. Tamen arma eorum adsunt. Et eorum vultus, qui mihi arrident et dentes restringunt, quasi certa praeda eis essem. Omni spe orbata esse videor. Sed tum conscia fio alicuius rei: Ii forte me altiores et fortiores sunt, sed sunt etiam graviores. Non nihil est, quod semper ego neque Gallus altissimos fructus decarpebam et maxime longinquos nidos avium spoliabam. Aut viginti et quinque aut triginta aut pluribus chiliogrammatibus minus pendo quam levissimi ambitiosorum.

Nunc ego paulum rideo. »Quid vos agitis nunc?«, laeta clamo de arbore.

Hoc eis mirum videtur, sed scio spectatores mente incitatos futuros esse.

»Satis bene«, puer Regione II ortus dicit. »Et tu ipsa?«

»Calor maior erat quam mihi iucundus«, dico. Risum de Capitolio paene audire possum. »Hoc superiore loco aere meliore fruor. Cur non ascenditis?«

»Hoc tibi gratum faciemus«, puer dicit.

»Haec accipe«, puella Regione I orta dicit eique et arcum argenteum et pharetram porrigit. Meum arcum! Meas sagittas! Hic aspectus solus me iratam reddit, ut clamare vellem. Hoc piget meque ipsam accuso et Petrum istum proditorem, quia me prohibuit, ne ea capesserem. Eum oculis defigere conor, sed is consulto me non aspicit cultrum suum margine tunicae detergens.

»Minime«, Cato dicit arcum repellens. »Gladio id potius perficiam.« Arma video, brevem laminam gravem cingulo pendentem.

Exspecto, dum Cato se in arborem traxit, et altius ascendo. Gallus dicere solet me per tenuissimos ramos altius festinantem sciuro similem esse. Causae sunt et levitas mea et exercitatio. Scire debes, ubi et manus et pedes ponas. Iterum quinque metris altius enisa sum, cum crepitum audio et inferiorem partem observo. Cato vehementer bracchiis remigat et una cum ramo crepitans decidit. Cum is in solum iaciatur, spero cervicem suam fractam esse, sed iam pedibus suis stat et maledicit velut diabolus.

Puella sagittis instructa, quae Scintilla vocatur – in Regione I homines nomina vere ridicula liberis suis dant –, nunc fortunam tentat, sed cum rami pondere eius frangant, tam callida est, ut desistat. Plus quam viginti metris super terram sum. Nunc me telo traicere conatur, sed statim apparet eam arcu uti non posse. Una sagittarum non longe a me in arbore haeret; quam ego extraho. Lacessens eam super caput eius vibro, quasi haec unica causa esset, cur eam ceperim. Sed parata sum ad ea utendum, si occasio mihi datur. Si haec arma argentea manibus tenerem, eos omnes deinceps interficere possem.

Ambitiosi infra congregantur. Audio eos velut coniuratores inter se susurrantes. Irascuntur, quod effeci, ut ii homines stulti videantur. Sed iam advesperascit et nullum tempus eis restat ad novos impetus faciendos. Denique Petrum aspere dicentem audio: »Istam illic supra relinquatis. Nusquam evadere potest. Cras eam aggrediemur.«

Is profecto vere dixit. Nusquam evadere possum.

[...]

De arbore vicina oculi animalis alicuius in me defixi sunt, opossi fortasse, quibus lumen facium, quas ambitiosi ferunt, repercutitur. Subito cubito meo innitor. Ii non sunt oculi opossi, quorum repercussum vitreum satis bene novi. Hi oculi nullius bestiae potissimum sunt. Vixdum luce certa eam cognovi me tranquille per ramos aspicientem.

Rutam.

Quam diu iam illic est? Per omne hoc tempus adesse videtur. Tranquilla et inobservata, dum infra eam spectaculum agitur. Forsitan arborem suam brevi ante me enisa est audiens gregem appropinquantem.

Per aliquod tempus altera in alteram oculos defigit. Tum nullo folio ne leniter quidem strepente manum parvam porrigens locum quendam super caput meum situm significat.

Oculi mei in eam regionem sequuntur, quam eius digitus monstrat, supra in foliorum tectum. Primo ne suspicor quidem, quid ea in animo habeat, tum vixdum luce certa quinque metris super me incertam formam quandam conspicor. Sed ... quid id est? Animal aliquod? Magnitudine ursi lotoris est, sed de ramo tenui dependens leviter huc et illuc agitatur. Aliud quoddam esse videtur. Ex usitatis sonis vespertinis aures meae levem susurrum exaudiunt. Nunc scio, quid id sit. Nidus vesparum est.

Pavor corpus meum percurrit, sed satis prudens sum, ut tranquillam me geram. Equidem nescio, quod genus vesparum hoc sit. Genus solitum sit, apud quod valet hoc dictum: »Si nos non turbas, te non turbabimus.« Sed in Famis Ludis sumus, in quibus nihil solitum est. Verisimilius ergo est, quod eae mutatae a Capitolio sunt: vespae venaticae. Quemadmodum illae sulidae garrulae istae vespae in laboratoriis creatae sunt earumque nidos ratione militari utentes belli tempore circum regiones disposuerunt velut globos ignivomos terrestres. Maiores sunt, quam vespae esse solent, et insigne corpus aureum habent. Earumque ictus tumorem pruni magnitudini similem efficit. Plurimi homines paucos earum ictus solos patiuntur. Nonnulli statim moriuntur. Propter venenum in mentibus superstitum vanae effigies fiunt, ut aliqui in furorem acti sint. Unum restat: Quicumque earum nidos disturbat, eum hae vespae usque ad necem venantur: vespae venaticae. Bello finito nidi circum Capitolium dispositi destructi, sed nidi circum regiones dispositi eorum ipsorum locis relicti sunt.

[...]

Mihi nulla salus est nisi hic nidus. Si perficiam, ut nidus in ambitiosos decidat, forte evadere potero. Sed cum vitae periculo hoc faciam.

Scilicet non satis prope ad nidum accedam, ut eum abscindam. Immo ramus de stipite serra mihi desecandus erit, lamina serratoria cultri mei sufficiat huic operi. Sed quid de manibus meis? Nonne serra vibrans examen excitabit? Et si ambitiosi intellegant, quid parem, et in castra se recipiant? Tum omnia frustra essent.

Intellego mihi unam solam occasionem futuram esse, ut latens serrem; quae hoc tempore erit, quo hymnus cantabitur. Quod omni minuta fieri potest. Ergo et saccum dormitorium exuo et inspicio, si culter meus certo cingulo adhaereat, et summam arborem enitor. Hoc quidem ipsum periculosum est, quia rami tenuiores mihi quoque insidiosi fiunt, sed incolumis ascendo. Cum eum ramum assequar, quo nidus pendet, susurrus clarior fit. Tamen mire summissior est quam vesparum venaticarum solitus susurrus. *Fumus*, mecum reputo. *Is eas sopi-*

vit. Haec ceterum etiam ratio erat, qua seditiosi vespas oppugnarent.

Insigne Capitolii super me apparet et hymnus cantatur. *Carpe diem*, mecum reputo serrare incipiens.

1.10 Rues Tod

Doch dann muss Katniss ihr Sägemanöver verschieben. Im Ast findet sie als von Haymitch eingeworbenes Sponsorengeschenk eine schmerzlindernde Salbe. Erst am nächsten Tag sorgt sie durch die Freisetzung der Jägerwespen für Chaos in der Arena. Im weiteren Verlauf der immer grausameren Spiele freundet sich Katniss mit Rue, dem kleinen Mädchen aus Distrikt 11, an. Rue erklärt Katniss, dass deren Spotttölpelbrosche sie an die Vögel in ihrem Garten erinnert, mit denen sie gerne kommuniziere. Diese gäben dann viertönige Signale an Mitmenschen weiter. Doch dann gerät Rue in eine Netzfalle und wird von einem Speer getroffen. Als sie im Sterben liegt, singt Katniss ein Trauerlied und gibt den Vögeln nach Rues Vorbild Signale (die Melodie wird später zum Signal der Aufstandsbewegung). Und schließlich kommt es zu einer folgenschweren Regeländerung.

Deutsch: S. 261 (»Rue hat sich auf die Seite gerollt …«) – S. 274 (»… rufe ich laut Peetas Namen.«)

Ruta ad latus voluta circum hastam in corpore haerentem incurvatur. […] cultro utens reti eam libero. Breviter intuens eius vulnus satis certo scio meas medendi artes hic nil proficere. Neque meas solas. Ferrum hastae usque ad hastile in Rutae ventre haeret. Ante eam genua flecto et consilii inops ferrum alte penetrans oculis defigo. Ineptum est verba consolantia quaerere eique persuadere, ut convalescat. Stulta non est. Manum porrigit, quam velut ancoram salubrem capesso. Quasi ego morerer neque Ruta.

[...]

»Vincere debes«, dicit.

»Vincam. Nobis ambabus nunc victoriam parabo«, promitto. Sonum tormenti ignivomi audio. Puer Regione I ortus ictus esse videtur.

»Noli abire«, Ruta dicit manum meam complectens.

»Minime abibo. Hic tecum manebo«, dico. Propius accedens caput eius in gremium meum traho. Permulcens densos capillos nigros post aures repono.

»Canta!«, dicit tam parva voce, ut id vix audiam.

Cantare?, mecum reputo. *Quid cantem?* Aliquot carmina mihi nota sunt. Vix credibile est, sed olim etiam domi nostrae musica erat. Pater me voce sua praeclara semper incitabat, sed eo defuncto non iam multum cantabam. Nisi forte Primula graviter aegrota est. Tum ei haec carmina cano, quae iam infans diligebam.

Cantare. Lacrimae fauces meas constringunt, vox mea et fumo et defatigatione rauca est. Quodsi hoc Primulae ..., immo Rutae ultimum votum est, id mihi saltem est experiendum. Carmen, quod mihi in mentem venit, est simplex cantilena, qua inquietos infantes esurientes sedamus, ut obdormiscant. Hanc vetustam, immo pervetustam esse existimo. Ante saecula longa in collibus exorta. Praeceptor musicae meus carmen montanum id nominavit. Verba levia placida promittunt, ut cras omnia meliora futura sint quam hoc terribili aevo, quod hodie nominamus.

Screo, graviter singulto, cano:

In hoc prato sub tegmine salicum / Lectus graminis, pulvinar sericatum. / Illic oculos claude, depone caput ibi, / Expergiscenti lucebit solis lux tibi.

Hic est tutum, hic est calidum, / Hic te tuebitur taraxacum. / Dulcia somnia sunt tibi vera cras futura, / Amo te hac in libera natura.

Rutae oculi tranquillo motu clausi sunt. Eius pectus vix movetur. Fauces meae lacrimas fundunt, quae super genas fluunt. Sed carmen ei usque ad finem cantare debeo.

In hoc prato, valle in profunda creatur, / Pallium frondosum, et lunae lux radiatur, / Obliviscaris laborum, curas hic deponas, / eluentur haec omnia tibi cras.

Hic est tutum, hic est calidum, / Hic te tuebitur taraxacum.

Ultimi versus vix iam audiri possunt.

Dulcia somnia sunt tibi vera cras futura, / Amo te hac in libera natura.

Omnia placida et tranquilla sunt. Tum, quod paene horribile est, sulidae imitatrices carmen meum recipiunt.

Breviter adsideo spectans lacrimas meas in eius faciem stillantes. Tormentum ignivomum ad Rutae honorem sonat. Me prosterno et labra mea eius tempori imprimo. Lente, quasi ne eam suscitem, caput rursus in solum depono manumque eius mitto.

Nunc ab omnibus exspectatur me decedere, ut cadavera colligere possint. Neque ulla causa est, cur hic maneam. [...]

Sed oculos a Ruta avertere nequeo, minor, quam umquam videbatur, hic iacet, ut pullus convolutus in nido. Facere non possum, ut eam sic relinquam. Omnibus tormentis perfuncta est, sed tam inermis videtur. [...] Odi Capitolium, quod nos omnes his rebus afficit.

Galli verba in mentem mihi veniunt. Cuius orationes perturbatae in Capitolium habitae nunc mihi non iam absurdae videntur, non iam neglegere eas possum. Rutae mors me coegit me et irae et crudelitati et iniuriae, qua isti nos afficiunt, offerre. At hic etiam infirmior mihi videor quam domi. Nulla est facultas Capitolio vices rependendi. An est aliqua?

Nunc mihi occurrit, quod Petrus tunc in tecto dixit: »Tantum cupio consilium capere posse, quomodo … quomodo Capitolinis demonstrem eos me non possidere. Me plus valere quam actorem in eorum ludis.« Et nunc primum intellego, quid ille putaverit.

Nunc aliquid agere desidero, quod eos pudore afficiat et quod eos rationem reddere iubeat eisque demonstret quamque sortem tributam aliquid habere, quod isti numquam accepturi sint, quidquid et agant et utcumque nos cogant. Et Rutam plus fuisse quam actorem in eorum ludis sicut et me ipsam.

Paucis passibus in silva flores inculti crescunt. Forte herbae inertes solae, sed earum floribus pulcherrimae formae colore et purpureo et flavo et albo. Tot flores, quot bracchium capiat, carpo et ad Rutam redeo. Sensim singulos petiolos deinceps deponens eius corpus floribus orno. Vulnus turpe tego. Faciem corono. Colores lucidos eius capillis intexo.

Hoc eis publice monstrandum est. Quodsi machinas cinematographicas avertere malunt, saltem eis monstrandum est, quomodo cadavera auferantur, et tum omnes eam videbunt scientque me id fecisse. Regressa postremum Rutam aspicio. Sic ut hic iacet, etiam in prato carmine cantato iacens dormire posset.

»Vale, Ruta«, minima voce edo. Medios tres digitos manus laevae labris impono eique porrigo. Tum abeo lumina non retro flectens.

Aves conticescunt. Alicubi sulida imitatrix clamore suo monet, ut scapha Hoveriana appropinquet. Nescio, quomodo avis illa id sciat. Scilicet sensus audiendi melior ei est quam nobis hominibus. Consisto, porro, non retro specto. Sed mox cantus solitus avium rursus incipit et scio eam abesse.

Alia sulida imitatrix specie pulli ramum ante me occupat et Rutae modos carminis cantitat. [...] Eos modos, qui mihi indicaturi erant se tutam esse.

»Tuta et incolumis«, dico sub ramum transiens. »Nunc nobis nulla cura eius esse debet.« Tuta et incolumis.

Minime scio, quo me vertam. Brevis sensus et familiaritatis et patriae, qui mihi per hanc unam noctem cum Ruta actam erat, periit. Pedes mei me huc illuc portant, donec sol occidit. Nihil metuo, ne vigilans quidem incedo. Quod me praedam facilem reddit. Sed quemque mihi occurrentem interficerem. Sine ulla dubitatione et sine ulla manus tremore. Odium Capitolii odium adversariorum meorum minime minuit. Imprimis odium ambitiosorum. Hos saltem poenas Rutae mortuae pendere possum.

Sed nemo apparet. Non iam multi restamus et arena magna est. Mox artificium quoddam adhibebunt, ut nos compellant. Sed hodie satis sanguinis fluxit. Forte paulum somni capiemus.

Sarcinulas meas in arborem traho, ut illic castra ponam, cum argentea umbella descensoria devolat et ante pedes meos consistit. Hoc est donum munifici alicuius. Sed qua de causa nunc advenit? Victus aptus mihi est. Forte Faenomius me animo demissam intellexit et me paulum delectare conatus est. An hoc auri meae dedicatum est?

Umbellam descensoriam aperiens parvam tortam panis invenio. Non earum delicatarum albarum, quas Capitolini habere solent. Falcis formam praebet, ex obscuro frumento tributo condita est, granis sparsa. Memini eorum praeceptorum de diversis panibus in singulis regionibus factis, quae Petrus in palaestra mihi dedit. Hic panis e Regione XI venit. Cauta tortam adhuc calidam tollo. Quanto pretio stetit incolis Regionis XI, qui ne se ipsos quidem alere possunt? Quantis haec parva pecunia de mensa sua detrahenda erat, ut eam colligerent et hanc unam tortam panis emerent? Rutae destinata erat, id certum est. Sed cum donum post Rutae mortem retrahere possent, Faenomio permiserunt, ut id mihi traderet. Estne haec gratiarum actio? Aut quia debita solvenda putant ut ego? Utcumque est, hodie primum hoc factum est. Donum sorti tributae alia regione ortae datum.

Suspiciens in ultimos radios solis intro. »Populo Regionis XI gratias ago«, dico. Sciant me scire, unde veniat. Plenum pretium eorum doni cognitum esse.

In periculosam altitudinem arbori innitor, non ut in tuto sim, sed ut quam longissime ab hodierno die recedam.

[...] Cras consilium novum capiam. Sed hac nocte me annectere et eiusdem panis parvas offas comedere tantum valeo. Bonum est. Patriam sapit.

Mox insigne in caelo apparet et hymnus ad aurem dexteram meam sonat. Et puerum Regione I ortum et Rutam video. Huic vesperi hoc omne est. *Nunc nos sex restamus*, mecum reputo. *Sex tantum.* Panem manu tenens obdormisco.

[...]

Nunc primum credo mihi occasionem esse. Me vincere posse. Non solum, quod sagittas habeo ambitiososque saepius dolo cepi, etiamsi hoc ad spem meam contribuit. Cum Rutae manum tenerem videremque vitam ex eius corpore fugere, aliquid accidit. Nunc firmissime parata sum eam ulcisci eiusque damnum immortale reddere, quod tantum perficiam, si victrix me ipsam immortalem reddidero.

[...]

Vox Claudii Templiferrarii desuper fremens sex reliquis gratulatur. Nullam cenam festivam parat. Aliquid valde nos turbans dicit. Leges ludorum mutatae sunt. Mutatio legum! Hoc ipsum iam absurdum est, quia leges, quae hoc nomine dignae essent, profecto nullae sunt. Praeter quod per primas sexaginta secundas orbis ille non relinquendus est et praeter vetitum a nemine dictum se invicem comedendi. Haec nova lex sancit, ut ambae sortes tributae eadem regione ortae victrices declarentur, si ultimae superstites sunt. Claudius moram facit, quasi sciret nos id non plane intellegere, et iterum mutatam legem repetit.

Sensim cognosco, quid id significet. Duae sortes tributae hoc anno victrices abire possunt. Si eadem regione ortae sunt. Ambabus vivere licet. Nobis ambabus vivere licet. Antequam me compescam, magna voce Petri nomen clamo.

1.11 Showdown mit Mensch-Tier-Hybriden

In einem letzten Kampf treffen der am Bein verletzte Peeta und Katniss (sie ist seit einer Explosion auf dem linken Ohr taub) nicht nur auf den äußerst brutalen Karriero Cato, sondern werden auch von Mischwesen aus Wolf und Mensch attackiert, die erschreckenderweise die Gesichtszüge der toten Tribute tragen. Doch am Ende gelingt es Peeta und Katniss, die Regeln der Spielemacher mit einem Trick zu brechen.

Deutsch: S. 366 (»Von Cato keine Spur. ...«) – S. 384 (»... Tribute aus Distrikt 12.«)

Catonem nusquam invenio. Nihil apparet nisi Cornu Copiae aureum, quod in obliquis solis radiis candet. [...] Oboedientes quasi iussis quibusdam parentes ad lacum transcurrimus et aquae receptacula nostra complemus.

Cauta solem vanescentem intueor. »Tenebris obortis minime cum eo pugnare desidero. Unum perspicillum nobis solum est.«

Diligentia utens Petrus guttas iodi aquae instillat: »Forsitan hoc ipsum exspectat. Quid agamus? Ad speluncam redeamus?«

»Aut hoc faciemus aut arborem quaeremus. Concedamus ei adhuc dimidiam horam. Tum praesidium subibimus«, respondeo.

Sine tutela ad lacum sedemus. Nihil iam proficit latere. In arboribus extremae silvae sulidas imitatrices volitantes video. Una alteri modos carminum adicit velut pilas versicolores lucentes. Os aperio et Rutae modos cano. Animadverto eas curiosas obmutescere et vocem meam auscultare, num plures modi sequantur. Silentio facto modos repeto. Primo una, tum altera eosdem modos cantitat. Tum totus mundus eis captatur.

»Sicut pater tuus«, Petrus dicit.

Digiti mei fibulam in tunica mea affixam contrectant: »Hoc Rutae carmen est«, aio, »credo eas huius meminisse.«

Musica increscit, rursus animadverto, quam pulchra ea sit. Soni se invicem superantes consonant et pulcherrimum concentum caelestem efficiunt. Propter Rutam hic cantus cultores pomorum Regionis XI cottidie vesperi domum mittebat. Quis eum canet, e me ipsa quaero, post Rutae mortem?

Per aliquod tempus coniveo et ausculto graviter affecta carminis dulcedine. Tum musica interrumpitur. Abscinditur et immunda fit. Voces dissonae inter carmen miscentur. Voces sulidarum imitatricum in clamorem raucum increscunt, qui ad arma vocare videtur.

Exsilimus, Petrus cultrum strictum in manu tenens, ego parata ad iaculandum, cum Cato inter arbores erumpit et nos invadit. Nullam hastam habet. Eius manus vacuae sunt, tamen recta via in nos irruit. Sagitta mea eius pectus icit et – quod explicari non potest – in obliquum avertitur.

»Lorica aliqua corpus eius protegit«, ad Petrum clamo.

Ad tempus facio, nam Cato paene ad nos pervenit. Omnes vires meas colligo, sed is effrenatus inter nos furens percurrit.

Eius et anhelitus et sudor, qui de facie rubida manat, indicant eum iam diu tam cito currere. At minime in nos incurrit. Is currens aliquid fugit. Sed quid?

Ad silvam spectans eo ipso momento primam beluam animadverto, quod in planitiem ruit. Ex angulis oculorum aut quinque aut sex alias video. Sed tum iam temere post Catonem labor unam solam rem cogitans: ut me ipsam quodam modo servem.

Mutatae formae sunt. Sine dubio. Has quidem numquam vidi, sed apparet eas non naturales esse. Immanibus lupis similes sunt, sed qui lupus ita pedibus posterioribus consistere tumque facile suis ponderibus librari potest? Qui lupus agmen suum motu pedis prioris prorsus incitat, velut si articulum manus haberet? Haec omnia eminus cognosco. Si propiores essent, nimirum multo plura tremenda detegerem.

Cato recta via ad Cornu Copiae currit et sine cogitatione eum confestim sequor. Si is eum locum tutissimum iudicat, cur id ego dubitem? Ego ipsa forte usque ad arbores evadere possem, sed Petrus crure infirmo debilitatus haudquaquam effugeret … Petrus! Iam metallum in extremo acri Cornus Copiae tango, cum mihi in mentem venit me partem gregis cuiusdam esse. Is quindecim metris post me claudicat, quam celerrime potest, sed mutatae formae cito assequuntur. Sagittam in agmen conicio et unam percutio, sed plures sunt.

Petrus Cornu indicat: »Sursum, Catanissa, sursum!«

Is recte dicit. Hic infra neutrum nostrum defendere possum. Et manibus et pedibus Cornu Copiae ascendo. Superficies eius tota aurea illud cornu nexum imitatur, quo metentes utimur, ideo parvas asperitates et parvos angulos habet, quibus quodam modo retineor. Sed postquam unum diem soli arenae expositum est, metallum tam calidum est, ut statim adustiones in manibus accipiam.

Cato summum Cornu tenet, sex metris super terram, et obliquus iacens et anhelat et vomitat. Nunc eum conficere possum. In medio itinere consistens novam sagittam impono, sed cum eam eicere parem, Petrum clamantem audio. Me convertens video eum ad extremum Cornu Copiae pervenisse, sed mutatae formae eum proxime assequuntur.

»Ascende!«, magna voce clamo. Petrus luctatur, sed et crus et culter, quem in manu tenet, eum impediunt. Sagittam in fauces primae beluae mitto, quae pedes in metallo ponit. Moriens ista belua circum se calcitrat et nonnullis comitibus demissa vulnera infligit. Tum demum ungues video. Ii decem centimetra longa et acutiores lamina tonsoria sunt. Petrum altitudinem pedum meorum adeptum bracchio suo prehendens altius traho. Tum Cato mihi in mentem venit et celeriter me converto, sed is adhuc spasmis vexatur et potius mutatis formis intentus esse videtur quam nobis. Tussiens aliquid dicit, quod intellegere non possumus. Sonus anhelans et fremens, quem beluae edunt, id facilius non reddit.

»Quid?«, clamo.

»Is dixit: ›Eae huc ascendere possunt?‹«, Petrus respondet.

Nunc rursus deorsum specto. Mutatae formae inter se coeunt. Facile pedibus posterioribus surgunt, ut hominibus similes eoque magis metuendae videantur. Pellem densam habent, aliae levem et sericam, aliae cirratam, diversis coloribus, qui a colore piceo ad – aliter eum describere nequeo – flavum variantur. Et aliud quoddam eis est, quod attonitam me reddit. Sed hoc nunc non memini.

Ora sua in Cornu imponunt, metallum et odorantur et contrectant et palmis pedum scabunt. Tum acutum mugitum edunt. Hoc modo inter se communicare videntur, nam agmen recedit, velut si locum daret. Et tum una earum, belua satis procera pelle serica cirrata et flava currere incipit et in Cornu insilit. Pedes posteriores earum firmissimos esse constat, nam ea tribus metris tantum post nos advenit labris roseis supra dentes ringentes retractis. Breviter hic haeret et hoc ipso momento intellego, quid earum mutatarum formarum proprium me potissimum sollicitaverit. Oculi virides, qui me obscuri intuentur, non lupi aut animalis alicuius cani similis, quod aliquando vidi, sunt. Ii sine dubio humani sunt. Hoc nondum satis perspecto torquem numero I gemmis involuto ornatum cognosco et quasi concido vi veritatis ipsius commota. Isti capilli flavi, isti oculi virides, iste numerus ... Haec est Scintilla!

Clamorem acutum edo vixque sagittam in nervo retinere possum. Bene scio mihi paene nullas sagittas restare, ideoque tam diu exspectabam. Ante cognoscere in animo habui, num istae beluae ascendere possent. Sed tum tamen sagittam emitto, quamquam belua in metallo consistere nequit egoque stridorem lentum unguium delabentium audio, qui ei similis est, quem ungues digitorum tabulam aliquam radentes reddunt. Sagittam medium in iugulum eicio. Corpus micat et graviter in solum decidit.

»Catanissa?« Petrum manu meum bracchium capessentem sentio.

»Haec ista fuit!«, exprimo.

»Quis?«, Petrus rogat.

Caput meum cito huc illuc movens agmen recenseo, et proceritates diversas et colores. Ea parva belua pelle rubra et oculis sucineis ... Vulpisfacies! Et illic, capilli cineracei et oculi fusci colori nucium similes eiusdem pueri sunt, qui mortuus est, cum de pera pugnaremus! Et longe pessimum haec minima pelle obscura splendida et oculis permagnis fuscis et torque stramenti nexi numero XI induta. Odiosa ringitur. Ruta ...

»Quid est, Catanissa?«, Petrus umerum meum agitat.

»Hae eae sunt. Omnes adsunt. Ceterae. Et Ruta et Vulpisfacies et ... omnes aliae sortes tributae«, exprimo.

Petrum hiante ore aera captantem audio, cum is haec cognoscat. »Quid isti eis fecerunt? Putasne … Ii earum ipsarum oculi humani sunt?«

De oculis earum minime ego curo. Quid de earum cerebris? Etiam memoria verarum sortium tributarum humanarum eas affecerunt? Ea mente instructae sunt, ut nostras facies imprimis oderint, quia nos superstites sumus, cum eae ipsae crudeliter interfectae sint? Et eae, quas manibus nostris interfecimus … Suam mortem nunc ulcisci cupiunt?

Antequam aliquid concludere possum, mutatae formae rursus aggredi incipiunt. Agmen suum utrimque ad Cornu Copiae diviserunt et fortibus pedibus posterioribus suis nituntur, ut in nos irruant. Paucis centimetris tantum a manu mea distantes duo ordines dentium mordent, et tum Petrum vociferantem audio, corporis eius motum sentio. Cuius et unius beluae pondus me obliquam paene detrahunt. Is, nisi bracchium meum complexus esset, nunc iam infra iaceret, sed nunc tota vi nitendum mihi est, ut nos ambo in dorso curvato Cornus maneamus. Et plures pluresque sortes tributae adveniunt.

»Neca eam, Petre! Neca eam!«, exclamo, et quamquam non bene video, quid accidat, statim scio eum beluam contrucidavisse, nam vis, quae bracchium meum trahit, residet. Mihi contingit, ut Petrum rursus in Cornu retraham, et ambo corpora fessa nostra ad superius extremum trahimus, ubi duorum malorum minus nos exspectat.

Cato nondum rursus erectus est, sed eius spiritus lentior est egoque scio eum mox talem futurum esse, ut in nos irruat nosque detrudat in certam mortem. Arcum tendo, sed sagitta beluam quandam conficit, quam Verber esse constat. Quis tam alte salire possit? Breviter respiro, quia tandem super eum locum sumus, quem mutatae formae contingere possunt, sed cum rursus ad Catonem me convertere velim, Petrus a latere meo abripitur. Primo puto agmen beluarum eum rursus cepisse, cum eius sanguis desuper in faciem meam spargit.

Cato ante me stans, paene in extremo Cornus hiatu, Petri collum arte amplectitur, sic, ut spirare non possit. Petrus unguibus Catonis bracchium comprehendit, sed sine vi, quasi nesciret, utrum potius spirare conetur aut sanguinis flumen sistere, quod ex immani foramine prosilit, quo una beluarum suram eius rumpens eum affecit.

Altera ultimarum sagittarum mearum Catonis caput peto sciens eas eius trunco et membris nocere non posse. Nam ea rete artissimo coloris carnini teguntur, lorica quadam, quam recentissima scientia machinali Capitolini fabricaverunt. Haecne tum, cum cenavimus, in pera eius fuit? Lorica corpus contra sagittas meas protegens? Quamquam faciei tegumenti obliti isti sunt.

Cato ridet tantum: »Si in me iacularis, is mecum cadit.«

Hoc verum est. Si eum conficio isque ad mutatas formas decidit, Petrus cum eo morietur. In re dubia haeremus. Ego Catonem telo traicere nequeo, nisi etiam Petrum interficio. Is Petrum interficere nequit, nisi cerebrum suum sagitta mea transfigitur. Statuis similes adstamus et viam salutis quaerimus.

Nervi mei tam intenti sunt, velut si iam rumpantur. Dentes tam vehementer comprimo, ut paene frangantur. Mutatae formae obmutuerunt, sanguinem pulsantem in aure mea incolumi solum audio.

Petri labra caerulea fiunt. Nisi quid confestim ago, is suffocatur, et cum eum amisero, Cato eius corpore pro telo contra me utetur. Re vera satis bene scio Catonem hoc ipsum in animo habere, nam non iam ridet quidem, sed labris subridet ritu triumphantis.

Quasi extremum conatum temptans Petrus digitos sublevat, de quibus sanguis in crus suum stillat, et Catonis bracchium monstrat, non ut Catonis amplexum laxare conetur, sed ut litteram X in exteriore parte manus Catonis impingat. Uno minimo puncto temporis post me etiam Cato intellegit, quid hoc significet, nam risus eius evanescit. Sed haec una secunda maximi momenti est, iam sagitta mea eius manum transfigit. Vociferans Petrum quasi reflexu coactus mittit, qui retrorsus eum illidit. Per breve tempus vix ferendum puto nunc eos ambos praecipitare. Prosiliens Petrum capesso, cum Cato in Cornu sanguine oblito labatur et decidat.

Eum affligi et spiritum e corpore decedere audimus, tum mutatae formae eum supprimunt. Petrus egoque nos amplectimur exspectantes sonum tormenti ignivomi, exspectantes finem certaminis, exspectantes libertatem. Sed nihil accidit. Nondum. Nam hoc est supremum culmen Ludorum Famis et spectatores spectaculum exspectant.

Hoc ego non specto, sed et fremitum et anhelitum et ululatum dolore commotum et hominis et beluarum audio, cum Cato pugnam cum agmine init. Non intellego, quomodo tam diu superesse queat, sed tum loricae recordor, quae eum a collo ad talos protegit, et intellego longam fortasse hanc nocturnam pugnam futuram esse. Catonem aut cultrum aut gladium in vestimentis suis abscondisse apparet, nam nonnumquam aut clamor beluae morientis aut sonitus metalli metallo icti ad nos supra sedentes pervenit, cum ferrum Cornu aureum pulsat. Pugna ad posterius latus Cornus Copiae transit. Cato unicam rationem pugnandi conari videtur, qua vitam suam servare possit: ut ad extremum posterius Cornus perveniat et ad nos innitatur. At postremo, quamquam eximia fortitudine et habilitate est, tamen plane opprimitur.

Nescio, quam diu pugna iam fuerit, unam fere horam puto, cum Cato concidit nosque audimus beluas eum ad priorem partem Cornus retrahere. *Nunc eum conficient*, puto. Sed adhuc sonus tormenti ignivomi deest.

Nox ingruit, hymnus sonat, sed nulla imago Catonis in caelo apparet, gemitus oppressus solus, qui per metallum ad nos penetrat. Aere gelidissimo per planitiem flante mihi in mentem venit ludos nondum finitos forte nescioquamdiu continuari victoriamque nostram adhuc incertam esse.

Ad Petrum nunc me convertens video eius crus adhuc tantum sanguinem effundere quam antea. Et copiae et impedimenta nostra infra ad lacum sunt, ubi fugientes mutatas formas ea reliquimus. Nullum ligamentum habeo, quo multum sanguinem e sura eius fluentem inhibeam. Quamquam in vento mordenti frigore tremo, primo pallam tum etiam tunicam exuo tumque quam citissime pallam iterum induo. Iam breve tempus sine palla toleratum effecit, ut dentes mei quasi effrenati crepitare inciperent.

Petri facies in lurida lunae luce cana videtur. Ei suadeo, ut procumbat, et vulnus inspicio. Sanguis calidus et lubricus per digitos meos stillat. Unum ligamentum non sufficiet. Matrem meam nonnumquam observabam ligamentum pressum alicui imponentem, quod imitari nunc tempto. A tunica mea alteram manicam abscindo, quam bis infra genu circum crus volvo et nodo. Quia baculum mihi non est, ultimam sagittam reliquam capio et in nodum insero et quam saepissime torqueo. Hoc periculosum est – fieri posset, ut Petrus crus suum amitteret –, sed pensanti mihi periculum, ne forte vitam suam amittat, ulla alia optio est? Vulnus reliqua parte tunicae meae obligo et iuxta eam procumbo.

»Ne obdormiveris«, dico. Mihi non bene notum est, num hoc lege artis medicae sit, sed metuo, ne is nullo tempore iam experrecturus sit, si nunc somno coniveat.

»Frigesne?«, hic e me quaerit. Pallam suam aperit, corpori eius me applico, palla sua nos ambo implicat. Paulo calidius est, calor corporum nostrorum duplici corio pallarum continetur, sed nox adhuc recens est. Frigor porro crescet. Iam nunc animadverto Cornu Copiae, quod me ascendente candebat, sensim gelidum fieri.

»Cato adhuc vincere potest«, ad Petrum susurro.

»Hoc tu ipsa non credis«, Petrus dicit cucullum mihi subducens, sed is etiam vehementius tremit quam ego ipsa.

Eae horae, quae nunc sequuntur, pessimae totius vitae meae sunt, quod multum significat. Frigor iam satis tormenti afferret, sed etiam miserius est gemitus et vagitus Catonis mendicantis audire beluis eum male tractantibus. Iam mox nil ad me attinet, quis is sit quidque fecerit, et nil desidero, nisi ut eius tormenta finiantur.

»Cur eum non sine ulla mora interficiunt?«, ex Petro quaero.

»Causam scis«, is dicit me artius ad se attrahens.

Sic est, causam scio. Nullus spectator oculos avertere nunc potest. Ludi magistris hoc eximium spectaculum, summum culmen est.

Hoc sine fine permanet et aliquando nil aliud cogitare possum, omnes memorias et spes opprimit, omnia exstinguit nisi ea, quae hic et nunc aguntur, et vix iam excogitare possum haec umquam mutari. Numquam aliud quoddam erit nisi et frigus et metus et vagitus cruciatu graves eius pueri, qui hic sub Cornu moritur.

Petro tamen nunc sensim obdormiscente identidem nomen eius magna et mox maxima voce clamo, nam si is nunc moriatur, omnino insana fiam. Somno repugnat, magis, ut videtur, mea gratia quam sua ipsius gratia, sed difficile hoc ei est, nam non sui compos his omnibus liberaretur. Sed adrenalinum, quod per corpus meum propellitur, me retineret, ne eum sequerer, itaque ei abire non permittam. Hoc tolerare non potero.

Nusquam nisi in caelo solo, ubi luna lente progreditur, intellegere possumus tempus transire. Identidem Petrus lunam digito demonstrat, ut eam migrantem videam, et interdum breviter aliquantulum spei concipio, antequam cruciatus huius noctis me rursus devorat.

Tandem eum susurrantem audio iam dilucescere. Oculos

aperiens video sidera in lurida diluculi luce evanescere. Etiam video, quam exsanguis Petri facies facta sit. Quantulum temporis ei restare! Et scio eum mihi ad Capitolium reportandum esse.

Tormentum ignivomum adhuc nondum missum est. Aurem incolumem meam Cornui apponens Catonis vocem audio.

»Credo eum nunc propiorem esse. Potesne eum telo traicere, Catanissa?«

Si is foramini appropinquaverit, eum fortasse contingere potero. Rebus sic stantibus haec misericordia esset.

»Ultima sagitta mea in ligamento tuo presso haeret«, dico.

»Accipe eam«, Petrus dicit. Clausuram denticulatam pallae suae aperiens me emittit.

Sagittam libero et ligamentum pressum, quam artissime digitis gelidis meis possum, nodo. Manum manu frico, ut sanguis melius fluat. Sursum repo meque super extremum Cornu flecto Petri manibus adiuta.

Aliquo tempore mihi opus est, donec Catonem in luce obscura et inter tantum sanguinem invenio. Tum haec moles rudis carnis, quae olim adversarius meus erat, sonum edit, ut locum cognoscam, ubi os suum est. Credo eum »Quaeso« dicere velle.

Misericordia nec ulciscendi cupiditate commoveor, ut sagittam in caput eius eiciam. Petrus me retrahit arcum manu tenentem, pharetra vacua est.

»Eumne confecisti?«, is susurrat.

Iactus tormenti ignivomi responsum dat.

»Tum vicimus, Catanissa«, is obtuse dicit.

»Euge, io triumphe!«, edo, sed vox mea victoriae laetitia caret.

Gurges in arena aperitur et quasi iussae reliquae mutatae formae insiliunt et decedunt terra super eas rursus coeunte.

Nos exspectamus, dum scapha Hoveriana Catonis reliquias

abducat, dum tubarum clangor, qui nunc sonare deberet, victoriam indicet. Sed nihil accidit.

»Mehercle!«, ad caelum vociferor. »Quid est?« Unicum responsum clangor avium expergiscentium dat.

»Forte cadaver causa est. Forte nobis abeundum est«, Petrus dicit.

Reminisci conor. Estne ab ultima sorte tributa necata recedendum? Cogitationes meae confusae sunt, nec satis scio, sed quae alia causa huius morae sit?

»Bene. Credisne te ad lacum ire posse?«, ex eo quaero.

»Temptandum mihi quidem est«, Petrus dicit. Cauti acuto extremo Cornus Copiae delabimur et in solum decidimus. Si membra mea iam tam rigida sunt, quomodo Petrus omnino moveri potest? Prior me colligo et bracchia et crura iacto et flecto, dum sentio me eum adiuvare posse. Aliquo modo ad lacum pervenire valemus. Manum aquae frigidae Petro haurio et alteram labris meis admoveo.

Sulida imitatrix quaedam sibilum diuturnum gravemque edit, et curis levata lacrimare incipio, cum scapha Hoveriana apparet Catonemque aufert. Nunc nos abducent. Nunc domum redire possumus.

Sed adhuc nullum responsum datur.

»Quid isti exspectant?«, Petrus lassus dicit. Propter et ligamentum pressum amissum et virium contentionem ad lacum eundi vulnus rursus apertum est.

»Nescio«, dico. Quaecumque causa morae est, spectare nequeo eum etiam plus sanguinis amittere. Surgo, ut baculum quaeram, et paene subito eam sagittam invenio, quae a Catonis lorica repercussa erat. Eodem munere fungitur quo alia sagitta. Cum me demittam, ut eam tollam, vox Claudii Templiferrarii per arenam tonat.

»Gratulor ultimis duobus adversariis Famis Ludorum quartorum et septuagesimorum. Mutatio legum antea nuntiata renuntiata est. Exploratio magis profunda legum monstravit unum victorem solum permissum esse«, is dicit. »Bene eveniat, et sit fortuna semper vobiscum!«

Crepitus brevis sequitur, tum nihil. Incredula oculos in Petrum defigo veritatem animo complectens. Numquam iis propositum erat, ut nos ambos superstites tolerarent. Haec omnia magistri ludorum excogitaverunt, ut exitus maxime suspensus omnium temporum fieret. Et velut homo stupidissimus ego fraudata sum.

»Si hoc bene consideras, inopinatum non est«, is mitis dicit. Eum doloribus affectum surgentem specto. Velut motione tardata mihi appropinquat, manu cultrum e cingulo trahit et ...

Fortuito sagittam arcui insero eamque in cor eius intendo. Petro supercilia adducente video eum cultrum iam abiecisse. Strepens in lacum cadit. Arcum in solum demitto et unum gradum regredior facie mea pudore ardente.

»Minime!«, Petrus dicit. »Exige!« Claudicat ad me et ferrum in manum meam reponit.

»Non possum«, dico, »id non exigam.«

»Exige! Antequam rursus aut mutatas formas aut aliud quoddam monstrum in nos instigant. Ego non eodem modo mori desidero, quo Cato mortuus est«, is dicit.

»Tum tu me telo transfige«, irata ei dico et sagittam et arcum porrigens. »Tu me telo transfiges et domum redibis et sic vives!« Dum hoc loquor, scio hanc mortem rem tolerabiliorem futuram esse.

»Scis me id facere non posse«, Petrus dicit arma deponens. »Bene, sic quoque ego primus sum.« Se demittit et ligamentum a crure abscindit et ultimum praesidium inter sanguinem suum et terram situm destruit.

»Minime, non licet tibi ipsi mortem consciscere!«, exclamo. Genibus nixa ligamentum desperata rursus in vulnus reprimo.

»Catanissa«, is dicit, »hoc volo.«

»Non me hic solam relinques«, dico. Nam si is mortuus sit, numquam domum revertar, non tota. Reliquam vitam meam hac in arena versabor viam salutis exquirens.

»Audi«, dicit me trahens, ut pedibus stem. »Uterque nostrum scit eis victore opus esse. Hic alter nostrum solus esse potest. Quaeso, victrix sis. Mea gratia.« Et exponere incipit, quanto mei amore captus sit, ut vita sine me agenda sibi nullius pretii futura sit, sed eum non iam audio, nam ea verba, quae antea edidit, in capite meo haeserunt illicque volitant.

Uterque nostrum scit eis victore opus esse.

Punctum tetigit, iis victore opus est. Sine victore ludi magistris tota res ad irritum caderet. Rebus sic stantibus Capitolio spectante naufragium facerent. Etiam supplicio eos afficere possent machinis cinematographicis hoc per omnia televisoria patriae transmittentibus.

Si et Petrus egoque aut ambo morerentur aut isti crederent nos mori desiderare …

Sacculum de cingulo meo solvo. Petrus hoc videns articulum manus meae retinet. »Minime, hoc tibi non permittam.«

»Mihi confide«, susurro. Per diuturnum momentum temporis is me spectat, tum mittit. Sacculum aperio et ei nonnullas bacas in manum fundo. Tum mihi ipsi bacas sumo. »Numeremus ad tria?«

Petrus ad me flectitur et semel me osculatur mitissime. »Ad tria«, dicit. Alter alteri aversus astamus, manibus vacuis nostris implicatis.

»Istis eas porrige! Omnes has videant«, dico.

Manum meam porrigo, bacae obscurae luce solis splendent. Postremum Petri manum premo signum dans, valedicens, tum numerare incipimus. »Unum.« Forte fallor. »Duo.« Forte isti non curant, si nos ambo morimur. »Tria.« Nimis sero est, ut consilium mutem. Manum ad os duco mundum postremum spectans. Bacae iam inter labra mea sunt, cum tubarum clangorem audimus.

Cui vox excitata Claudii Templiferrarii obstrepit: »Desistite! Desistite! Spectatores, magnum gaudium mihi est victores Famis Ludorum quartorum et septuagesimorum vobis praebere, qui sunt Catanissa Semperdia et Petrus Mollarcus! Ecce sortes tributae Regione XII ortae!«

Textstellen aus Band 2:
Die Tribute von Panem. Gefährliche Liebe

Aufgrund eines besonders perfiden Jubiläums muss Katniss erneut mit Peeta in die Hungerspiele einziehen. Denn die von ihr entfachte Revolution ist Präsident Snow ein Dorn im Auge – er will das »Problem Katniss« endlich loswerden. Doch Katniss verbündet sich in der Arena mit dem agilen Finnick und durchbricht auch diesmal wieder die Barriere der Spiele.

2.1 Besuch von Präsident Snow

Nach Katniss' und Peetas Sieg in den ersten Spielen lehnen sich – ermutigt durch Katniss – immer mehr Menschen gegen das Kapitol auf. Katniss wird in ihrem Distrikt begeistert gefeiert, doch die Stimmung trübt sich bald, als sie unvermittelt Besuch von Präsident Snow bekommt. Dieser rät ihr dringend dazu, bei der Siegertour der Gewinnertribute das Volk zu besänftigen, indem sie ihm mit Peeta eine perfekte Romanze vorspielt. Andernfalls werde er ihrem besten Freund Gale (der sie mittlerweile ein einziges Mal im Wald geküsst hat) und ihrer Familie etwas antun.

Deutsch: S. 26 (»Für mich gehört Präsident Snow ...«) – S. 38 (»… ›Überzeuge mich‹, sagt er.«)

Praesidem Niveum ante columnas marmoreas et ingentia vexilla exspecto. Perturbor, quia eum hoc in conclavi inter res cottidianas conspicor. Velut si operculum de olla aliqua absumeres et in ea pro sorbitione viperam ore aperto invenires.

Quid hic sibi vult? Cogitationes meae ad primos dies itinerum victorum praeteritos citato cursu rursus properant. Memini me sortes tributas victrices una cum praeceptoribus et ornatoribus suis vidisse. Etiam nonnulli graviores vicarii eorum, qui rem publicam gubernant, aliquando aderant. Sed Praesidem Niveum numquam vidi. Festis Capitolinis adest. Hoc satis est.

Si hic totum iter ab urbe sua huc fecit, hoc unum id significat: Gravibus incommodis haereo. Et tota familia mea mecum. Horreo reputans, quam propinquae et mater et soror mea huic viro sint, qui me detestatur. Qui me semper detestabitur. Nam eum in ludis suis crudelissimis dolo cepi, Capitolium derisi ideoque potentiam eius subrui.

At nihil feci, nisi Petri meamque vitam servavi. Quod id ipsum factum seditionis erat, casu tantum accidit. Sed si per legem Capitolinorum uni sorti tributae soli vincere licet et si quis hanc legem temptare audet, haec ipsa rebellio esse videtur. Me ipsam hoc uno modo defendere potui, cum simularem amorem ardentem Petri mentem sanam mihi eripuisse. Itaque nos ambo superstites mansimus. Et victrices decoratae. Licuit nobis et domum reverti et diem festum agere et machinis cinematographicis adnuere et quiete vivere. Usque ad hoc tempus.

Causa fortasse aut nova domus est aut terror eum videndi aut, quod nos ambo scimus eum me quibusdam statim interficiendam tradere posse; mihi quidem videor ipsa domum hanc invasisse. Quasi haec domus eius esset egoque hospes essem, quem nemo invitavit. Itaque neque eum saluto neque ei sedem offero. Nullum verbum edo. Profecto eum tracto quasi re vera serpens esset, serpens venenata. Immota adsto, oculos in eum defigo de fuga cogitans.

»Credo nos totam hanc rem multo faciliorem reddere posse, si paciscimur, ne alter alterum mendacio fallat«, is dicit. »Quid tu putas?«

Puto linguam meam in glacie ligatam esse meque haudquaquam loqui posse, sed me ipsam deprehendens voce firma respondeo: »Sic est, puto nos, si hoc ageremus, tempori parsuros fuisse.«

Praeside Niveo subridente primum labra eius animadverto. Labra serpentum exspectaveram, id est nulla. Sed eius labra plenissima sunt, cutis quasi stricta est. Delibero, num medici os eius secaverint, ut pulchriorem speciem praebeat. Si id fecerunt, tempus perdiderunt, nam haudquaquam pulchrum est. »Consultores mei metuebant, ne tu nobis difficultates afferres. Num tu difficultates nobis afferre cogitas?«, is interrogat.

»Minime«, dico.

»Hoc eis etiam dixi. Dixi puellam, quae tantos labores passa est, ut vitam suam servaret, non temere eam perdere velle. Praeterea familiam suam respiciet. Et matrem et sororem et quoscumque … consobrinos.« E modo, quo nomen consobrinorum producit, intellego eum scire Gallum meque non re vera consanguineos esse.

Nunc facta aperta sunt. Forte id melius est. Minas incertas non bene fero. Scire malo, quomodo res se habeat.

»Considamus quidem.« Praeses Niveus ad mensam scriptoriam ligno splendido factam considit, qua Primula pensa sua absolvit materque mea res familiares meditatur. Ut ei non licuit domum nostram temere intrare, ita ei non licet hic considere. At ei quidvis licet. Ante mensam in una sellarum sculptarum alto fulcro praeditarum consido. Alicui, qui procerior me est, destinata est, ego pedum digitis tantum solum tango.

»Difficultas mihi allata est, Catanissa«, Praeses Niveus dicit. »Difficultas, quae eo ipso momento exstitit, quo tu in arena stans bacas venenatas promeres.«

Id ipsum momentum is dicit, quo putavi magistros ludorum, si duae optiones eis sunt, ut aut Petrumque meque nobis ipsis mortem consciscentes spectent, ex quo nullus victor abisset, aut nos ambos superesse sinant, secundam eligere.

»Si Seneca Grus, summus ludorum magister, paulo plus sapiisset, te statim displosisset. Sed mollitia quaedam ei erat. Qua de causa tu nunc hic es. Imaginaris, ubi ille sit?«, ex me quaerit.

Adnuo, nam e ratione dicendi apparet Senecam Gruem supplicio affectum esse. Nunc, quia mensa scriptoria sola nos dividit, odor et rosarum et sanguinis multo acrior est. Praeses Niveus unam rosam in replicatura habet, quae quidem originem odoris florum indicat, sed natura corruptam esse apparet, nam nulla rosa vera ita olet. Sed quod ad sanguinem attinet …, nescio.

»Rebus sic stantibus nil aliud agere possumus quam tibi permittere, ut fabulam scaenicam tuam finias. Satis bene partes discipulae amore furioso captae egisti. Capitolinis id paene persuasum erat. Doleo, quod in regionibus non omnes spectaculo tuo decepti sunt«, is dicit.

Brevi tempore perturbatio facie mea repercussa esse videtur, nam is hoc accipit.

»Tu hoc scire non potes. Tibi nuntii de animorum motibus in ceteris regionibus apparentibus non sunt. Sed nonnullae parvum istud artificium tuum ad has bacas pertinens provocationem interpretatae sunt, non factum amantis. Si potissimum puella Regione XII orta Capitolium lacessere potest et facile incolumis abit, quid ceteros arceat, ne idem faciant?«, is dicit. »Quid, ut exemplum afferam, seditionem impediat?«

Post breve tempus tandem ultimam sententiam intellego. »Fueruntne seditiones?«, ex eo quaero. Hac cogitatione quidem terreor, sed simul animi concitationem quandam gaudii plenam sentio.

»Nondum fuerunt. Sed rebus ita se habere pergentibus seditiones fient. Et seditiones rerum eversionem parare constat.« Praeses Niveus unum locum super laevum supercilium situm fricat eo ipso loco, quo et mihi caput dolere solet. »Potesne imaginari, quid hoc significaret? Quot homines morerentur?

Miseriam superstitum? Quaecumque difficultates cum Capitolinis coniunctae sint – si ii severitatem quam brevissime remitterent, tota ratio rei publicae nostrae corrueret, quod mihi credere potes.«

Stupeo, quam aperte et vere iste hoc edere videatur. Quasi imprimis saluti civium Panis provideret, cum iste re vera nihil aliud minus curet. Nescio, cur tam audax fiam, ut haec verba edam, sed ea edo: »Rationem rei publicae valde titubare apparet, si manus bacarum eam evertere potest.«

Diu tacet me intuens. Tum dicit: »Titubat, sed non ita, ut putas.«

[...]

»Seditiones efficere nolui«, dico.

»Hoc tibi credo. Nihil ad rem attinet. Ornator tuus habitum tuum eligens vatem se praestitit. Catanissa Semperdia, puella inflammata. A te scintilla exiit, quae, nisi nos eam curamus, in ingens incendium crescere posset, quod Panem destrueret«, is dicit.

»Cur me nunc non sine ulla mora interficis?«, cito edo.

»Publice?«, interrogat. »Quod esset incendium vehementius efficere.«

»Tum fabulam casus mortiferi dare potes«, dico.

»Quis hoc credat?«, interrogat. »Tu quidem minime, si spectatrix esses.«

»Tum praecipe, quid mihi agendum sit. Hoc agam«, dico.

»Siquidem id tam facile esset.« Crustulum floribus ornatum sumit et spectat. »Quam formosum. Mater tua haec ipsa coxit?«

»Immo Petrus.« Primum animadverto me eius aspectui resistere non posse. Pocillum sumo, sed repono sentiens id cum catillo crepare. Ut id dissimulem, cito crustulum sumo.

»Petrus. Qualis est iste amor firmus mutuusque vitae tuae?«, e me quaerit.

»Bonus«, dico.

»Quando intellexit se a te re vera neglegi?«, e me quaerit crustulum suum in potionem theanam immergens.

»Eum minime neglego«, dico.

»Sed forte non tam attonita hoc iuvene es, quam civitati nostrae persuadere voluisti«, is explicat.

»Quis hoc dicit?«, ex eo quaero.

»Ego«, Praeses dicit. »Et si unus essem, qui hoc dubitet, non hic adessem. Quid consobrinus tuus formosus agit?«

»Nescio … ego …« Odium huius colloquii, quo cum Praeside Niveo de affectibus meis in eos duos homines disputo, quos plurimi aestimo, vocem meam suffocat.

»Loquere, Catanissa. Eum facile interficiam, nisi quid scimus, quod faciamus. Ei gratum non agis, cum eo comite unoquoque die Solis in silva te abscondis.«

[…]

»Ne intuleris Gallo vim ullam, quaeso«, susurro. »Amicus tantum est. Ex multis annis amici sumus. Nihil amplius nos coniungit. Praeterea nunc nos omnes consobrinum consobrinamque esse putant.«

»Mea nihil interest nisi id, quod aliquid momenti habet ad amores, qui Petrumque teque coniungunt, et ita ad animorum motus in regionibus factos«, is dicit.

»In itinere victorum tam res se habebit quam semper. Eodem amore cum eo coniuncta ero quo antea«, dico.

»Quo nunc«, Praeses Niveus me corrigit.

»Quo nunc«, confirmo.

»Sed si istae seditiones avertendae sunt, etiam certior esse debes«, is dicit. »Hoc iter ultima occasio tua est, ut omnem rem vertas.«

»Hoc scio. Et hoc efficiam. Omnibus regionibus persuadebo me haudquaquam Capitolium lacessivisse, sed amore insanam fuisse«, dico.

Praeses Niveus surgit et labra torosa mappa aliqua punctim detergit. »Maiorem finem tibi propone, nisi hoc perficias!«

»Quid putas? Quem finem maiorem mihi proponam?«, ex eo quaero.

»*Mihi* persuade«, dicit.

2.2 Die Entstehungsgeschichte des Spotttölpels

In Band 1 hat Katniss die Spotttölpelbrosche – nun das Symbol des Aufstands – von der Bürgermeistertochter Madge Undersee als Glücksbringer erhalten. Erst in Band 2 sprechen die beiden bei einem Treffen im Haus des Bürgermeisters über den Ursprung und das Wirken des Spotttölpels, der ähnlich wie Katniss auch einiges mit einer Rebellion zu tun hat. Madges Tante hat die Brosche bereits als Tribut getragen. Sie sei bei früheren Spielen ums Leben gekommen.

Deutsch: S. 107 (»Sie saß in ihrem Zimmer …«) – S. 108 (»… mit seinem Lebenswillen gerechnet.«)

Ea [Magdalena] in conclavi suo ante speculum sedebat pectens flavos capillos suos undis similes fluitantes. Eo ipso pulchro vestimento candido induta erat quam illo messis die. Me in speculo animadvertens risit. »O te spectandam! Quasi recta via e Capitolinis viis venires.«

Propius accessi. Digiti mei sulidam imitatricem tetigerunt. »Etiam fibula nunc decet. Sulidae imitatrices nunc in Capitolio immaniter placent tua gratia. Nonne fibulam recuperare vis?«, interrogavi.

»Inepta facis. Hanc tibi donavi«, Magdalena dixit. Capillos redimiculo festivo religavit.

»Quomodo eam accepisti omnino?«, interrogavi.

»Materterae meae erat«, ea dixit. »Sed puto familiam nostram iam diu eam possidere.«

»Mirum id est, ipsa sulida imitatrix«, dixi, »propter seditionem, puto. Tunc sulidae garrulae omnes rationes Capitolinorum turbaverunt.«

Sulidae garrulae mutatae formae erant, aves masculini generis, quas naturam mutantes Capitolini creaverant, ut seditiosos in regionibus explorarent. Aves multa verba memoria tenere eaque repetere valebant, itaque in fines seditiosorum mittebantur, ut Capitolinis nuntiarent, quod illic diceretur. Sed seditiosi id agnoverunt et sulidis garrulis adversus Capitolinos utebantur nil nisi mendacia narrantes. Cum id detectum esset, permiserunt, ut sulidae garrulae exstinguerentur. Intra paucos annos eae in vasta solitudine non iam exstiterunt, sed antea cum passeribus imitatoribus coeuntes novum genus procreaverant.

»Sed sulidis imitatricibus numquam armorum loco utebantur«, Magdalena dicit. »Aves canorae solae sunt. An non?«

»Ita sane est«, dico. Sed verum non est. Passer imitator avis canora sola est. Sulida imitatrix est animal, quod voluntate Capitolina exsistere non liceat. Non exspectaverant sulidam garrulam, quam stricte custodirent, tam callidam futuram esse, ut se locis desertis accommodet, naturam suam tradat, nova forma reviviscat. Non exspectaverant eam vitae tam cupidam futuram esse.

2.3 Katniss und Gale planen ihre Flucht

Katniss hat sich mit Peeta verlobt, um das Kapitol von ihrem besten Freund Gale abzulenken. Heimlich trifft sie sich mit diesem, um ihm zu berichten, dass Snow ihm Gewalt antun würde, wenn sie sich zusammen in der Öffentlichkeit zeigten.

Deutsch: S. 108 (»Während ich jetzt …«) – S. 112 (»… und nie wiederkommen.«)

Dum per nivem pedes supplodens ingredior, sulidas imitatrices video de ramo ad ramum salientes et cantus aliarum avium excipientes eosque imitantes et in novum quoddam mutantes. Ut semper per eas Ruta mihi in mentem venit. Eius somnii reminiscor, quod priore nocte tramite vehens somniavi, cum eam specie sulidae imitatricis indutam viderem eamque sequerer. Utinam paulo diutius dormivissem et invenissem, quo ea me ducere vellet.

Ad lacum iter admodum longum est, dubium non est. Si Gallo me sequi placet, aegre feret se tantum vigoris perdere, quo potius ad venandum uteretur. Mirum erat ad convivium festivum in domicilio praetoris habitum familiares suos advenisse eo ipso excepto. Coryla dixit eum aegrotare, sed hoc mendacium fuisse apparuit. Neque eum in spectaculo festivo messis inveni. Victor mihi narravit eum venari. Hoc verisimile fuit.

[...]

Exspectatione citior is apparet. Arcum in umero portat et de cingulo suo gallopavus mortuus dependet. Gallus ad portam stat, quasi deliberet, utrum intret an non. Et sacculum scorteum ciborum plenum nondum apertum manibus tenet, et thermocantharum et Cinnae manicas. Ea sunt dona, quae recipere non vult, quia mihi tantopere irascitur. Bene scio animum eius. Nonne idem matri meae attuli?

Oculos suos aspicio. Ira eius occulere non potest, quam laesus sit, quam proditum esse putet, postquam Petro desponsa sum. Hic conventus hodiernus ultimam occasionem mihi praebet, ne Gallum in perpetuum amittam. Per multas horas ei omnia explicare possem et tamen etiam tum me repellere posset. Pro eo statim ad summam defensionis meae venio.

»Praeses Niveus mihi ipse minatus est se te interfecturum esse«, dico.

Gallus supercilia tollit, sed timidam vel inopinatam speciem non praebet. »Et alios quosdam?«

»Tabulam quidem nominum quorundam mihi non tradidit. Sed exspectandum est hoc ad ambas familias nostras pertinere«, dico.

Tandem ad caminum venit. Ante ignem considit et se fovet. »Nisi forte?«

»Non, nisi forte, quomodo res se nunc habent«, dico. Hoc accuratius explicandum mihi esset, sed nescio, quo exordiar, ergo tantum assideo et maesta ignem oculis defigo.

Post aliquod tempus Gallus silentium rumpit: »Igitur gratias tibi ago, quod mihi periculum indicavisti.«

Me converto, ut acrius quoddam respondeam, cum oculos eius fulgentes conspicor. Me ipsam odi, quia nolens nunc subrideo. Res minime ridicula est, sed nimia accidunt, ut omnia uno tempore tolerem. Nos omnes exstinguent, quidcumque accidat. »Consilium mihi est, scisne?«

»Ita, praeclarum id esse constat«, dicit. Manicas in gremium meum iactat. »Ecce. Manicas depositas sponsi tui recipere nolo.«

»Is non sponsus meus est. Haec est comoediae pars. Praeterea manicae neque eius sunt. Cinnae erant«, dico.

»Ergo redde eas«, dicit. Manicas induit, digitos movet et probans adnuit. »Saltem manibus calidis moriar.«

»Valde confisus. Ne cognovisti quidem, quid accidisset«, dico.

»Narra«, dicit.

Ab eo vespere incipio, quo Petrum atque me victores Famis Ludorum coronaverunt et Faenomius me ad Capitolinorum iram admonuit. De cura narro, quae numquam a me discedebat, etiam cum iam domi essem, de Praeside Niveo hospite, de necibus in Regione XI commissis, de discidiis in populo effectis, de ultimo salutis conatu per sponsalia, de Praesidis obscuro dicto id non satis fuisse, de persuasione mea mihi poenas luendas futuras esse.

Gallus me ne semel quidem interrumpit. Me loquente is manicas in peram inserit et e cibis in sacculo scorteo apportatis cenam parat. Et panem et caseum torret, mala nucleis purgat, castaneas torrendas in igne ponit. Manus suas, formosos digitos habiles observo. Tam cicatricosi quam mei erant, antequam cutis mea in Capitolio polita est, sed fortes et celeres. Eae manus satis robustae sunt, ut carbonem feriant, et satis tenues, ut laqueos difficiles faciant. Eae manus sunt, quibus confido.

Subsisto et haustum potionis theanae e thermocantharo sumo, antequam de reditu meo narro.

»Admirabilem confusionem rerum effecisti«, is dicit.

»Immo nondum peroravi«, ei reddo.

»Satis audivi ad tempus. Praeteri cetera et consilium tuum expone«, is dicit.

Profunde respiro. »Effugiamus.«

»Quid?«, dicit. Hoc minime exspectavit.

»In silvam prodimus et effugimus«, dico. Vultum eius interpretari non possum. Deridebitne me? Spernetne inventum meum quasi insanum? Sollicita surgo controversiam exspectans. »Tu ipse dixisti nos id facere posse! Mane eius messis diei. Tum dixisti …«

Mihi appropinquat et me tolli animadverto. Conclave circumagitur et bracchiis collum eius amplecti debeo, ne labar. Is ridet, is felix est.

»Heus!«, repudians clamo, sed simul rideo.

Gallus me reponit, sed non emittit. »Bene, ergo effugiamus«, dicit.

»Vere? Non me amentem aestimas? Venisne mecum?« Nunc pondus me non iam tam grave deprimit, quod in Galli umeris deposui.

»Te quidem amentem aestimo, sed tamen tecum venio«, dicit. Verissime loquitur. Praeterea hoc probat. »Id perficere possumus, quod scio. Effugiamus neque umquam redeamus!«

2.4 Die in Distrikt 13 angezettelte Rebellion

Kurz darauf trifft Katniss im Wald auf Bonnie und Twill, die aus Distrikt 8 geflohen sind, getarnt mit einem Friedenswächterkostüm, nachdem dort eine Rebellion angezettelt, jedoch niedergeschlagen worden ist. Die beiden erklären ihr, dass sich in Distrikt 13 unter der Erde eine Rebellion formiert hat, der sie sich anschließen wollen.

Deutsch: S. 162 (»Seit den Hungerspielen …«) – S. 166 (»… mit mächtigen Waffen gibt.«)

E tempore Famis Ludorum taedium in Regione VIII magis magisque creverat. Quodammodo id semper aderat. At nunc non iam satis erat eloqui, sed consilium agendi e voto in factum mutatum est. Officinae textilium, quae Pani ministrant, semper strepitu machinarum resonare solent, in quo facile erat alicui aliquod dictum tradere, labra prope ad aurem quandam, verba non animadversa, non inhibita. Obliquia ludi magistra erat, Bella una discipularum eius erat, et scholae disciplina finita insuper operam diurnalem quattuor horarum in ea officina laborabant, quae potissimum vestitus forenses Pacis Vigilum producebat. Bella, quae in eis frigidis conclavibus laborabat, ubi vestitus confecti recognoscebantur, per menses perseverabat, priusquam duos vestitus forenses compararet, modo unam caligam, modo singulas bracas. Ii et Obliquiae eiusque marito destinati erant, nam ut seditio diffunderetur efficaxque fieret, nuntius sine dubio ultra Regionem VIII dissipandus erat.

Eo die, quo Petrus et ego in itinere victorum prodiimus, ultima quaedam probatio fuit. Homines multitudinis gregatim se disposuerunt, prope ea ipsa aedificia, quae petere parabant seditione exorta. Hoc consilium eis fuit: praecipuas sedes gubernatorum urbis occupare, quae sunt et basilicam iuridicam et praetorium Pacis Vigilum et sedem communicandi in foro sitam. Et alibi eius regionis: et tramites et horreum et officinam electricam et cellam armorum.

Is vesper, quo desponsa sum, quo Petrus genibus nixus in Capitolio machinis cinematographicis testibus immortalem amorem suum erga me confessus est, is vesper fuit, quo seditio exorta est. Interrogatio, quam Caesar Flagravir nobiscum habuit, optimam occasionem simulandi praebuit. Hanc spectare omnibus praescriptum erat, ideo populus Regionis VIII praetextum habuit, cur tenebris obortis in viis essent. Ad spectandum aut in forum aut in diversa urbis loca convenerunt. Ex consuetudine talis conventus suspicionem provocavisset. Sic autem omnes edicto tempore hora octava post meridiem affuerunt, cum personas induerunt et clades infernorum exorta est.

Principio Pacis Vigiles multitudine obruti sunt, qui talem turbae seditionem minime exspectaverant. Et sedes communicandi et horreum et officina electrica omnes occupatae sunt. Seditiosi arma Pacis Vigilum mortuorum susceperunt. Speravimus hoc non factum amentium fuisse et, si nuntius per ceteras regiones dissipatus sit, quodam modo fieri posse, ut imperium Capitolii evertatur.

Sed tum Capitolini impetum contrarium fecerunt. Milia Pacis Vigilum advenerunt. Scaphae Hoverianae seditiosorum praesidia pyrobolis destruerunt. In ea confusione, quae secuta est, homines felices se putaverunt, si vivi domum redire potuerunt. Minus duodequinquaginta horis urbs devicta erat. Tum per unam hebdomada obserata erat. Nulla alimenta, nullus carbo, egressus e domicilio interdictus. Semel tantum in televisione aliud quoddam atque nix spectari poterat, quod fuit eo tempore, quo ii, quos duces coniurationis suspicabantur, in foro poena suspendendi affecti sunt. Tum, aliqua nocte, cum tota regio fame paene peribat, statim imperaverunt, ut ad vitam usitatam redeundum esset.

Bellae et Obliquiae ad scholam redeundum erat. Quia vicus aliqui iaculatione pyrobolorum pervia non fuit, sero ad operam diurnalem in officinam pervenerunt. Itaque centum metris distabant, cum aedificium displosum est omnesque, qui intus erant, interfecti sunt – inter quos et Bellae maritus et Obliquiae tota familia erant.

»Aliquis Capitolinis detulisse videtur consilium seditionis illic captum esse«, Obliquia voce infirma edit.

Ambo ad Obliquiae domicilium confugerunt, ubi vestitus forenses Pacis Vigilum adhuc eas exspectabant. Quam plurimum commeatum collegerunt etiam rebus eorum vicinorum utentes, quos mortuos esse sciebant, et ad stationem tramitum evaserunt. In horreo quodam prope orbitas binas sito vestitus forenses induerunt et hoc vestitu alieno ad currum tramitis textilibus oneratum pervenerunt. Is trames Regioni VI destinatus erat, in itinere per intermissionem bencini recipiendi causa factam effugerunt et duobus diebus ante in Marginem Regionis XII pervenerunt, ubi consistendum eis erat, cum Bella talum luxaret.

»Intellego, cur profugiatis, sed quid vos exspectat in Regione XIII?«, ex eis quaero.

Bella et Obliquia sollicitae alter alteram aspicit: »Hoc non bene novimus«, Obliquia dicit.

»Illic sunt ruinae solae«, dico. »Omnes has imagines vidimus.«

»Punctum tetigisti. Ex quo nos Regione VIII orti cogitare possumus, semper easdem imagines monstrant«, Obliquia explicat.

»Ain tu?« Meminisse et eas imagines Regionis XIII mihi ante oculos ponere conor, quas e televisione novi.

»Nonne scis eos semper basilicam iuridicam monstrare?«,

Obliquia pergit. Adnuo. Iam milies eam vidi. »Si accuratissime spectas, eam cognoscere potes. In summa dextera parte.«

»Quam potissimum?«, ex ea quaero.

Obliquia iterum crustulum suum ave ornatum monstrat. »Sulidam imitatricem quandam. Eo brevi tempore solum, quo praetervolat. Semper eadem.«

»In Regione VIII putamus eos semper easdem imagines monstrare, quia ea, quae re vera gesta sunt, monstrare nequeunt«, Bella dicit.

Incredula fremo. »Et ea de causa Regionem XIII petitis? Propter imaginem avis cuiusdam? Num putatis vos illic novam urbem hominibus spatiantibus inventuras esse et hoc a Capitolinis omnino probari?«

»Minime«, Obliquia dicit. »Putamus homines sub terram migravisse, cum in terra omnia deleta essent. Putamus eis contigisse superstites esse. Et putamus Capitolinos eos neglegere, quia ante Dies Atros industria maximi momenti Regionis XIII fabricatio armorum nuclearium erat.«

»Plumbaginem ibi sublevabant«, dico. Sed tum insisto, nam hoc factum in Capitolio mihi traditum est.

»Nonnulla parva cunicula montana illic quidem erant, hoc verum est. Neque hoc sufficit, ut tantum incolarum numerum probes. Haec unica res esse videtur, quam pro certissimo dicere possumus«, Obliquia dicit.

Cor meum citius aequo pulsat. Quid, si eae recte dicunt? Possitne id verum esse? Estne praeter loca deserta alius locus, quo profugias? Quo tuta sis? Si in Regione XIII civitas est, meliusne esset illuc ire, ubi forte aliquid efficere possim, quam hic mortem exspectare? At rursus … si in Regione XIII homines armis fortibus ornati sunt …

2.5 Das Jubel-Jubiläum

Beiläufig erfährt Katniss zu Hause vor dem Fernseher von Präsident Snow, dass im Rahmen des 75. Jubiläums der Spiele die Tribute aus den Siegern der Distrikte gezogen werden sollen. Dies hat für sie nichts Gutes zu bedeuten.

Deutsch: S. 193 (»Ich will den Fernseher schon ausschalten ...«) – S. 196 (»... Ich muss wieder in die Arena.«)

Iam televisionem exstinguere paro, cum Caesar dicit nobis proximum maius huius vesperi spectaculum exspectandum esse. »Sic est, hoc anno Famis Ludi septuagesimi quinti erunt, ideoque tertium iubilaeum iubilationis instat!«

»Quid hic sibi vult?«, Primula interrogat. »Tres menses etiam nunc sunt usque ad hoc.«

Matrem nostram spectamus, cuius vultus et gravis et absens videtur, velut si cuius rei reminisceretur. »Videlicet tabula recitatur.«

Hymnus nationis sonat, et cum Praeses Niveus scaenam intret, fauces meae fastidientes quasi strictae sunt. Quem sequitur puer vestitu candido indutus, qui inornatam cistam ligneam portat. Hymnus finitur et Praeses Niveus orationem incipit. Nos de Diebus Atris monet, e quibus Famis Ludi exorti sunt. Cum leges ludis constituerentur, Praeses dicit praescriptum esse, ut quinto et vicesimo quoque anno iubilaeum iubilationis celebrandum esset. Tum grandius genus ludorum sit, ut memoria illorum reviviscat, qui in seditionibus regionum interfecti erant.

Apertius id exprimi non potuit, nam existimo nunc in pluribus regionibus seditiones esse.

Tum Praeses Niveus de praeteritis iubilaeis iubilationis narrat. »Quinto et vicesimo anniversario, ut admonerentur seditiosi liberis suis moriendum fuisse, quia ipsi violentiae viam ingressi essent, in quaque regione comitia habita sunt, in quibus decretum est, quae sors tributa vicaria regionis suae futura esset.«

Miror, quid senserint ii, cum eos adulescentes eligerent, quibus eundum erat. A suis vicinis prodi, id peius esse videtur quam in messe sorte eligi.

»In quinquagesimo iubilaeo«, Praeses Niveus pergit, »unicuique regioni, ut admoneretur cuique incolae Capitolii binos seditiosos mortuos esse, duplex numerus sortium tributarum praebendus erat.«

Mihi ante oculos pono mihi cum quadraginta septem nec cum viginti tribus adversariis dimicandum futurum esse. Peiores occasiones, minus spei et postremo plures mortui. Hic fuit annus, quo Faenomius vicit …

»Amica mihi erat, cui illo anno eundum erat«, mater mea summissa voce dicit. »Marsilia Tonitrua. Cuius parentes tabernam dulciariam habebant. Postea mihi eius avem canoram donaverunt. Avem canariam.«

Primula egoque alter alteram spectant. Numquam antea de Marsilia Tonitrua audivimus. Forte quia mater mea non ignoravit nos sciscitaturas esse, quomodo ea mortua esset.

»Et nunc summis honoribus tertium iubilaeum iubilationis celebrabimus«, Praeses dicit. Parvus puer candido vestitu indutus procedit, Praesidi cistam porrigit, operculum tollit. Involucra epistularia iam inveterata ex ordine disposita videmus. Qui rationem iubilaei iubilationis invenerunt, existimaverunt Famis Ludos sempiternos futuros esse. Praeses unum involucrum epistulare e cista promit, in quo clare numerus »LXXV« legi potest. Digitum suum sub claustrum demittens parvam chartam promit. Sine ulla mora recitat: »Anniversario quinto et septuagesimo, ut seditiosi admonerentur ne fortissimos suorum quidem potentiam Capitolii superare posse, sortes tributae masculae et feminae e grege victorum sortiendae sunt.«

Mater mea parva voce clamat et Primula faciem suam manibus occulit, sed ego potius mihi videor velut aliquis eorum spectatorum, quos in televisione video. Paulum confusa. Quid id est? Grex victorum?

Tum intellego, quid id sit. Mihi saltem. Regioni XII tres victores tantum sunt, e quibus eligi potest. Duo mares. Una femina …

Iterum mihi arena adeunda est.

2.6 Eine umwerfende Begegnung mit dem Star-Tribut Finnick Odair

Bei der Eröffnung der Spiele des Jubel-Jubiläums trifft Katniss zum ersten Mal auf den extrovertierten Finnick Odair aus dem Fischer-Distrikt 4. Er ist nur mit einem glänzenden Fischernetz bekleidet und erzählt Katniss von seiner dekadenten Lebensweise auf dem Kapitol, wo er stets Liebschaften mit wohlhabenden Damen unterhält. Er kämpft mit Netz und Dreizack und erinnert den Leser somit an den Meeresgott Poseidon/Neptun bzw. den Gladiatorentypus des Retiarius.

Deutsch: S. 233 (»Ich höre ein krachendes Kauen …«) – S. 237 (»… vollkommen verloren.«)

Crepitum manducantis cuiusdam audio, iam antequam animadvertam eum iuxta me stantem. Caput verto et adsunt oculi illustres virides Phoenicii Odorii paucis centimetris tantum a meis distantes. Alium cubum sacchari sibi in os iacit et equo meo nititur.

»Salve, Catanissa«, dicit, velut si per multos annos familiares essemus. At numquam antea convenimus.

»Salve, Phoenici«, obiter dico, quamquam hoc praesente non bene valeo, praesertim cum paene nudus is sit.

»Visne aliquem?«, interrogat mihi manum porrigens, qua catervam quandam cuborum sacchari tenet. »Ii quidem equis destinati sunt, sed quid ad nos attinet? Iis multum temporis adhuc erit, ut saccharum gustent, cum tibi et mihi … puto nobis potius sumendum esse, si dulce quoddam videmus.«

Phoenicius Odorius heros quidam in Pane est. Quattuordecim annos natus quintorum et sexagesimorum Ludorum Famis victor abiit, ideo usque ad nunc nemo est, quo minor natu vicit. Regione IV ortus ambitiosus fuit, qua de causa omni modo bona fortuna usus est. Sed quod nullus eius praeceptor sibi condonare potuit, fuit eximia Phoenicii pulchritudo. Erat procerus, athleticus, et cute aurea et capillis aeneo colore insignibus et oculis mirabilibus. Cum aliae sortes tributae illius anni a munificis vix manu frumenti aut ramentis flammiferis donatae essent, Phoenicio neque cibi neque medicamentorum neque armorum ulla erat inopia. Cum eius adversarii post unam hebdomada tandem intellegerent sibi hunc potissimum interficiendum esse, iam sero erat. Iis hastis et cultris, quos in Cornu Copiae invenerat, iam bene utebatur. Sed cum umbellam descensoriam argenteam cum tridente acceperat – nempe donum carissimum, quod umquam vidi –, res perfecta erat. Regio IV piscatu vitam suam sustentat. Totam vitam suam Phoenicius in navibus agebat. Tridens via et naturali et letifera bracchium suum extendit. Ex hedera rete nexit, quo adversarios involvit, ut eos tridente percuteret. Intra paucos dies coronam adeptus est.

Ex eo tempore Capitolini eum dilexerant et amaverant.

Quia admodum iuvenis erat, per primos duos annos eis eum tangere non licebat. Sed ex quo sedecim annos natus est, cum quotannis Famis Ludos visitet, a furiosis amantibus quasi occupatur. Nulli diu favet. Aliquando uno anno quattuor aut quinque amores deinceps habet. Sive femina vetustior sive iunior, sive formosa sive turpis, sive dives sive ditissima – eas quidem comitatur earumque dona insolita accipit, sed numquam in amore cum eis manet, et postquam abiit, numquam revertitur.

Negare non possum, quin Phoenicius hominum mirabilium et libidinosorum toto in orbe sit. Attamen verum dico confirmans me ab eo numquam allectam esse. Forte quia formosior aequo est, forte quia tam facile amatur, quam facile amittitur.

»Nolo, gratias ago«, dico ei saccharum offerenti. »Sed libenter vestitum tuum aliquando mutuum sumerem.«

Reti aureo tantum involutus est, quod decenter ad inguina nodatum est, ut sensu stricto eum non nudum appelles. Sed multo nudior esse non potest. Eius ornator id utile putare videtur, si spectatores quam maximam partem corporis Phoenicii aspicere possunt.

»Hoc vestitu me vere terres. Quid de tuis pulchris puellulae vestimentis?«, e me quaerit. Lingua sua labra leviter umectat. Hoc plurimos homines plane attonitos reddere videtur. Sed aliqua de causa vetusti illius Amentis reminiscor, qui super iuniorem feminam pauperem esurientem salivam edit.

»Procerior facta sum«, dico.

Phoenicius collare tunicae bracatae meae comprehendit et textile digitis suis fricat. »Male accidit hoc iubilaeum iubilationis. In Capitolio opulentissimis divitiis luxuriose vivere potuisses. Ornamenta, pecunia, quaecumque desideras.«

»Ornamenta non amo, et pecuniae plus mihi est, quam impendere possum. In quas res tu tuam pecuniam impendis, Phoenici?«, ex eo quaero.

»Hui, rem tam vulgarem quam pecuniam per multa saecula iam non curo«, is respondet.

»Et quid pro deliciis te conveniendi solvi solet?«, ex eo quaero.

»Secreta«, leniter dicit. Caput prorsus inclinat, ut labra nostra se invicem paene tangant. »Quid de te potissimum, puella inflammata? Aliqua secreta tegis, quae operae pretium essent, ut tempus tibi dedicem?«

Aliqua ex causa stulta erubesco, sed me cogo non recedere: »Minime, apertissima sum«, susurro. »Videlicet omnes credunt se secreta mea cognovisse, antequam ipsa ea cognoverim.«

Is subridet. »Quamquam id me paenitet – sed puto te verum dicere.« Aspectus eius ad latus micat. »Ecce Petrus. Doleo, quod vobis nuptiae vestrae renuntiandae sunt. Scio, quanta perturbatione hoc te afficiat.« Alium cubum sacchari in os suum iaciens lente abit.

Petrus iuxta me consistit, eodem vestitu indutus quam ego ipsa: »Quid iste voluit?«, e me quaerit.

Me converto, labra mea Petri labris admoveo, palpebras sicut Phoenicius demitto. »Saccharum mihi obtulit et omnia secreta mea sciscitavit«, dico, quam illecebrosissima possum.

Petrus ridet. »Fu! Id fieri non potest!«

»Immo potest«, reddo. »Reliqua tibi narrabo, cum horror abierit«.

»Putasne, si alter nostrum solus vicisset, eum similem finem passurum fuisse?«, e me quaerit ceteros victores aspiciens. »Unum horum fanaticorum?«

»Profecto. Tu potissimum«, dico.

»Ah, cur ego potissimum?«, subridens e me quaerit.

»Quia tu pulchris rebus moveris, quas ego non curo«, superbula dico. »Si te victu Capitolino illicerent, plane perditus esses.«

2.7 Andenken an Seneca Crane

Um die Spielemacher, v. a. den neuesten Vorsteher Plutarch Heavensbee, auf sich aufmerksam zu machen, arrangiert Katniss in Windeseile eine der vorhandenen Zielpuppen mithilfe eines kunstvoll geknoteten Stricks an einer Stange als Erhängten. Mit blutrotem Saft schreibt sie »Seneca Crane« darauf (dieser war Oberster Spielemacher gewesen und hatte es ermöglicht, dass Katniss und Peeta beide die Hungerspiele überlebten; diese Beleidigung des Kapitols hatte er schließlich mit dem Tod bezahlt). Das Ergebnis bringt die illustren Betrachter des Trainings der Tribute vollkommen aus der Fassung. Von diesem Ereignis berichtet Katniss sodann ihren Stylisten Cinna und Portia und den anderen Vertrauten in ihrem Umfeld. Nach einem gemeinsamen Fernsehabend im Team und einem persönlichen Gedankenaustausch verbringen Katniss und Peeta die Nacht in einem gemeinsamen Bett.

Deutsch: S. 264 (»Ich versuche mich …«) – S. 272 (»… richtig zu schlafen.«)

Quendam nodum certum tempto, sed difficile est, nam hunc nodum numquam ipsa conexui. Semel solum Phoenicii digitos habiles spectavi et tunc omnia celerrime perfecta sunt. Post decem minutas tamen laqueum aptum confeci. Eum perticae athleticae affigo, aliquod simulacrum icendum in medium conclave traho idque sublevo eiusque cervicibus laqueum inicio, ut de pertica pendeat. Nunc etiam manus in dorso vincire possem, sed forte ad id faciendum tempus deficit. Ad stationem celandi curro, ubi aliquae sortes tributae, videlicet isti Morphici, immanem inquinationem confecerunt. Tamen adhuc vas iam apertum bacarum suci sanguineo rubore insignis invenio, qui proposito omnino plane sufficit. Textile colore carnis, e quo cutis simulacri facta est, bonum linteum est, quod facile liquores recipit. Diligenter et sic, ut ludi magistri id videre non possint, digitis dua verba in simulacri corpore pingo. Tunc cito de medio recedo, ut observem, quid facies ludi magistrorum monstraturae sint, cum nomen simulacro inscriptum legerint.

SENECA GRUS.

Hoc aspectu ludi magistri et cito et satis vehementer commoventur. Nonnulli acutos clamores edunt, alii vini calices vitreos amittunt, ut strepentes in solo frangant. Duos animus relicturus esse videtur. Passim facies attonitae.

Nunc animum Plutarchi Caelapis in me converti. Suco eius persici, quod manu compressit, per digitos fluente, me tacens defixis oculis intuetur. Postremo screat et dicit: »Abire nunc potes, Catanissa Semperdia.«

Reverenter adnuo et me converto, ut abeam, sed tum temptationi indulgens pyxida bacarum sucum continentem post me iacio. Sucum ad simulacrum crepitantem audio, cum alii vini calices vitrei franguntur. Brevi antequam porta anabathri clauditur, postremum video neminem loco se movisse.

Hoc non exspectaverunt, mecum reputo. Et temerarium ac periculosum fuit et sine dubio decemplex aut maior poena mihi solvenda erit. Sed ad tempus paene summam quandam laetitiam sentio, qua fruor tantum.

[...]

Ad televisionem convenimus et Euvia oculis fletu turbatis advenit. Facies sortium tributarum apparent, deinceps omnes regiones, et sub imaginibus numeri aestimationis illucescunt. Ab uno ad duodecim. Cum Casimiria, Splendor, Brutus, Enobaria, Phoenicius magnas aestimationes iam ante exspectatas adipiscantur, ceteri modicas aut parvas accipiunt.

»Fueruntne aliquando et aestimationes nullius valoris?«, interrogo.

»Minime, sed semper aliquid primum accidere solet«, Cinna respondet.

Et hoc recte dicit. Nam Petrus egoque ambo duodecim adipiscimur, quod numquam antea in prioribus Famis Ludis acciderat. Tamen nemo festum celebrare desiderat.

»Cur hoc fecerunt?«, quaero.

»Ut ceteris nihil restet nisi vos una aggredi«, Faenomius plane dicit. »Cubitum ite! Vos nunc videre nolo.«

Petrus tacens me ad conclave meum comitatur, sed antequam is »Bonam noctem« edat, eum amplector caputque meum in eius pectore pono. Eius manus per dorsum meum sursum migrant et eius gena in capillis meis quiescit. »Veniam peto, si omnia peiora reddidi«, dico.

»Non peiora quam ego ipse. Sed cur id fecisti?«, dicit.

»Nescio. Forte ut eis demonstrem me plus valere quam dramatis personam in eorum ludis.«

Summissa voce is ridet, certo prioris anni reminiscitur illiusque noctis ante ludos. Tunc in tecto fuimus, neuter dormire potuit. Tunc etiam Petrus tale quoddam elocutus est, sed ego non intellexi, quid vellet. Nunc intellego.

»Ego quoque«, dicit. »Neque dicere volo me id non temptaturum esse. Ut te domum reducam, dico. Sed, ut sine ambagibus dicam …«

»Si sine ambagibus dicis, putas Praesidem Niveum iussisse eos curare, ut nos omnino in arena moriamur«, dico.

»Hoc putavi, sic est«, Petrus dicit.

Hoc etiam ego ipsa putavi. Neque semel tantum. Sed cum persuasum mihi sit me nullo modo vivam ex arena abituram esse, adhuc spero Petrum id perfecturum esse. Qui videlicet bacas non deprompsit, sed ego. Nemo umquam dubitavit, quin Petrus amore tantum commotus Capitolio resisteret. Ergo Praeses Niveus eum fortasse superstitem abire patitur – prostratum, corde fractum, ut vita eius aliis admonitioni sit.

»Sed etiamsi hoc fiet, omnes scient nos pugnavisse, an non?«, Petrus dicit.

»Mehercle«, dico. Et primum a tragoedia mea decessi, quae e nuntio iubilaei iubilationis me occupaverat. Et eius senis reminiscor, qui in Regione XI telo transfixus est, et Bellae Obliquiaeque et rumorum, qui de seditionibus exstiterant. Profecto omnes homines in regionibus me spectabunt, ut videant, quomodo capitis poenam feram, qua Praeses Niveus utetur, ut extremam potentiam suam demonstret. Signum exspectabunt, quod eis monstret eos non frustra pugnavisse. Si demonstraverim me Capitolio usque ad finem resistere, tum me interfecerint, neque animum meum. Estne melior occasio, ut seditiosis spem afferam?

Hoc in eo invento mihi pulchrum videtur, quod, cum decernerem, ut vitam meam profundens Petrum servarem, seditiosum quoddam feci. Recuso, ne Famis Ludos legibus Capitolii obsequens ludam. Voluntas mea privata cum publica consentit. Et si Petrum servare possem … Rerum conversioni id optimum esset. Nam mortua plus quam viva valeo. Me martyre quadam uti faciemque meam in vexillis pingere poterunt, hocque homines melius excitabit quam Catanissa viva. Sed Petrus vivus pluris erit, is heros tragicus dolorem suum verbis ornabit, quae animos hominum mutabunt.

Petrus fureret, si sciret me tale quoddam cogitare, itaque tantum dico: »Et quomodo his ultimis diebus nostris utemur?«

»Mihi placeret unamquamque minutam reliquae vitae meae tecum esse«, is reddit.

»Ergo veni«, dico eumque in conclave meum traho.

Luxuria mera est, rursus cum Petro uno in lecto dormire. Nunc demum animadverto, quantopere propinquum hominem desiderem. Huius corpus in tenebris iuxta me iacens. Utinam priores noctes non perdidissem eum excludens. Somno me commendo huius calore involuta, et cum oculos aperiam, lux diei per fenestras influit.

»Nullos incubos«, dicit.

»Nullos incubos«, confirmo. »Et tu?«

»Neque ullos. Iam oblitus eram, qualis sit nox, qua vere dormias.«

2.8 Wie ein Phönix aus der Asche

Für ihr Interview mit Caesar Flickerman, der die Tribute unmittelbar vor den Spielen ein letztes Mal befragt, hat Katniss von ihrem Stylisten Cinna ein ganz besonderes Kleid bekommen. Der Betrachter denkt zunächst an ein weißes Hochzeitskleid und somit an ihre (vorerst) geplatzte Heirat mit Peeta, doch als Katniss sich dreht, zeigt sich ihr Dress in seiner revolutionären Pracht – und die wird ihrem Schöpfer Cinna schon bald zum Verhängnis werden.

Deutsch: S. 279 (»Als ich vorgestellt werde …«) – S. 283 (»… Aufmerksamkeit auf ihn.«)

Cum introducar, spectatores iam omnino confecti sunt. Homines lacrimant, nonnulli collapsi sunt, etiam mutatio rationis diem festum agendi poscitur. Sed cum sericam candidamque vestem nuptialem induta incedam, tumultus fit. Meus finis, finis amantium tragicorum, qui in perpetuum beati vivunt, finis nuptiarum. Etiam Caesaris usitata sollertia rimas accipit, cum frustra turbam ad hoc solum sedare conetur, ut loqui possim, sed tres minutae mihi concessae cito contrahuntur.

Tandem silentio facto is hoc proferre potest: »Ah, Catanissa, haec nox videlicet omnes valde movet. Visne aliquid eloqui?«

Trementi voce loquor: »Hoc tantum, quod doleo vos omnes nuptias meas adire non posse …, sed gaudeo vos me saltem hoc vestitu indutam spectare. Nonne is … pulcherrimus est?«

Etsi Cinnam non intueor, hoc aptum momentum esse sentio. Lente circumagi incipio et manicas vestitus gravis super caput levo.

Clamores multitudinis audiens puto formam meam praeclaram causam esse. Tum fumum circa me ascendentem sentio. Incendii fumum. Non res istae micantes, quibus anno priore inter pompam curriculorum usi sunt, sed verae flammae vestitum meum devorantes. Terror caecus me perturbat, cum fumus densior fiat. Panniculi adusti serici denigrati in aere circumagitantur, margaritae in scaenam crepitant. Consistere quidem non audeo, nam cutis mea minime ardet, et scio Cinnam hoc excogitavisse. Ergo circumagor, etiam atque etiam circumagor. Brevi spiritum non iam duco miris flammis involuta. Tum ignis subito exstinctus est. Sensim consisto et cogito, num nuda sim curque Cinna perfecerit, ut vestitus meus nuptialis flagraret.

Sed nuda non sum. Vestitu induta sum persimili vestitui meo nuptiali hoc tantum differente, quod colorem carbonis habet et e minimis pinnis est. Stupens longas manicas fluentes sublevo et hoc momento me ipsam in quadro visifico aspicio. Tota nigra sum praeter maculas albas in manicis sitas. An potius in alis dixerim?

Cinna me in sulidam imitatricem mutavit.

Adhuc paulum flagro, itaque Caesar manum cunctans porrigit, ut velamen meum tangat. Album conbustum est, leve velamen nigrum restat, quod a tergo super capitium colli cadit. »Pinnae«, Caesar dicit. »Avi cuidam similis es.«

»Sulidae imitatrici nempe?«, dico paulum alis plaudens. »Ea avis in fibula est, qua utebar, ut fortunam mihi ferret.«

Umbra cognitionis trans Caesaris faciem volat, quia scit sulidam imitatricem non mihi soli fortunam ferre. Eam nunc tam multo plus significare. Hoc, quod Capitolini iocum insolitum duxerunt, a regionibus plane aliter percipi. Sed is id in optimum vertit.

»Profecto admiror ornatorem tuum. Nemo sane neget nos numquam antea in interrogatione talem eximium ornatum spectavisse. Cinna, caput inclina, quaeso!« Caesar Cinnae gestu quodam indicat, ut surgat. Hoc facit et paulum caput eleganter inclinat. Et statim vehementer de eo timeo. Quid fecit? Horrendum et periculosum quoddam. Rebellionis actum. Et mea gratia hoc fecit. Cuius dictorum reminiscor ...

»Noli timere. Quod sentio, opere meo exprimo. Hoc modo neminem laedo nisi me ipsum.«

Metuo, ne is se ipsum tantopere laeserit, ut id satisfieri nequeat. Significatio subtilis mutationis meae igneae Praesidem Niveum certe non praeteriit.

Primum spectatores attoniti stupent, tunc firmum plausum dant. Vix sonum audio, qui indicat tres minutas mihi concessas finitas esse. Caesar mihi gratias agit egoque ad locum meum redeo, vestitum meum aere leviorem sentio.

Petro occurro, qui post me interrogatur, sed is aspectum meum vitat. Cauta consido, sed praeter nonnulla fumi signa incolumis esse videor, et sic ei intenta sum.

2.9 Der Beginn der 75. Hungerspiele

Kurz vor Beginn der Hungerspiele musste Katniss mitansehen, wie ihr Stylist Cinna wegen der Kreation des Spotttölpelkleids von Friedenswächtern zusammengeschlagen wurde. Dann wurde sie, noch ganz verstört, zu den Startblöcken gebracht. Dort entdeckt sie, dass sie sich auf dem Wasser befindet. Sodann schließt sie sich mit Finnick zusammen; dieser hilft Katniss, weil er ein Anhänger der Revolution ist und zudem glaubt, sie sei von Peeta schwanger – Peeta hat diese ›Bombe‹ bei seinem Interview mit Caesar Flickerman platzen lassen; er hat dort zudem behauptet, er habe Katniss im Geheimen bereits geheiratet, womit er ein skandalöses Aufbegehren unter den Siegertributen provozierte.

Deutsch: S. 297 (»›Meine Damen und Herren …‹) – S. 303 (»… über Wasser halten.«)

»Spectatrices et spectatores, Famis Ludi quinti et septuagesimi coeperunt.« Vox Claudii Templiferrarii moderatoris Famis Ludorum in auribus meis pulsat. Minus quam una minuta mihi restat, ut circumspiciam. Tum tintinnabulum sonabit et sortes tributae e laminis metallicis suis discedere possunt. Sed quo?

Clare et distincte cogitare nequeo. Semper Cinna mihi ante oculos est sanguinolentus in solo iacens. Ubi is nunc est? Quid ei afferunt? Torquentne eum? Necantne eum? Mutantne eum in Avocem? Insidiis in eum commissis me videlicet sollicitare paraverunt […]. Libentissime in lamina mea metallica collaberer. Sed postquam modo haec omnia vidi, id vix fieri potest. Fortis esse coacta sum. Hoc Cinnae debeo, qui omnia ausus est Praesidem Niveum deludens et vestitum meum nuptialem in pinnas sulidae imitatricis mutans. Hoc et seditiosis debeo, qui Cinnae exemplo erecti fortasse hoc momento pugnant, ut Capitolium evertant. Recusatio ludos secundum leges Capitolinos ludendi ultimum factum rebellionis meum sit. Ergo me ipsam cohibeo, ergo nunc vultu iucundo res iniucundissimas perpetior.

Ubi sum? Quae me circumdent, adhuc intellegere nequeo. *Ubi sum?!* Responsum a me ipsa postulo, et sensim mundus lineamenta accipit. Aqua caerulea. Caelum roseum. Sol candens, qui de caelo ardet. Ecce etiam Cornu Copiae metallicum aureo splendore circiter quadraginta metra distans. Primo in quadam insula rotunda esse videtur. Sed acrius intuens angustas lacinias terrae cognosco, quae radiorum modo ab insula

Cornus Copiae exeunt velut rotae radii. Quas decem aut duodecim esse aestimo omnes idem spatium distantes. Inter radios nihil nisi aqua est. Immo, aqua et binae sortes tributae.

Ergo sic res se habet. Duodecim radii sunt, inter quos binae sortes tributae in laminis metallicis tenentur. Altera sors tributa in meo aquae cuneo stans vetus Latrator Regione VIII ortus est. Is ad dexteram meam stat idem fere spatium a me distans quo terrae lacinia ad laevam meam. Trans aquam, ubicumque intueris, angustum litus et post id densus frutex est. In circulo sortes tributas requiro et Petrum prospecto, sed Cornu Copiae prospectum impedit.

Nunc manum aquae haurio eamque odoror. Tum digito umido linguam meam tango. Aqua salsa est, sicut putavi. Velut illae undae, quas Petrus egoque breviter ad litus ambulantes in Regione IV vidimus. Sed saltem pura esse videtur. Nullae naviculae, nulli rudentes, ne minimum lignum natans quidem, quo retinearis. Immo una via sola ad Cornu Copiae patet. Tintinnabulo sonante sine mora ad laevam demergor. Longius solito natandum mihi est, et natare per undas non tam facile est quam in eo tranquillo lacu, quo domi natare soleo, sed levitatem quandam miram corporis mei animadvertens sine labore per aquam delabor. Sal fortasse id efficit. Madidissima me ipsam ad litus traho et per arenam usque ad Cornu Copiae curro. Neminem a parte mea appropinquantem video, sed Cornu aureum magna ex parte prospectum impedit. Sed cogitatione adversariorum forte venientium minime frenor. Nunc ambitiosae cuiusdam cogitationes mihi sunt, ut primum telum quoddam captem.

Priore anno copiae latius circa Cornu Copiae dissipatae erant et res maximi momenti Cornui proximae erant. Hoc autem anno praeda ad foramen plus sex metris altum coacervata esse videtur. Subito arcum aureum, qui captari potest, aspicio eumque evello.

Tum aliquis post me adest. Levis arenae motus aut forte mutatio aurae sola me sollicitavit. Sagittam ex ea pharetra extraho, quae adhuc in acerva haeret, et dum convertor, nervum tendo.

Nonnulla metra distans Phoenicius speciosissimus adest, qui tridentem paratum habet. Ab altera manu eius rete quoddam vacillat. Paulum ridet quidem, sed nervi pectoris eius iam intenti sunt. »Tu etiam natare potes«, is dicit. »Ubi Regionis XII hoc didicisti?«

»Magnum solium balneare nobis est«, respondeo.

»Hoc apparet«, is dicit. »Placetne tibi arena?«

»Non magnopere. At tibi certe. Tibi potissimum eam construxerunt«, dico amarior. Sic quidem videtur tanta aqua referta, nam paucos victores solos natare posse constat. Et in palaestra nulla piscina erat, ut nemo natare discere posset. Aut natator huc advenis aut citissime natare discas. Etiam si quis caedi initio faciendae interesse desiderat, per aquam viginti metra natare cogitur. Sic Regioni IV magnum commodum est.

Per momentum temporis quasi attoniti sumus et nos invicem existimantes et alterius arma et habilitatem. Tum Phoenicius subito ridere incipit: »Bene, quod nos socii sumus, an non?«

Insidias suspicans sagittam iam eicere paro sperans eam perculsuram esse eius cor, antequam eius tridente configar, sed tum is manum movet et aliquid, quod in articulo manus gerit, in sole fulget. Est armilla auri puri lineis flammeis ornata. Eadem, quam hodie mane in Faenomii articulo manus vidi, cum exercere inciperem. Brevissime mecum reputo, num Phoenicius eam furatus sit, ut me falleret, sed quodam modo scio hoc verum non esse. Faenomius ei armillam mandavit, ut signum vel potius iussum mihi daret, ut Phoenicio confiderem.

Alios gradientes et propius appropinquantes audio. Statim decernendum mihi est. »Bene ergo!«, acriter dico, nam etsi Faenomius munere custodis mei fungens vitam meam servare conatur, id me piget. Cur mihi nihil de hoc foedere dixit? Hoc eum fecisse verisimile est, quia Petrus egoque socios abnuerunt. Qua de causa Faenomius ipse quendam socium elegit.

»Te demitte!«, Phoenicius voce firmissima iubet, quae plane aliter sonat quam blandus eius susurrus, ut paream. Eius tridens super caput meum volat et ictum taeterrimum audio, cum is destinatum contingit. Vir Regione V ortus [...] in genua procumbit, dum Phoenicius tridentem ex eius pectore extrahit. »Numeris I et II diffidendum tibi est«, Phoenicius dicit.

Tempus non iam est id dubitandi. Pharetram sagittis refertam ex acervo extraho. »Alter alterum latus?« Hic adnuit egoque circa acervum curro. Circiter quattuor radiis porro Enobaria et Splendor litus tangere parant. Aut tardi natatores sunt aut in aqua alia pericula latere putaverunt, quod facile fieri potest. Nonnumquam non nimis cogitare praestat. At nunc, cum litus adeptae sint, paucis secundis post apud nos erunt.

»Aliquid utile?«, Phoenicium clamantem audio.

Cito latus meum acervi perscrutans clavas, gladios, sagittam et arcum, tridentes, cultros, hastas, secures, instrumenta metallica, quae nominare nequeo ..., et nihil aliud invenio.

»Arma!«, exclamo, »nihil nisi arma!«

»Eadem hic!«, is respondet. »Cape aliquid, et profugiamus hinc!«

Sagittam in Enobariam mitto, quae appropinquans periculosa fuit, sed ea hoc providens in aquam rursus mergitur, antequam icta sit. Splendori non tam celeri sagittam in suram icio in undam insilienti. Etiam secundum arcum et secundam pharetram sagittis refertam mihi in umeris impono, et duos longos cultros et unam subulam (quod est instrumentum acutum, quo cingulum scorteum perforas) ad cingulum meum affigo. Tum ad Phoenicium redeo.

»Istud prohibe, quaeso«, dicit Brutum digito demonstrans, qui in nos incurrit. Is cingulum exuit idque velut clipeum intra manus tenet. Contendo et icio, sed is sagittam cingulo arcet, antequam iecur eius percutiat. Eo loco, quo sagitta per cingulum fodit, facies Bruti liquore violaceo aspergitur. Cum nervum iterum tendam, is se humilem in solum iacit, per aliqua metra ad aquam volvitur et mergitur. Post me aliquid metallicum in solum cadens audio. »Fugiamus«, Phoenicio dico.

Me de Bruto curante et Enobaria et Splendor clam ad Cornu Copiae pervenerunt. Brutus intra teli iactum est et aliquo loco proximo etiam Casimiriam esse apparet. Istos quattuor sollemnes ambitiosos iam pridem socios esse constat. Si mea securitas sola mihi respicienda esset, forte cum eis pugnarem Phoenicio adiuvante. Sed Petrus mihi in mente est. Tum eum conspicor adhuc in lamina metallica sua sedentem. Currere incipio et Phoenicius me insequitur nihil e me quaerens, quasi scivisset me hoc ipsum facturam esse. Cum quam proxima Petri sim, cultrum e cingulo extraho et ad eum natare paro, ut eum aliquo modo ad litus portem.

Phoenicius umerum meum manu tangit: »Ego eum arcessam.«

Diffidentia in me oritur. Haecne fallacia esse posset? Primum mihi fidem facere et tum ad Petrum natare, ut eum mergat? »Ego hoc faciam«, persevero.

At Phoenicius iam omnia arma dimisit. »Potius ne nimis laboraveris. Non in hoc habitu tuo«, is dicit alveum meum tangens.

Sic est, praegnans sum, considero. Dum mecum reputo, quid is putet et quomodo me geram – forte vomitem aut simile quoddam faciam –, Phoenicius iam ripam occupavit.

»Me protege«, dicit et saltu praecipiti perfecto in aquam immergitur.

Arcum tollo, ut omnes aggredientes, qui nos fortasse consequantur, a Cornu Copiae arceam, sed nemo id conari videtur. Ut exspectavi, et Splendor et Casimiria et Enobaria et Brutus iam inter se coierunt considerantes, qualia arma capiant. Breviter circumspiciens intellego plerasque sortes tributas adhuc in laminis suis retineri. Minime, exspecta, illic aliquis in radio laevo iuxta me stat adversus Petrum. Maga est. Neque Cornu Copiae petit neque fugere conatur. Immo in aquam insilit et ad me quasi remigat canis eius capillis identidem apparentibus. Vetusta quidem est, sed post octoginta annos, quos in Regione IV degit, adhuc eam facile aquam superare opinor.

2.10 Angriff der Affenmutanten

Rund um das Füllhorn setzt sogleich ein schlimmes Gemetzel der Siegertribute ein und das Wasser färbt sich rot. Dagegen bahnen sich Katniss, Peeta und Finnick mit der alten Mags im Schlepptau weiter durstig ihren Weg durch den Dschungel rings um das Meer in der Arena. Als Peeta in ein Kraftfeld gerät, rettet ihm Finnick durch ›altmodische‹ Mund-zu-Mund-Beatmung und Herzmassage das Leben. Dann umgibt giftiger Nebel die Gruppe, dem Mags schließlich erliegt. Und plötzlich werden die drei von mutierten Affen angegriffen.

Deutsch: S. 340 (»Während wir die paar Schritte …«) – S. 344 (»… genug ist.«)

Dum nonnullos passus ad marginem silvae tropicae pergimus, aliquod mutatum esse animadverto. […] Quacumque de causa multa corpora calida animadverto super nos insidiantia. Non necesse est eis aut strepere aut mugire. Satis est eorum anhelitus.

Phoenicii bracchium tango isque aspectum meum sursum consequitur. Nescio, quomodo eae effecerint, ut tam tacitae obreperent. Forte re vera non tam tacitae fuerunt. Nos tantum occupati fuimus in nobis reficiendis. Interea eae convenerunt. Non quinque neque decem – tot simiae in arboribus silvae tropicae sedent, ut rami flectantur. Eae duae, quas vidimus nebulam fugientes, salutationis causa affuisse videntur. Haec turba perniciem quandam indicat.

Duas sagittas depromo et Phoenicius tridentem parat. »Petre«, quam tranquillissime dico, »auxilio tuo mihi opus est. [...] Sed valde tranquille appropinqua, ne id turbes.« Quadam de causa eum simias cognoscere vel solum ad eas spectare nolo. Sunt enim animalia, quae visu solo lacessantur.

Petrus ad nos se convertit [...]. Eo insolito sono, quo locuta sum, is cognoscit aliquid periculosum instare. »Bene ergo«, quiete dicit. Per silvam tropicam vadit operam dans, ut tacitus sit, sed hoc numquam ei facile erat neque dua crura valida habenti. Attamen is appropinquat simiis se locis suis non moventibus. Quinque metra tantum is a litore abest, cum eas cognoscit. Brevissime solum eius visus sursum exsilit, sed quasi pyrobolum incendit. Simiae in turbam vociferantem pellibus auranteis insignem mutatae impetum in eum faciunt.

Numquam antea bestias vidi se tam cito moventes. Plantis ligantibus delabuntur, quasi eae oleo litae essent. Per spatia immania ab arbore ad arborem saliunt. Dentes ringentes, cervicum capilli erecti, ungues emissi velut cultri plicatiles. Expers quidem sum simiarum, sed bestiae natura genitae ita minime se gerunt. »Mutatae formae!«, edo, cum Phoenicius egoque in fruticem nos conicimus.

Scio unamquamque sagittam certam esse debere, quod mihi etiam contingit. Deinceps simias luce formidulosa utens interficio, tela sic in oculos, corda, guttura contendo, ut omnis ictus mortem ferat. Sed ne hoc quidem satis esset, nisi adessent et Phoenicius, qui istas bestias velut pisces configat et foras iactet, et Petrus, qui cultro circum se iciat. Ungues et crus et tergum meum perforantes sentio, donec quis aggredientem conficiat.

Aer gravis fit et plantis conculcatis et sanguinis odore et simiarum foetore. Terga nobis obvertentes et Petrus et Phoenicius et ego nonnulla metra distantes in trianguli formam consistimus. Ultima sagitta eiecta immensus metus me premit. Tum reminiscor etiam Petrum pharetram habere. Neque is icit, sed cultro pugnat. Nunc ego quoque cultrum extraho, sed simiae celeriores sunt, tam citae susque deque saliunt, ut vix sciam, quo vertar.

»Petre!«, exclamo. »Sagittae tuae!«

Petrus se convertit et incommodam condicionem meam intellegens pharetram suam exuere parat, cum hoc accidit. Simia e quadam arbore prorumpens proximo momento Petri pectori insiliet. Nulla sagitta mihi est, nulla iciendi facultas. Ictum obtusum tridentis Phoenicii audiens eum alibi occupatum esse scio. Petrus ea manu, qua cultrum tenet, nihil proficere potest, quia pharetram exuere temptat. Cultro meo in simiam citissime procurrentem contendo, sed ea cernuans evadit et porro procedit.

Inops, inermis unicum facio, quod mihi in mentem venit. Ad Petrum curro, ut eum evertam et eius corpus meo corpore protegam, quamquam scio me hoc non ad tempus effecturam esse.

Sed *haec* efficit. Quasi ex nihilo apparet statimque pro Petro vertigine movetur. Sanguinolenta, ore aperto acute clamitans, tantis pupillis, ut eius oculi atris foraminibus similes sint.

Morphica demens Regione VI orta bracchia ossea abrupte tollit, tamquam si simiam amplecteretur, et simia dentes suos in eius pectus figit.

Petrus pharetram dimittens cultrum in simiae dorsum cutit. Identidem eam perfodit, donec bestia morsum laxat. Uno pedis ictu mutatam formam amovet aliasque exspectans adstat. Nunc et Petri sagittas et arcum intentum habeo, Phoenicius post me stat anhelans neque iam pugnat. [...]

»Agite, huc venite! Venite!«, Petrus iratus vociferatur. Sed aliquid accidit. Simiae recedunt rursus in summas arbores, retro in silvam tropicam velut voce muta revocatae. Voce ludi magistri cuiusdam dicente hoc satis fuisse.

2.11 Eine Uhr als Arena

Der tödlich verletzten Morfixerin können Katniss und Peeta nur noch beim Sterben Beistand leisten. Während sie am Strand etwas Erholung von den aufreibenden Kämpfen suchen, stoßen Johanna Mason, der verwundete Beetee und Wiress zu ihnen. Mithilfe von Wiress, einer labilen und (mittlerweile) nahezu verrückten Erfinderin aus Distrikt 3, die dauernd »Tick, tack« murmelt, entschlüsselt Katniss, dass es sich bei der Arena um eine Uhr handelt, die auch so tickt. Auf diese Weise werden sodann auch die Gefahren der Arena zeitlich und örtlich berechenbar.

Deutsch: S. 361 (»Eine Uhr …«) – S. 362 (»… uns in Sicherheit bringen.«)

Horologium. Subito paene video indices per speciem arenae in duodecim partes divisae currentes. Unaquaque hora novus horror a ludorum magistris inventus incipit et priori succedit. Fulgora, imber sanguineus, nebula, simiae – haec sunt priores horae quattuor in horologio. Et decima hora unda. Nescio, quid septem sequentibus horis accidat, sed Filaferream recte dicere scio.

Eo ipso tempore imber sanguineus cadit nosque in litore infra simiarum partem sumus, quod propius nebulam esse iudico. Num isti impetus intra silvam tropicam tantum fiant? Hoc certum non est. Quod ad undam attinet, res se non sic habuit. Et si ista nebula ultra silvam tropicam emanaret aut simiae excederent …

»Surgite«, iubeo et Petrum et Phoenicium et Ioannam agitans e somno excito. »Surgite, proficiscamur.« Quod de horologio inveni, modo eis explicare possum exponens, quid Filaferreae »tic, tac« sibi velit et quomodo indices obscuri quaque in parte novam vim pestiferam suscitent.

Omnibus animi compotibus id persuadeo excepta Ioanna, quae omnibus propositis meis perseveranter resistere solet. Sed haec etiam praestare putat, dum licet, in tutum cedere quam postea insidiis capi.

Ceteris pauca bona nostra colligentibus Apispinumque rursus indutorio eius vestientibus Filaferream e somno excito. Ea expergiscitur lymphatice »tic, tac!« edens.

»Sic est. Tic, tac, arena horologium est. Horologium, Filaferrea, recte dixisti«, dico. »Recte dixisti.«

Eius facies levata esse videtur, quia tandem aliquis intellexit, quod ea iam primo tintinnabuli sonitu scivit. »Media nox.«

»Media nocte res incipiet«, confirmo.

Memoria potens mentem meam occupat. Horologium video. Parvum horologium est, manu Plutarchi Caelapis tenetur: *»Media nocte res incipiet«*, Plutarchus Caelapis dixit. Et tum sulida imitatrix mea breviter effulsit statimque evanuit. Ex post id aestimo velut consilium arenae ab eo datum. Sed cur hoc faceret? Tunc neque ego neque is sortes tributae horum ludorum fuimus. Forte aut putavit hoc mihi auxilio futurum esse munere custodis fungenti. Aut consilium iam tunc certum fuit.

Filaferrea nutu imbrem sanguineum demonstrat. »Dimidia hora post primam«, dicit.

»Ita. Dimidia hora post primam. Et secunda hora illic horrenda nebula veneni orietur«, dico vicinam partem silvae tropicae digito demonstrans. »In tutum cedere debemus.«

2.12 Angriff sirenenhafter Vögel

Zwischen Johanna Mason und Katniss kommt es zu Spannungen. Die sechs Tribute begeben sich nochmals zum Füllhorn, um ihren Waffenvorrat zu ergänzen. Peeta zeichnet eine Karte der Arena-Uhr. Als plötzlich die Karrieros angreifen, schlitzt Gloss Wiress' Kehle auf, woraufhin Katniss ihm einen Pfeil in die rechte Schläfe schießt. Johanna erledigt Cashmere mit der Axt. Beetee fällt beim Herumwirbeln der Arena ins Wasser, doch Finnick kann ihn retten und wiederbeleben. Während sie zusammen mit Finnick mithilfe des Saftes von angezapften Bäumen Wasser besorgt, sinnt Katniss darüber nach, warum andere Tribute Peetas Leben auch unter Einsatz des eigenen Lebens zu retten versuchen. Sie erkennt den Grund in Peetas Sprachgewalt, die bei einer Revolution zur stärksten Waffe gegen das Kapitol werden könnte. Da erklingen plötzlich Schreie. Sie werden von Vögeln attackiert, die gequälte Stimmen ihrer Familienmitglieder und Freunde nachahmen – und Katniss und Finnick damit fast in den Wahnsinn treiben.

Deutsch: S. 375 (»In diesem Augenblick ...«) – S. 382 (»... nicht sie.«)

Eo ipso momento eam [= Primulam] clamantem audio. Tanto metu tantoque dolore commotam, ut sanguis in venis meis frigidus fiat. Et tam familiarem. Epitonium dimitto, immemor, ubi sim quidque instet, hoc unum scio mihi eam adeundam et protegendam esse. Quasi furens in silvam tropicam irruo vocem sequens, neglegens periculi, et pampinos et ramos et omnia perrumpo, quae mihi viam claudit.

Viam, quae ad parvam sororem meam ducit.

Ubi ea est? Quid ei afferunt? »Primula!«, vociferor. »Primula!« Nihil nisi clamor vexatae respondet. *Quomodo huc pervenit? Cur ea ludis interest?* »Primula!«

Rami mihi et faciem et bracchia secant, plantae serpentes pedes meos captant. Sed ei appropinquo. Magis magisque. Nunc ei proxima sum. Sudor per faciem meam manat et vulnera acido facta pungit. Aere tepido umido et oxygenii egente pressa luctor, ut spiritum captem. Primula sonum edit velut strepitum tam perditum exitialemque, ut non imaginari velim, quid ei attulerint.

»Primula!« Parietem viridem perfringens in parvum lucum venio, et sonus iterum auditur, super me ipsam. Statim caput in cervicem flecto. Haeretne capta in arboribus? Desperata ramos perscrutor, sed nihil invenio. »Primula?«, supplice voce dico. Eam audio quidem, sed videre nequeo. Proximus sonus querentis auditur, tintinnabulo clarior, et non iam dubium est. E rostro parvae cuiusdam avis sonat mitram in capite gerentis, quae circiter tribus metris super me sita in ramo quodam consedit. Et tunc intellego.

Sulida garrula est.

Talem numquam antea vidi, nullas superesse putavi. Trunco arboris innitor, manus lateribus acri dolore percussis imprimo eamque intueor. Mutatam formam, primum exemplar, progenetricem. Animo meo passerem imitatorem propono idque cum sulida garrula coniungo et ex ambobus sulidam imitatricem meam genitam esse cognosco. Nihil in ea ave patefacit eam mutatam formam esse. Nihil nisi imitatio verisimillima vocis Primulae, quae e rostro eius sonat. Una sagitta in guttur missa ei linguam comprimo. Avis in solum cadit. Sagittam extraho et avem iugulo, ut tuta sim. Tum foedum animal in silvam tropicam iacto. Etsi fame perirem, minime pellicerer, ut eam edam.

Hoc verum non fuit, mecum reputo. *Sicut priore anno lupae mutatae non vere tributae mortuae erant. Fallacia tantum crudelissima haec ludorum magistrorum est.*

Phoenicius in lucum irrumpit me sagittam musco detergente: »Catanissa?«

»Omnia bene se habent. Bene me habeo«, dico, quamquam minime bene me habeo. »Putavi me sororem meam audire, sed …« Clamor acutissimus me interrumpit. Nunc alterius vox est, non Primulae, sed fortasse feminae iunioris alicuius. Eam non cognosco. At Phoenicium subito capessit. Omnis color ex eius facie cedit et pupillae horrore dilatantur. »Hic mane, Phoenici!« clamans manum porrigo, ut eum sedem, sed is iam abiit. Ruit victimam inquirens tam amens quam ego, cum Primulam consecuta sim. »Phoenici!«, exclamo sciens eum neque rediturum neque exspectaturum esse, ut causam ratione explicatam audiat. Mihi tantum restat, ut eum insequar.

Velox is quidem est, sed difficile non est eum insequi, quia vestigia plana relinquit. Sed illa avis plus quam dimidium chiliometrum abest, plerumque sursum meo, et cum Phoenicium tandem assequar, omnino exanimata sum. Is circa arborem immensam currit. Truncus plus uno metro latus est. Primi rami in altitudine plus septem metris tandem incipiunt. Clamor feminae alicunde e fronde super nos provenit, sed sulida garrula bene se occulit. Etiam Phoenicius clamat identidem: »Anna! Anna!« Valde lymphaticus est, neminem audit, itaque facio, quod omni modo fecissem: Arborem vicinam ascendo, circumspicio, donec sulidam garrulam inveni, eamque una sagitta interficio. Phoenicii ante pedes cadit. Phoenicius eam tollit, paulatim intellegit, sed cum delabar et ad eum adeam, etiam magis desperatus videtur.

»Omnia bene se habent, Phoenici. Haec sulida garrula tantum est. Nos ludibrio habent«, dico. »Hoc verum non est. Non est tua … Anna.«

»Non haec quidem Anna est. Sed vox Annae fuit. Sulidae garrulae imitantur, quod audiunt. Unde hos clamores didicerunt, Catanissa?«, e me quaerit.

Intellegens, quid hoc dicere velit, me nunc pallescere sentio. »Phoenici, num putas eos …«

»Immo puto. Hoc est, quod puto«, is dicit.

Primulam ante oculos meos pono in conclavi albo quodam sitam, in mensa quadam affixam, dum quidam personati ei hos sonos eliciant. Aliquo loco eam aut torquent aut torserunt, ut hos sonos reciperent. Genua mea cedunt egoque in solum labor. Phoenicius mihi aliquid dicere cupit, sed eum non intellego. Pro eo statim avem audio, quae alicubi ad dexteram meam cantare incipit. Et haec Galli vox est.

Priusquam ruam, Phoenicius bracchium meum comprehendit. »Minime. Hic is non est.« Me deorsum trahit, ad litus. »Nobis effugiendum est.« Sed Galli vox tam dolorosa est, ut eluctari et ad eum currere coner. »Hic is non est, Catanissa. Haec est mutata forma!«, Phoenicius me inclamat. »Age nunciam!« Partim me trahit, partim me porro portat, donec intellexerim, quid is dixisset. Recte dicit. Haec sulida garrula tantum est. Gallum minime iuvat, si avem neco. Attamen Galli vox est, et aliquis alicubi aliquando eum commovit, ut hos sonos ederet.

Sed Phoenicio non iam repugno. Quemadmodum ea nocte nebula repleta aliquid fugio, cum quo contendere nequeo. Quod mihi dolorem tantum inferre potest. Sed nunc cor meum cautizeratur, neque corpus meum ut antea. Constat istas aves alia arma horologii esse. Quartam horam esse existimo. Cum indices ad quartam horam progrediuntur, simiae domum revertuntur et sulidae garrulae proveniunt et canere incipiunt. Phoenicius recte dicit: Quam celerrime effugiendum nobis est. [...]

In extrema silva tropica et Petrus et Ioanna adstant, quod simul curas meas levat et me iratam reddit. Cur Petrus mihi non succurrit? Cur nemo nos secutus est? Nunc quoque cessat manibus sublatis, plantis adversis, et labra eius moventur, sed verba eius nos non contingunt. Cur?

Ista paries tam perlucida est, ut rapido cursu impetum in eam faciamus et in silvae tropicae solum repercutiamur. Fortuna me adiuvat, umerus meus impetum magna ex parte intercepit. Sed Phoenicius facie sua summa vi in parietem sic allisus est, ut sanguis nunc e naso suo quasi eiaculetur. Ea de causa et Petrus et Ioanna et insuper Apispinus, qui post eos tristis caput quatit, nobis non succurrerunt. Cancelli, qui spectari non possunt, nobis viam ad litus intercludunt [...]. Duram superficiem levem ad libidinem tangere potes. Sed neque Petri culter neque Ioannae securis ei ullam rasuram afferre possunt. Aliqua metra ad alterum latus decedens animadverto omnem partem inter quartam et quintam horam a pariete inclusam esse. Nos ergo ut mures laqueis captos esse, donec ea hora finita erit.

Petrus manu sua superficiem premit egoque meam manum oppono, quasi eum per parietem sentire possem. Eum labra moventem video, sed audire nequeo, nihil omnino audio, quod extra nostram partem est. Conicere conor, quid is dicat, sed animum in eum intendere nequeo, ideo oculos defigo in eius vultu operam dans, ne amens fiam.

Tum istae aves advolant. Omnes deinceps. In ramis circa nos pendentibus considunt. Et ex earum rostris chorus horroris diligenter modulatus effunditur. Phoenicius statim se tradit, ad solum se demittit manibusque aures comprimit, quasi caput collideret. Per aliquod tempus resistere conor. Omnes sagittas, quas pharetra continebat, in invisas aves iacio. At cum primum una mortua decidit, proxima in locum eius succedit. Denique etiam ego desisto. Me iuxta Phoenicium involvor et clamores non tolerandos neglegere luctor, clamores Primulae, Galli, matris meae, Magdalenae, Ahenobarbi, Victoris et etiam Florae, parvae Florae inermis ...

Cum Petri manum sentiam, id finitum esse scio. Me sublevatam et e silva tropica deportatam esse animadverto. Tamen oculos adhuc arte compressos teneo, aures meas occludo, contracta permaneo neque laxari possum. Petrus me in gremio suo ponit, me leniter movet et me verbis placat. Diuturnum est, donec iste captus ferreus, quo corpus meum afficitur, laxatur. Et tunc tremisco.

»Omnia bene se habent, Catanissa«, susurrat.

»Eas non audivisti«, respondeo.

»Primulam audivi. Principio. Sed ea non fuit«, is dicit, »sulida garrula fuit.«

»Immo ea fuit. Alicubi. Sulida garrula hoc tantum memoriae mandavit«, dico.

»Minime. Te hoc credere volunt isti. Quemadmodum priore anno miratus sum, num haec mutata forma profecto oculos Scintillae haberet. Sed hi non Scintillae oculi fuerunt. Neque haec Primulae vox fuit. Et si fuit, eam ex interrogatione exceperunt sonitumque in peius mutaverunt, ut ad eorum libitum sonaret«, is dicit.

»Immo, eam torserunt«, reddo, »eam mortuam esse verisimile est.«

»Primula mortua non est, Catanissa. Cur Primulam necent? Mox octo nostrum soli supererunt. Nempe scis, quid tum accidat, an non?«, Petrus dicit.

»Septem nostrum morientur«, desperata dico.

»Non hic, sed domi puto. Quid accidet octo sortibus tributis superstitibus?« Mentum meum tollit, ut eum aspicere debeam. Me cogit oculos suos aspicere. »Quid tum accidet? Ultimis octo superstitibus?«

Scio eum me adiuvare velle, ideo cogito. »Ultimis octo?«, repeto. »Familiares et amicos nostros in patria interrogabunt.«

»Ita est«, Petrus dicit. »Familiares et amicos nostros interrogabunt. Idque fieri posset, si omnes interfecissent?«

»Possetne?«, interrogo adhuc incerta.

»Minime. Itaque scimus Primulam adhuc vivere. Ea quidem prima erit, quam interrogabunt, an non?«, is dicit.

Ei credere cupio. Utique. Attamen … istae voces …

»Primum Primulam. Deinde matrem tuam. Tum Gallum tuum consobrinum. Tum Magdalenam«, is pergit. »Fallacia fuit, Catanissa. Fallacia crudelis. Sed nos tantum ea violari possumus. Nos in ludis sumus. Nec ii.«

2.13 Zerstörung des Kraftfelds der Arena

Während sich die Gruppe etwas regeneriert und Katniss erfährt, dass Finnick die bei den seinerzeitigen Erdbebenspielen traumatisierte Annie Cresta liebt, erscheinen die Bilder der acht neuesten Toten, darunter Blight aus Distrikt 10. Während der Nachtwache kommt es zu einer (nicht nur für die Kameras inszenierten) Rührszene zwischen Peeta und der (angeblich von ihm schwangeren) Katniss: Beide bekunden, dass sie das Leben des jeweils anderen auch um den Preis des eigenen retten wollen. Während die Gruppe einen von Beetee ausgeheckten Plan zur Erledigung der Karrieros Enobaria und Brutus durch Drahtleitungen umzusetzen sucht, bricht der chaotische Kampf aller gegen alle aus; Katniss wird durch Johanna schwer verwundet. Als sie auch Beetee schwer verletzt vorfindet, sind außerdem noch Finnick und Enobaria sowie Peeta und eine Person aus der Gruppe Brutus, Johanna und Chaff am Leben. Katniss besinnt sich auf Haymitchs letzten Rat: Im Vorfeld hatten Beetee und Wiress, die beiden Forscher aus Distrikt 3, Katniss die Schwachstelle des Kraftfeldes der exotischen Arena gezeigt. Mithilfe ihres Bogens und mit Beetees elektrostatischem Draht als Pfeil gelingt es ihr, dieses außer Kraft zu setzen.

Deutsch: S. 417 (»Feind. Feind …«) – S. 426 (»… Das Symbol der Rebellion.«)

Inimicus. Inimicus. Hoc nomen recentem memoriam meam carpit. Quam in animum meum trahit. Vultus Faenomii. *»Catanissa, cum in arena es …«* Is vultus torvus, ea dubia: *»Quid tum?«* Vocem meam acriorem fieri audio lacessitam opprobrio non edicto. *»Tum ne oblita sis, quis inimicus sit«*, Faenomius dicit. *»Hoc satis est.«*

Hoc ultimum consilium fuit, quod Faenomius mihi dedit. Cur me de hoc admonere debuit? Semper sciebam, quis inimicus esset. Is, qui nos et inedia afficit et vexat et in arena interficit. Qui mox omnes interficiet, quos amo.

Arcum demitto, cum sensum eorum verborum, quae dixit, intellegam. Sic est, scio, quis inimicus sit. Non Enobaria inimica est.

Tandem mihi manifestum fit, quid Apispini culter possit. Manibus trementibus filum ferreum de cultri manubrio removeo eoque diligenter infra pennas sagittam involvo idque nodo protego, quem in exercitatione didici.

Surgo meque ad aream energeticam converto. Procera appareo neque de hoc nunc curo. Tantum intenta sum cogitationi, quo acumen intendam, quo Apispinus cultrum iecisset, si potuisset. Arcum intendo ad illud quadratum flagrans, ad locum infirmum, ad illum ... quomodo eum nominavit? Locum violabilem. Sagittam icio, eam destinatum contingere et filum aureum trahentem abire video.

Eo ipso momento subito capilli mei horrent et fulgor in arborem cadit.

Candidus radius lucis per filum ferreum currit et tholus breviter acri luce caerulea splendet. Retro in solum iactor corpore immoto, debilitata, oculis late apertis, dum particulis plumosis in me pluit. Ad Petrum pervenire nequeo. Ne margaritam meam quidem promere possum. Oculi mei dilatantur, ut ultimam imaginem pulchritudinis capiant, quam mecum portabo.

Brevi antequam displosiones incipiant, stellam quandam aspicio.

Omnia subito displodi videntur. Terra imbribus et sordium et plantarum laceratarum rumpitur. Arbores in faces mutantur.

Etiam caelum floribus lucidis varie splendentibus impletur. Non intellego, cur in caelum tela coniciantur, donec mihi in mentem venit ludorum magistros spectaculum pyrotechnicum incendere, ut eam eversionem exornent, quae in solo fit. Siquidem non satis delectat eversionem et arenae et sortium tributarum restantium spectare. Fortasse exitum nostrum sanguinolentum illuminare desiderant.

Unumne nostrum superstitem futurum esse sinent? Victorne erit Famis Ludorum septuagesimorum quintorum? Hoc anno fortasse nullus erit. Nam hoc iubilaeum iubilationis habetur … Quid dixit Praeses Niveus chartulam suam recitans? *»… ut seditiosi admoneantur eorum ne firmissimos quidem potentiam Capitolii superare posse.«*

Ne firmissimus firmorum quidem triumphabitur. Fortasse numquam propositum eis erat, ut hi ludi victorem potissimum haberent. Ultimumne actum meum rebellionis eos lacessivit, ut sic responderent?

Veniam peto, Petre, mecum reputo. *Veniam peto, quod te servare nequivi.* Eumne servare? Cum aream energeticam destruerem, ei verisimiliter ultimam occasionem dempsi. Si omnes legibus ludorum obtemperavissemus, eum fortasse superesse sinerent.

Nullo nuntio praedicante scapha Hoveriana super me advolat. Si tranquillum fuisset sulidaque imitatrix vicina fuisset, forte audivissem et silvam tropicam obmutuisse et avem clamantem adventumque scaphae aeriae indicantem, quae a Capitolio missa est. Sed in hoc fragore scilicet sonitus tam tenuis opprimitur.

Instrumentum captans ex inferiore fenestella emittitur, donec recta super me pendet. Dentes chalybeii mihi supponuntur. Vociferari, effugere, mihi viam facere cupio, sed tamquam torpefacta nihil facere possum nisi imo ex pectore sperare me morituram esse, antequam ad haec simulacra adumbrata pervenerim, quae me illic supra exspectant. Vitae meae non eo animo pepercerunt, ut me victricem nuncupent, sed ut quam lentissime publiceque mortem obeam.

Quod pessimum metui, confirmatur, cum ipse Plutarchus Caelapis me salutat, summus ludorum magister. Quanta attuli his ludis pulchris horologio artificioso instructis et isti gregi victorum! Is ineptiae suae poenam dabit, verisimiliter morte punietur, sed antea me puniet. Manum porrigit – ut me feriat, puto, sed tum facit etiam peius quoddam. Pollice et indice palpebras meas occludit et me condemnat, ut in tenebris sim. Nunc inermis sum, omnia mihi afferre possunt et id ne videre quidem possum.

Cor mihi tam acriter palpitat, ut sanguis sub involucrum e musco factum emanet. Mens mea obumbratur. Verisimiliter animam effuserim cum sanguine, antequam vitam meam restituerint. Quieta Ioannae gratias ago pro vulnere perfecto, quo me affecit, tum animo linquor.

Cum lente mentis meae compos rursus fiam, in mensa culcita strata iaceo. Culleos medicos me vellicantes in bracchio laevo sentio. Vitam meam conservare conantur, nam si clam, tranquille, quiete in mortem delaberer, ego vicissem. Ne nunc quidem neque moveri neque oculos aperire neque caput tollere possum. Sed quaedam vis in bracchium dexterum rediit. Id lassum super corpus meum pendet velut pinna, immo magis inanimum velut clava. Membra mea gubernare nequeo nullumque mihi testimonium est digitos adhuc habendi. Saltem bracchium tam late movere possum, ut culleos medicos evellam. Instrumentum pipiat, sed non satis diu mentis compos maneo, ut animadvertam, quem id advocet.

Cum iterum expergiscar, manus meae ad mensam alligatae sunt culleique medici rursus in bracchio meo haerent. At oculos aperire caputque paulum tollere possum. In magno quodam conclavi luce argentea offuso et tabulato humili aedificato sum. Duo ordines lectorum sibi oppositi ibi stant. Spiritus audio, quos ceteros mecum ludentes edere conicio. Mihi oppositum Apispinum cognosco, qui cum plus quam decem apparatibus coniunctus est. *Nos tantum mori sinatis!*, intus clamo. Caput, quam vehementissime possum, ad mensam ferio rursusque animo linquor.

Cum omnino expergiscar, vincula non iam adsunt. Manum tollens intellego digitos meos mihi rursus obtemperare. Uno motu surgens consido et mensa culcita strata nitor, donec conclave acute video. Bracchium laevum meum involutum est, cullei medici in pegmatibus iuxta lectum vacillant.

Sola sum, Apispinus tantum adhuc mihi oppositus iacet vitaque eius multitudine apparatuum sustentatur. Sed ubi sunt ceteri? Et Petrus et Phoenicius et Enobaria et ... et ... unus alius, an non? Aut Ioanna aut Facetius aut Brutus adhuc superstes erat, cum primum globi incendiarii iacti sunt. Certe scio Capitolinos exemplum in nobis statuere voluisse. Sed quo eos abstulerunt? E valetudinario in carcerem?

»Petre ...«, susurro. Libentissime eum protexissem. Adhuc mihi est certissima res. Etsi non perfeci, ut vitam securam ei praeberem, nunc saltem eum invenire et interficere debeo, antequam Capitolini crudelissimum supplicium ei elegerint. Crura de mensa cito demitto et circumspicio, num arma inveniam. In mensa quadam iuxta Apispini lectum stante nonnullae syringae involucro sterilizato indutae sunt. Perfecte. Nunc pauco aere tantum mihi opus est, tum eam in venam eius iniciam.

Per momentum temporis cesso cogitans, num etiam Apispinum interficiam. Sed tum certe quadra visifica pipiare incipient egoque capiar, antequam Petrum invenero. Tranquille promitto me redituram eumque interfecturam esse, si potero.

Vesti nocturna tenui tantum induta, alioquin nuda sum. Itaque syringam sub involucro occulo, quod vulnus bracchii mei tegit. Porta custodita non est. Me multis chiliometris sub palaestra aut in aliquo loco Capitolino esse constat. Nulla occasio fugae. Non curo. Effugere nolo, officium tantum meum perficere volo.

Per angustum vestibulum tarde procedo usque ad portam metallicam, quae paulum patet. Post eam aliquis est. Syringam promo et retineo. Me ad parietem premens voces in conclavi sonantes subausculto.

»Nulla communicatio cum VII, X, XII. At XI interea commeatus occupavit, nunc sperare possumus eos aliqua alimenta exportaturos esse.«

Plutarchus Caelapis. Statim mihi in mentem venit. Quamquam semel tantum cum eo collocuta sum. Vox rauca aliquid ex eo quaerit.

»Minime, me paenitet. Te nullo modo in IV portare possum. Sed iussum separatim dedi, ut eos expromerent, si id fieri posset. Ultra nihil facere possum, Phoenici.«

Phoenicius. Mens mea luctatur, ut intellegat, quid hoc colloquium dicere velit et cur idem inter Plutarchum Phoeniciumque fiat. [...] Crociens aliquid addit. Aliquid grave et plane desperatum.

»Stultus ne sis. Hoc pessimum est, quod facere posses. Hoc mortem certam eis ferret. Dum *tu* superstes es, *eos* vivere patientur, ut escae sint«, Faenomius dicit.

Faenomius! Per portam rumpo et in conclave titubo. Et Faenomius et Plutarchus et Phoenicius male vulneratus circa mensam sedent, in quo cena posita est, quam nemo tetigit. Lux per fenestras concameratas lucet et silvam quandam prospicio – desuper. Volamus.

»Heus, te ipsam removisti, dulcissima?«, Faenomius interrogat voce sine dubio fastidientis. Sed cum prorsus rumpam, is exsilit, articulos manuum mearum prehendit meque retinet. Manum meam intueor. »Ah, tu et syringa tua contra Capitolinos? Nunc scis, cur nemo tibi consilia excogitanda mandet.« Oculis eum defigo neque quicquam intellego. »Demitte.« Acrius eum articulum manus dexterae meae prementem sentio, dum coacta manum aperio syringamque demitto. Is me in sellam iuxta Phoenicium sitam imprimit.

Plutarchus pateram sorbitionis mihi proponit. Panicellum addit. Mihi cochlear in manum inserit. »Manduca«, is dicit multo benevolentius quam Faenomius.

Faenomius mihi oppositus sedet. »Tibi nunc explicabo, quid acciderit, Catanissa. Tu ne quaesiveris quicquam, donec finiverim. Intellexistine?«

Velut sopita adnuo. Isque exorditur.

Iam ab eo tempore, quo iubilaeum iubilationis nuntiatum est, consilium erat nos illinc expromendi. Sortes tributae victrices Regionibus III, IV, VI, VII, VIII ortae consciae erant, aliae plus, aliae minus. Plutarchus Caelapis e compluribus annis societatis clandestinae particeps est, quae sibi proposuerat Capitolium evertere. Is curaverat, ut filum ferreum inter arma esset. Apispini officium erat, ut aream energeticam diruptione perforaret. Panis nobis in arenam demissus signum clandestinum erat, quod tempus salutis afferendae indicaret. Regio, e qua panis provenit, diem indicavit: III. Numerus panicellorum horam diei: quattuor et viginti. Scapha Hoveriana e Regione XIII provenit. Bella et Obliquia, eae feminae, quibus in silva occurri, recte dicebant suspicantes Regionem XIII re vera esse et eximia arma ad defendendum apta habere. Eo tempore ambagibus utentes in Regionem XIII volamus. Interea paene omnes regiones Panis seditiosae sunt.

Faenomius se ipsum interrumpit. Probat, num omnia intellegam. Forte paulum defessus tantum est.

Hercle multa sunt, quae mihi intellegenda sunt, hoc consilium subtile, quod me quasi tessera ludi utebatur, tamquam tessera Famis Ludorum destinata eram. Me non probante, me ignorante. Saltem in Famis Ludis non ignorabam me tesseram esse.

Qui amici mei videbantur, multo plus occultiores erant.

»Mihi nihil earum rerum dixistis.« Vox mea tam violata sonat quam Phoenicii.

»Neque tu neque Petrus conscii facti estis. Id nimis periculosum fuisset«, Plutarchus dicit. »Etiam metuebam, ne tu inter ludos incautam mentionem horologii mei faceres.« Parvum horologium suum promit et pollicem sic per vitrum movet, ut sulida imitatrix illuceat. »Te certiorem de arena facere desiderabam. Ut tuus custos. Putabam hoc initio animum tuum mihi conciliare posse. Numquam somniavi te iterum sortem tributam futuram esse.«

»Adhuc non intellego, cur nec Petrus nec ego conscii facti simus«, dico.

»Quia vos primi fuissetis, quos captare conati essent isti, postquam area energetica dirupta est. Melius erat vos quam minime scire«, Faenomius dicit.

»Primi? Cur?« Rationem cogitationum suarum intellegere luctor.

»Eadem de causa, qua nos ceteri assensi sumus nos morituros esse, ut vos superstites sitis«, Phoenicius dicit.

»Hoc falsum est. Ioanna conata est me interficere«, dico.

»Ioanna te prostravit, ut instrumentum investigans e bracchio tuo exscinderet et ut Brutum Enobariamque a te averteret«, Faenomius dicit.

»Quid?« Caput mihi immaniter dolet, ii desinant tantas res absurdas eloqui. »Quid hoc vis …«

»Vitam tuam servare debuimus, quia tu es sulida imitatrix, Catanissa«, Plutarchus dicit. »Te superstite eversio vivet.«

Ea avis, ea fibula, id carmen, eae bacae, id horologium, id crustulum, is vestitus inflammatus. Ego sum sulida imitatrix. Ea, quae Capitolio repugnante superstes est. Signum rebellionis.

Haymitch eröffnet Katniss, dass Peeta sowie Johanna und Enobaria überlebt haben, sich aber in den Händen des Kapitols befinden. Da Katniss nun auf Haymitch losgeht, wird sie erneut ruhiggestellt. Während sie vor sich hindämmert, taucht plötzlich Gale auf – schwer verletzt. Er informiert Katniss, dass die Brandbomben des Kapitols nach den Spielen den gesamten Distrikt 12 dem Erdboden gleichgemacht haben, er aber ihre Mutter und Schwester noch rechtzeitig aus der Gefahrenzone gebracht habe.

Textstellen aus Band 3: *Die Tribute von Panem. Flammender Zorn*

Katniss schließt sich der Rebellion um die Drahtzieherin Alma Coin an, merkt aber immer mehr, wie sie medial als Star der Rebellion inszeniert und zu Propagandazwecken missbraucht wird. Denn Alma möchte nur ihr eigenes Regime etablieren und geht dabei wie zuvor Snow über Leichen. Nach der Eroberung des Kapitols muss Katniss verhindern, dass sich die Spirale der Gewalt mit Alma weiterdreht.

3.1 Besuch im zerstörten Distrikt 12

Katniss besucht ihren Heimatdistrikt, um sich ein Bild von den Zerstörungen zu machen, die nach dem Aufstand der Bürger durch das Kapitol veranlasst wurden. Sie geht in das Haus, in dem ihre Familie gelebt hat, und stößt auf Butterblume: Die Katze hat den brutalen Angriff überlebt und ist nun völlig verängstigt.

Deutsch: S. 9 (»Ich stehe da …«) – S. 23 (»… genau in diesem Augenblick.«)

Adstans specto calceos meos scorteos usitatos tenui strato cineris obductos. Hic is lectus erat, quem olim cum Primula sorore sociavi. Illic culinae mensa stabat. Tegulae camini, qui collapsus nunc acervus carbunculatus iacet, mihi iter per domicilium monstrant. Quomodo aliter iter meum per haec deserta cana expedirem?

Nullae fere reliquiae Regionis XII restant. Uno mense ante pyrobola ignivoma Capitolina et paupera domicilia fabrorum cuniculorum montanorum in Margine sita et tabernas oppidanas nec non domus iudicii exstinxerunt. Vicus victorum solus interitum evitavit. Causam nescio. Forte, ut nonnullis a Capitolio huc missis deversorio sit. Aut unico relatori televisionis exempli gratia. Aut gregi expertorum, qui statum cuniculorum carbonis iudicent. Aut turmae Pacis Vigilum, qui profugos patriam petentes requirant.

Sed nemo rediit me excepta. Sed brevi tantum. Gubernatores Regionis XIII reditum meum non probaverunt. Id periculum et carum et vanum aestimaverunt, nam plus quam duodecim scaphae Hoverianae super me volitant me protecturae nec novas res intellegendas exspectant. Tamen hoc mihi spectandum erat. Tantopere, ut hac condicione sola consentirem me horum consiliis interfuturam esse.

Postremo Plutarchus Caelapis, summus ludorum magister, qui seditiosam societatem Capitolii rexit, id mihi concessit: »Haec illuc eat. Potius unum diem perdere quam unum alium mensem. Forte itinere in XII ei opus est, ut persuadeatur nos socios esse.«

Socios. Dolor pungens per laevum tempus meum vibrat, quod manu comprimo. Hic locus est, quo Ioanna Caementaria me filo ferreo involuto percussit. Memoria obscuratur, dum invenire conor, quid verum sit quidque falsum. Quae series factorum effecit, ut hic inter ruinas loci natalis mei stem. Quaestio facilis non est, nam cerebri commotionem adhuc sentio et adhuc cogitationes meae perturbantur. Et ea medicamenta, quae mihi dant, ut et dolores animumque permulceant, aliquando efficiunt, ut quasdam res videam. Animo fingo id quidem. Adhuc non vere persuasum mihi est simulacrum monstrosum id fuisse, cum nuper noctu solum stationis valetudinarii in stragulum serpentium se torquentium mutatum esset.

Eam rationem adhibeo, quam mihi unus medicorum commendavit. A rebus facilibus incipio, quas veras esse pro certo scio, et laborans progredior ad minus faciles. Mente tabulas percurro …

Mihi nomen est Catanissa Semperdia. Septendecim annos nata sum. Patria mea Regio XII est. Ludis Famis interfui. Effugi. Capitolini me oderunt. Petrus captus est. Eum mortuum esse putant. Verisimillimum est eum mortuum esse. Optimum omnibus esset, si mortuus is esset…

»Catanissa. Ad te descendam?« Per instrumenta auricularia, quae me portare rebelles iusserunt, Galli vox ad me pervenit. Gallus amicissimus meus est. Is supra in aliqua scapha Hoveriana sedet me custodiens paratus ad se volatu praecipitandum, si quid iniquum accidat. Nunc demum animadverto me in solo subsidere cubitis femoribus impositis, manibus caput tenentibus. Forte aspectum praebeo, quasi statim conciderem. Sed hoc mihi non licet. Non eo tempore, quo tandem a medicamentis dandis desistere in animo habent.

Surgo. »Minime. Bene valeo«, dico. Quod ut confirmem, tergum obverto domicilio meo pristino et ad oppidum pergo. Gallus mecum in Regione XII demitti voluit, sed cum comitatum eius abnegarem, hic non perseveravit. Intellegit me hodie nullum comitem desiderare. Ne eum quidem. Certa itinera soli tibi facienda sunt.

[…] Oculos defigo in eam viam stratam, quam hic olim fuisse reminiscor. Antea, cum in agros pascuos descenderem, incauta pedem ad lapidem offendi. At re vera lapis non erat, sed calva mortua. Is porro se volvens constitit oculis sursum coniectis, et diu aspectum non a dentibus avertere potui, per hoc omne tempus mirabar, cui ii fuissent. Mei eo statu admodum similem speciem praeberent.

Sicut soleo, viam sequor, sed hoc consilium bonum non est, nam ubique reliquiae eorum hominum dissipatae sunt, qui effugere conati erant. Nonnulli toti in cinerem mutati sunt. Aliorum, qui fumo suffocati sunt et gravissima incendia effugerunt, cadavera aut plus aut minus vehementer tabescentia illic iacebant pessime olentia et muscis obsita, praeda cadavera edentibus. *Ego te necavi*, mecum reputo acervum praeteriens. *Et te. Et te.*

Hoc enim feci. Sagitta mea fuit, quae iacta in locum infirmum areae energeticae arenam circumdantis hanc tempestatem ignivomam effecit et omnem Panem funditus perturbavit.

Mente mea verba Praesidis Nivei resonant, quae mane eius diei edidit, quo iter victorum coepit: *Catanissa Semperdia, puella inflammata. A te scintilla exiit, quae, nisi nos eam curamus, in ingens incendium crescere posset, quod Panem destrueret.* Eum neque exaggeravisse neque simulavisse apparet, ut me terreret. Forte me consciam facere et auxilium meum sibi comparare voluit. Sed hoc, quod commovi, refrenari non iam potuit.

Ignis, semper novus ignis, confusa mecum reputo. Procul incendia in cuniculis carbonis ardentia fumum nigrum evomunt. Sed nemo iam adest, qui hoc curaret. Nonaginta e centum hominibus huius regionis mortui sunt. Reliqui circiter octingenti profugi in Regione XIII vivunt – id est, quod ad me attinet, patria egent.

Hoc animo esse me non oportet, sicut scio. Grata esse deberem, quod nos – aegroti, vulnerati, esurientes – ibi recepti sumus. Attamen non oblivisci possum Regionem XIII maiorem causam Regionis XII deletae fuisse. Hoc haudquaquam culpam meam minuit – magnam culpam suscepi. Sed sine iis seditiosis non particeps maioris consilii ad Capitolii eversionem capti facta essem, numquam haec efficere valuissem.

Cives Regionis XII societatem coniuratorum ipsi non habebant. Horum omnium participes non erant. Male accidit eis tantum, ut *me* haberent. Nonnulli superstitum laetantur, quod tandem Regionem XII effugerunt et libertatem nacti sunt. Quod et famem perennem et oppressionem et cuniculos periculosos et flagellum Romuli Fili, ultimi Pacis Vigilis Regionis XII, evitaverunt. Id miraculum aestimant, quod omnino nova domicilia habent, nam brevi ante ne sciebant quidem Regionem quandam XIII esse.

Quod effugerunt, omnium consensu meritum Galli est, quamquam is repugnat, ne id accipiat. Cum primum iubilaeum iubilationis ad finem adductum est – cum primum ergo me ex arena extraxerunt –, in Regione XII flumen electricum exstinctum est, quadra visifica obscurata sunt, et in Margine tanta tranquillitas orta est, ut homines corda vicinorum pulsantia audirent. Nemo movebatur, ut intercederet aut rebus in arena gestis plauderet. Tamen intra quartam horae partem in caelo aeroplana Hoveriana apparuerunt et pyrobola ut grandines devolaverunt.

Gallo agri pascui in mentem venerunt, in quibus aliter ac plerisque in locis regionis nullae casae veteres ligneae carbonis pulvere obductae erant. Illuc is quam plurimos homines egit matre et Primula accensis. Gregem elegit, qui saepem dirueret, quae flumine electrico absente nihilo nisi filo ferreo non periculoso constabat, et homines in silvam duxit. Unicum in locum eos portavit, qui ei in mentem venit: ad eum lacum, quem pater mihi puellae monstraverat. Illinc prospexerunt flammas omnia sibi nota devoravisse.

Cum dilucesceret, aeroplana pyrobolaria iam diu abierant, incendia evanescebant, agmen novissimum collectum erat. Mater et Primula castra aegrotis curandis posuerant et vulneratos iis rebus curare conabantur, quas in silva inveniebant. Gallus et dua armamenta sagitta et arcu instructa habebat et cultrum venandi et rete piscatorium, iisque is cum validioribus aliis plus quam octingentos homines territos alere debebat. Per tres dies perseverabant. Tum statim ex improviso scapha Hoveriana apparuit eosque in Regionem XIII transportavit, ubi innumerabilia domicilia separata pura et candida, satis vestimentorum, tres cenae cottidianae erant. Domiciliis hoc incommodum erat, quod sub terra constructa erant, vestimenta omnibus eadem erant, cibique plane nihil sapiebant, sed profugi Regione XII orti haec omnia non curabant. Tuti erant. Aliquis eis consulebat. Superstites erant et eximio gaudio salutabantur.

Hanc elationem animorum velut iucunditatem interpretabantur. Sed vir nomine Daltonius, profugus Regione X ortus, qui nonnullis annis antea pedibus in XIII evasit, veram causam mihi aperuit dicens: »Istis opus est nobis. Et tibi et mihi et nobis omnibus. Ante quoddam tempus hic pestilentia variolica quaedam erat, quae multos homines morte affecit, et plurimi superstitum steriles facti sunt. Nova pecora admissaria nos eis sumus.« Daltonius in regione natali sua in praedio bovum educandorum operatus est et varietatem geneticam gregis praestabat vaccis fetus gelidissimos factos inserens. Valde existimo eum recte dicere de Regione XIII, nam liberos illic paene nullos vides. Sed quid porro? Non constipati vivimus, sed educamur, ut operemur, liberi in ludis instruuntur. Qui plus quam quattuordecim annos natus est, in exercitum conscribitur et reverenter »miles« appellatur. Quicumque profugus sponte civis Regionis XIII factus est.

Tamen eos odi. Sed interea paene omnes odi. Maxime me ipsam.

Solum, qui sub pedibus meis est, statim durescit et sub cineris stragulo lapides pavimentales fori sentio. Circa, ubi olim tabernae erant, planam terminationem ruinis compositam conspicor. Cumulus ruderum fuligine niger ibi prominet, ubi olim domus iudicii erat. Pergo ad eum locum, ubi pistrinam Petri familiae propriam fuisse opinor. Paene nihil aliud reliquum est nisi massa liquefacta eo loco, quo olim furnus erat. Petri parentes, duo fratres eius maiores – nemo eorum in XIII evasit. Vix duodecim eorum, qui in Regione XII locupletes habebantur, incendium effugerunt. Nihil omnino restaret, quo Petrus redire posset. Me excepta …

Progrediens aliquid offendo, titubo et subito in fragmento metallico sedeo, quod sol calfecit. Miror, quid id olim fuerit, tum reminiscor Filum magistratum ineuntem forum transmutavisse. Et sublicae et paludes et hoc patibulum – aut quod eius reliquum est. Malum. Pessimum. Hoc quasi fluctum imaginum evocat, quae me vexant, sive vigilo sive dormio. Petrum tortum – mersum, adustum, laceratum, ictibus electricis vexatum, mutilatum, percussum –, Capitolinis conantibus nuntios ei extorquere, quos ne scit quidem. Oculos arte comprimens ad eum per centena milia passuum pervenire luctor et transferre ei cogitationes meas, ut ei dicam eum solum non esse. Sed is est. Neque adiuvare eum possum.

Cito effuge! Effuge hoc forum hunc unum locum petens, quem incendium non delevit. Ruinas domus praetoris praetereo, in qua Magdalena amica olim vivebat. Nullus nuntius, ubi ea aut eius familia remanserit. Utrum ii propter condicionem patris in Capitolium ablati sunt, an flammis dediti sunt? Nubibus cineraceis circum me volitantibus collari tunicae os protego. Non refert, *quid* spiritu hauriam, sed *quem*, quod me paene suffocat.

Caespes adusta est, nix cana etiam hic decidit, sed duodecim domus pulchrae in vico victorum sitae incolumes sunt. In eam domum ruo, in qua per totum annum praeteritum vivebam, post me portam obicio eaque nitor. Omnia intacta videntur. Munda. Formidolose tranquilla. Cur in Regionem XII reverti? Quomodo hanc visitans adiuvarer, ut ei quaestioni responderem, quam evitare nequeo?

»Quid faciam?«, ad parietes susurro. Id vere nescio.

Homines id mihi persuadent loquentes, loquentes, loquentes. Plutarchus Caelapis. Et eius ministra callida, Fulvia Cardua. Varii duces e regionibus. Milites. Excepta Alma Numma, praeside Regionis XIII, quae omnia tantum observat. Circa quinquaginta annos nata ea est, cani capilli velut pannus in umeros defluunt. Eius capilli me quodam modo capiunt, ii tam aequi, integri, sine cirris sunt, nullus capillus fissus est. Etiam Nummae oculi cani sunt, sed non tam cani quam oculi hominum in Margine viventium. Sed pallidi, quasi omnis color ex eis cessisset. Is color nivis lutosae est, quae tantummodo ad liquefiendum adest.

Me eas partes agere volunt, quas ii mihi excogitaverunt. Insigne eversionis. Sulidam imitatricem. Quod antea feci – id est Capitolinos lacessivisse eoque omnes consociavisse –, hoc satis non est. Nunc re vera dux fieri debeo, et facies et vox et imago eversionis. Ea persona, quae regionibus – quarum pleraeque interea aperte bellum cum Capitolinis gerunt – viam ad victoriam monstret. At non ego sola tantum. Turba collegarum parata est, qui mihi consulant, me vestiant, orationes meas scribant, actiones meas meditentur – quod terribili modo familiare sonat –, mihi ipsi partes meae tantum agendae sunt, ut quam plurimis persuaderem. Modo eos audio, modo lineam perfectam capillorum Nummae observo et miror, num ea fortasse capillamentum habeat. Aliquo tempore ex conclavi exeo, aut quod caput mihi dolere incipit aut quod tempus cenae adest aut quod mox clamare incipio, nisi lucem diei video. Non operam do, ut aliquid edicam. Tantum surgo et exeo.

Heri post meridiem, cum porta post me clauderetur, Nummam dicentem audivi: »Vobis quidem iam dixi nobis prius iuvenem servandum fuisse.« Petrum in animo habet. Ei plane assentior. Is praestantissimus praeco fuisset.

Et quam pro eo ex arena quasi piscati sunt? Me, sed ego non conspiro. Et Apispinum, vetustiorem inventorem Regione III ortum, quem raro tantum video, quia in partem armorum delatus est, cum primum erectus sedere potuit. Eum re vera in lecto aegrotum iacentem in aream clandestinissimam vexerunt, ex quo per occasionem tantum ad cenam adest. Prudentissimus is est et valde cupidus rei communi serviendi, sed certo homines exagitare non potest. Et Phoenicius Odorius adest, iuvenis voluptuosus e regione piscatorio, qui in arena curavit, ut Petrus superstes esset, cum ego id curare non possem. Et Phoenicium in seditiosorum ducem mutare desiderant, sed primo efficere debent, ut plus quam quinque minutas vigilet. Et etiamsi mentis compos est, omnia ter ei dicenda sunt, ut is intellegat. Medici putant causam vim electricam esse, qua in arena ictus est, sed ego scio id non tam facile esse. Scio Phoenicium animum nulli rei Regionis XIII intendere posse, quia flagrantissime cupit, ut cognoscat, quid Capitolini Annae afferant, ei puellae insanae factae e regione natali eius, unicae toto in orbe, quam is amat.

Quamquam adhuc dubito, Phoenicio postremo ignovi, quod eius coniurationis, propter quam huc perveni, conscius erat. Saltem opinari is potest, quod ego patior. Praeterea non perseveras alicui irasci, qui semper flet.

Velut venator nullum strepitum faciens per pedeplana repo. Nonnullas res memoriales mecum porto, picturam photographicam parentum meorum die nuptiarum factam, caeruleam fasciam Primulae, libellum familiae de plantis esculentis et salutaribus scriptum. Libellus aperitur in quadam pagina, in qua imagines flavorum florum depinguntur, et id statim revolvo, quia imago Petri penicillo delineata est.

Quid faciam?

Omninone prodest, ut aliquid faciam? Et mater mea et soror et Galli familia tandem tuti sunt. Quod ad ceteros Regione XII ortos pertinet, ii homines aut mortui sunt, quod mutare non possum, aut in Regione XIII sunt. Restant seditiosi ceterarum regionum. Certo Capitolinos odi, sed non puto me eorum eversionem petentes ullo modo adiuturam esse, si sulida imitatrix sim. Quomodo regiones adiuvem, cum unusquisque passus meus efficiat, ut alii aut laborent aut vitam amittant? Velut senex Regione XI ortus, qui transfixus est, quia modos quosdam sibilavit. Crudelissima poena, qua Regio XII affecta est, postquam intercessi, ne Gallus virgis caederetur. Cinna, ornator meus, quem brevi ante ludorum initium et percusserunt, ut sanguinem effunderet, et sui non compotem e carceribus abstraxerunt. Plutarchi indices coniciunt eum in quaestione interfectum esse. Cinna ingeniosus, arcanus, amabilis mortuus est, egoque causam praestiti. Eam cogitationem amoveo, nimis dolet, et si diutius hac moror, res mihi fortasse elabuntur.

Quid faciam?

Si sulida imitatrix fio, id damnum, quod tunc faciam, aliqua re compensabitur? Ex quo id quaerere possim? Minime ex hoc grege Regionis XIII. Nunc, cum et Galli familia et mea tutae sint, facile abscurrere possem. Attamen res incognita in hac ratione restat. Petrus. Si pro certo scirem eum mortuum esse, facile in silvam me abdere et numquam reverti possem. At quae cum ita sint, primum nunc hic haereo.

Fremitus facit, ut me convertam. In culinae porta turpissimus cattus totius mundi stat. Dorsum curvat auresque admovet. »Caltha Palustris!« Multa milia hominum mortui sunt, sed is superstes est et speciem bene altam praebet. Quomodo id perfecit? Per fenestram cellae ciborum, quam semiapertam relinquere solebamus et per quam, sicut volebat, intrare et exire poterat. Certe muribus rusticis vescebatur. Aliud quoddam cogitare nolo.

Me demittens manum porrigo: »Veni, vetule!« Verisimillimum est hoc eum non facturum esse. Is contumacius se gerit, quia solus relictus est. Praeterea nullam escam ei praebeo, et tantum, quod nonnumquam frustula ei dabam, me alicuius aestimabat. Per quoddam tempus in pristino domicilio conveniebamus, quia ambo novum oderamus, et tum paene videbatur alterum alteri propiorem futurum esse. Sed illa tempora praeterita esse constat. Turpibus oculis flavis is nictat.

»Visne Primulam videre?« Sonum eius nominis audiens feles mas animum attendere incipit. Praeter suum nomen hoc verbum unicum est, quod ei aliquid dicat. Sonum »Miau« robigine quasi contractum edens appropinquat. Eum tollo, pellem mulceo, ad armarium transeo, ubi sacculum rerum venatoriarum condidi, eumque sine mora in eum farcio. Nulla est alia ratio, ut eum in scapham Hoverianam portem, et is sorori meae carissimus est. Capram eius nomine »Dominam«, animal utilitatis communioris, adhuc non apparuisse doleo.

Gallus microphono cum instrumentis auriculariis coniuncto utens dicit nobis nunc abeundum esse. Sed sacculus venatorius de alio quodam me admonuit. Cingulum in adminiculo sellae suspendo et cito scalas ascendo dormitorium meum petens. Illic in armario palla venandi est, quae patri meo erat. Ante ludos iubilaei iubilationis eam e vetere domicilio huc mecum portavi putans eam me mortua et matri et sorori solacio quodam futuram esse. Deo gratias; alioquin nunc cinis esset.

Corium molle iucunde tangitur, et per breve momentum memoria earum horarum, quibus ea involuta eram, me turbat. Sine ulla causa palmae meae subito sudare incipiunt. Sensus mirus per dorsum meum usque ad cervicem serpit. Retro corripior, conclave vacuum est. In ordinem redactum. Omnia suis locis stant. Sonus non erat, quod me sollicitavit. Quid aliud?

Nasus mihi micat. Odor est iste. Dulcis, artificiosus. E vase aridorum florum pleno, quod in mea arca stat, macula alba eminet. Caute appropinquo. Illic semitecta a sororibus conservatis rosa alba splendet. Perfecta usque ad ultimam spinam et ultimum folium sericum.

Subito scio, quis eam mihi miserit.

Praeses Niveus.

Foetore nausea me occupat, recedo ex conclavique exeo.

Quam diu ea illic stat? Per unum diem? Per unam horam? Antequam me intrare passi sunt, seditiosi vicum victorum perscrutati sunt, ut et materiam displosivam et instrumenta exigua ausculatoria detegerent. Forte rosam nullius momenti esse putaverunt. Immo ego.

Infra sacculum venandi capesso eumque incaute per solum tracto, dum mihi acriter in mentem venit intus aliquem inclusum esse. A prato ante domicilium signa nutu do scaphae Hoverianae Caltha Palustri vehementer crura agitante. Eum cubito ferio, quod eum eo furiosiorem reddit. Scapha Hoveriana appropinquat, scalae demittuntur. Ascendo et flumen electricum me retinet, donec in scapham Hoverianam tracta sum.

Gallus me adiuvat scalas relinquentem: »Omnia bene tibi se habent?«

»Bene«, dico manica sudorem de facie detergens.

Iste mihi rosam reliquit!, vociferari cupiam, sed incerta sum, num hunc nuntium profecto communicare velim, donec Plutarchus quidam adest. Quia id audiretur, quasi amentia capta essem. Quasi aut hoc mihi finxissem, quod vere factum esse potest, aut nimis attonita essem, tumque me rursus in somniorum regionem mitterent, in quam suci soporiferi te portant quamque omnibus modis effugere cupio. Nemo intelleget, cur hic non simplex flos quidam sit neque flos quidam a Praeside Niveo donatus, sed promissum vindictae. Nam nemo praeter me cum eo in conclavi operario sedit, tum ante iter victorum, cum mihi comminatus est.

Rosam niveam arcae meae impositam nuntium is ipse mihi reliquit. Poenam nondum datam esse demonstrat. *Te invenire possum. Te petere possum. Forte te hoc ipso tempore observo.*

3.2 Propagandafilme

Die Regisseurin Cressida filmt mit ihren Kameramännern Castor und Pollux (Katniss nennt sie »Insektenmänner«) den feigen Angriff des Kapitols auf ein Krankenhaus in Distrikt 8. Sodann ermutigt Katniss vor der Kamera die Rebellen, weiterzukämpfen. Unterdessen hat sie ihre Mutter und ihre Schwester wiedergefunden.

Deutsch: S. 116 (»›Ich möchte den Rebellen …«) – S. 121 (»… um das Kapitol zu stürzen.«)

»Seditiosis nuntiare cupio me superstitem esse. Hic sto in Regione VIII, ubi Capitolini modo in valetudinarium viris, feminis, liberis inermibus repletum pyrobola iecerunt. Nemo illic intus supererit.« Ea terribilis perturbatio, quae me attonitam reddidit, sensim irae cedit. »Vobis omnibus hoc dicam: Si per unum momentum tantum credatis Capitolinos nos indutiis factis aeque tracturos esse, vos ipsos fallitis. Scitis, qui ii sint quidque faciant.« Manus meae sponte sua tolluntur, quasi omnia crudelia circum me facta indicent. »*Istud* ii faciunt. Nosque vindices esse debemus!«

Ira commota machinae cinematographicae appropinquo. »Praesesne Niveus nobis nuntium mittit? Hunc nuntium ego ei mitto: Nos et torquere et pyrobolis premere et regiones nostras incendio delere potes, sed hocne vides?« Machina cinematographica bracchium meum porrectum sequitur, qui aeroplana Hoveriana in tecto horrei obviam ardentia monstrat. Capitolii insigne in altera pinna dilucide per flammas splendet. »Ignis dissipatur!«, nunc vociferor, ne ullum verbum Niveum effugiat. »Et si nos ardemus, vos nobiscum ardetis!«

Peroratio mea in aere pendet. Tempus stare videtur. Elata videor a caloris nube non extrinsecus veniente, sed intrinsecus.

»Incisuram faciamus!« Cressidae vox me in res veras retrahit meque restinguit. Laudans adnuit. »Hoc fuit!«

Paludosus me petit, bracchium meum arripit, quamquam abscurrere nolo. Valetudinarium respiciens modo reliquum aedificium corrui video, et pugnandi cupiditas mea restinguitur. Omnes ii homines, centeni vulnerati eorumque propinqui, milites medici Regione XIII orti, omnes mortui sunt. Me converto ad Paludosum, eum tumorem in eius facie animadverto, quem Galli calceus ei reliquit. Verisimillime eius nasus fractus est, quod vides, etsi expertus non es. Cum quid is dicat, potius lassus quam iratus loqui videtur. »Redite omnes ad carceres.« Obsequens unum gradum procedens contremesco, genu dexterum mihi immaniter dolet. Excitatio corporis adrenalino facta, quae dolorem oppresserat, abiit et nunc membra corporis mea querelis se ipsa superare pugnant. Vulnerata sum, sanguinem effundo, et in capite meo aliquis latere videtur, qui malleo tempus sinistrum meum pulsat. Paludosus cito faciem meam investigat, tum me levat mecumque ad carceres evolat. Medio spatio facto in eius pectorale glandibus invium vomito. Eum ingemiscere puto, sed tam exanimatus est, ut id vix audias.

Parva scapha Hoveriana alia ac ea, qua advenimus, ad carceres nos exspectat. Cum primum ego comitesque intravimus, ea avolat. Nullae sedes commodae nunc, nullae fenestrae. In quodam aeroplano vectorio esse videmur. Paludosus eos vulneratos, qui in vitae periculo sunt, pro re parce curat, ut supersint, dum Regionem XIII attigerimus. Pectorale exuere vellem, quod magnopere convomui, sed in hoc frigore id ne cogitare quidem possum. Humi me extendens caput in Galli gremium pono. Modo animadverto Paludosum me saccis linteis tegere.

Cum expergiscar, in usitato meo lecto valetudinario iaceo. Vulneribus meis medebantur et in conclavi calido sum. Mater mea advenit, ut cognosceret, num adhuc viverem. »Quid agis?«

»Paulum lacerata sum, sed ceterum mediocriter ago«, dico.

»Nemo nobis dixit te abituram esse! Subito afuisti«, ea dicit.

Conscientia mordeor. Bis familiaribus meis spectandum erat me ad Famis Ludos mitti, quod haudquaquam mihi neglegendum fuisset. »Veniam peto. Is impetus plane improvisus accidit. Aegrotos visitare tantum debui«, explico. »Si id iterum fiet, ii id tecum constituere debent.«

»Catanissa, mecum nemo umquam quidquam constituit«, ea dicit.

Hoc verum est. Neque ego. Post patris mortem utique. Cur hoc simulem? »Em, tum eis saltem oro, ut te ... certiorem reddant.«

[...]

In praetorio iam et Cressida et Messalla et viri insectorum exspectant, nullus alius adest. Messalla risu laetus dicit: »Hic advenit parvus aster noster!«, ceterique ita ex corde subrident, ut etiam mihi subridendum sit. Graviter me commoverunt, cum inter iaculationem pyrobolorum in Regione VIII Plutarchi iussa neglegerent me in tectum consequentes, ut me cinematographent. Qui non solum opera sua perficiunt, sed etiam iis superbiunt. Tamquam Cinna.

Statim mecum reputo: *Si nos una in arena essemus, eos socios eligerem, et Cressidam et Messallam et... et...* »Vos non iam viros insectorum nominabo«, sponte ambobus cinematographis dico. Eis explico, cur id faciam, ut nomina eorum ignorem eorumque vestitus intuenti mihi lorica insectorum in mentem veniat. Quod ii non moleste ferre videntur. Etiam sine instrumentis cinematographicis alter alteri re vera similis est. Ambobus fulvi capilli, oculi caerulei et barba rubra sunt. Cinematographus ungues rosos habens nomen suum Castorem esse dicit nomenque alterius, fratris eius, Pollucem. Exspecto, donec Pollux aliquid dicat, sed is adnuit tantum. Primo eum timidum et taciturnum iudico. Sed eius labra et haustus difficilis me de aliqua re admonent, et antequam Castor id eloqueretur, id intellexi. Pollux Avox est. Ei linguam exsecuerunt, ut iam nullo tempore loqui possit. Nunc non iam mihi mirandum est, cur is cum vitae periculo studuerit, ut Capitolium everteret.

3.3 Das Lied vom Henkersbaum

Katniss entdeckt zusammen mit dem Kameramann Pollux einen Spotttölpel. Pollux ist zwar ein Avox – also ein Rebell, den das Kapitol einst eingefangen und dessen Zunge es herausgeschnitten hat –, doch er kann trotzdem Pfeiftöne von sich geben; und die Spotttölpel ahmen sie nach. Sodann bittet er Katniss durch ein Zeichen im Sand, dass sie singen soll, damit die Vögel ihren Gesang wiedergeben. Katniss entscheidet sich für das triste und vom Kapitol verbotene Lied vom Henkersbaum.

Deutsch: S. 140 (»Ich stoße Pollux an …«) – S. 145 (»… ›Schnitt‹.«)

Pollucem impellens parvam avem nigram mitra ornatam demonstro. Ea in ramum recentem salit, breviter pennas extendit, eius maculas albas ostendit. Pollux fibulam meam digito monstrat et mirans supercilia tollit. Adnuo: *Sic est. Ea sulida imitatrix est.* Unum digitum tollo, ut hoc exprimam: *Manedum, id tibi demonstrabo*, et vocem avis imitor. Sulida imitatrix caput obliquum inclinat et statim sibilans respondet. Tum Pollux me necopinante ipse aliquos sonos sibilans edit. Avis statim respondet. Pollux periucundam speciem praebet et sibilans aliquantum temporis cum ave colloquitur. Quod primum colloquium eius post multos annos esse constat. Sulidae imitatrices ita musica attrahuntur ut apes floribus et sine ulla mora sex aves eiusdem generis in ramis super capita nostra sedent. Pollux bracchium meum leviter pulsans parva virga unum verbum in terra pingit: *Cantare?*

Id facere non soleo, sed Polluci hoc votum abnegare me dedecet. Praeterea voces sulidarum imitatricum cantantium libentissime ipsa rursus audire cuperem. Et antequam bene scio, quid hic agam, Rutae cantilenam cano, eos quattuor sonos, quibus ea, dum in Regione XI vivebat, fines dierum negotiosorum nuntiabat. Ea cantilena, quae postremo eius mortem crudelem comitata est. Aves hoc nesciunt. Simplicem cantilenam recipiunt eamque lusu susque deque vagantem reddunt. Eodem modo res in arena se habuerunt, antequam mutatae formae inter arbores apparuerunt, nos in Cornu Copiae exagitaverunt, Catonem in molem sanguineam mutaverunt …

»Verumne carmen audire vobis placet?«, subito clamo. Omnia agerem, ut hanc memoriam fugarem. Iam exsulto, ad arbores adeo, alteram manum trunco aspero eius aceris impono, in quo aves consederunt. Carmen de Carnificis Arbore per decem annos non iam voce clara cantavi, nam vetitum est, sed unumquodque verbum adhuc scio. Sensim tenereque exordior, sicut pater id semper cantabat:

Venisne, venisne, / venisne ad arborem, / qua virum suspenderunt, qui tres necasse dicitur? / Mira hic facta sunt. / Non maius esset mirum, / si te viderem noctu in Carnificis Arbore.

Cum primum sulidae imitatrices animadvertunt me novi quoddam eis offerre, carmen suum mutant.

Venisne, venisne, / venisne ad arborem, / qua mortuus carissimae vir clamavit: Curre! / Mira hic facta sunt. / Non maius esset mirum, / si te viderem noctu in Carnificis Arbore.

Nunc attentas aves reddidi. Proxima stropha addita cantilenam memoriae mandaverint, nam ea simplex est et minimis mutatis quater repetitur.

Venisne, venisne, / venisne ad arborem, / ad quam confugere suasi tibi, ut nos liberes? / Mira hic facta sunt. / Non maius esset mirum, / si te viderem noctu in Carnificis Arbore.

Nunc silentium factum est in arboribus. Folia tantum spiritu venti leniter strepunt. Sed nullas aves audis, nec sulidas imitatrices nec alias. Petrus recte dixit. Me cantante eae conticescunt. Velut patre meo olim cantante.

Venisne, venisne, / venisne ad arborem, / rudens velut catena, meo lateri latus coniunctum? / Mira hic facta sunt. / Non maius esset mirum, / si te viderem noctu in Carnificis Arbore.

Aves exspectant, dum cantare pergam. Sed carmen exit. Ea ultima stropha fuit. Silentio reminiscor, quid illo die acciderit. Cum patre domum redii. Cum Primula, quae tunc infans erat, carmen de Carnificis Arbore cecini. Nobis catenas e rudente vetere neximus, ut in carmine dicitur, nescientes, quid verba proprie significarent. Simplex cantilena erat, facile eam edidicimus, et eo tempore paene omnem cantilenam memoriae tradebam, quam aut semel aut bis audiebam. Subito mater nobis catenas eripuit patremque inclamavit. Flere coepi, quia mater mea numquam clamabat, tum Primula ululavit egoque abscurri, ut laterem. Quia tantummodo unum locum habebam, quo laterem – id erat in agro pascuo sub periclymeno quodam –, pater me statim invenit. Pater me placans dixit omnia bene se habere, sed hoc carmen potius non iam nobis canendum esse. Mater iussit, ut id plane obliviscerer. Qua de causa certe unumquodque verbum firmissime in memoria mea permansit.

Tum hoc carmen non iam canebamus, pater egoque, neque de eo colloquebamur. Post eius mortem id saepe mihi in mentem veniebat. Paulo maior natu sensim verba intellegebam. Primo putes, quasi iuvenis amicae persuadeat, ut clam eum noctu conveniat. Sed mirus locus amantibus convenientibus est, Arbor Carnificis, qua vir suspensus est, qui necem commisit. Carissimam amicam eius, qui necem commisit, consciam necis esse oportet aut forte alia de causa eam poena affecturi sunt; cadaver nimirum ad eam clamat, ut effugiat. Mira res quidem est cadaver loquens, sed in tertia stropha demum carmen formidulosum esse incipit. Tum apparet eum mortuum, qui necem commiserit, id canere. Adhuc is ab Arbore Carnificis pendet. Et quamquam carissimam admonet, ut effugiat, eam orat, ut se conveniat. Maximum angorem hic locus efficit: *ad quam confugere suasi tibi, ut nos liberes.* Primo putas feminae fugiendum esse, ut tuta sit, sed tum miraris, num is forte velit, ut femina ad se currat. Ut moriatur. In ultima stropha luce clarius est eum hoc exspectare. Carissimam suam rudente velut catena utentem et mortuam iuxta se ab arbore pendentem.

Olim eum, qui necem commisit, vere formidulosum aestimavi. Post duas excursiones, quae me ad Famis Ludos duxerunt, non iam tam cito eum condemnarem. Forte eius carissima amica iam capitis damnata erat isque mortem ei faciliorem reddere volebat. Forte ei dicere voluit se eam exspectare. Aut is opinatus est eum locum, quo eam reliquerat, etiam peiorem esse quam mortem. Nonne Petrum syringa interficere etiam ego volui, ut eum a Capitolinis servarem? Haecne unica via salutis restabat? Quoad scio, ea non erat, sed tunc nullam aliam vidi.

Matrem meam putavisse apparet hoc carmen puellae septem annos natae non aptum esse. Ei potissimum puellae, quae ipsa sibi catenas e rudente nectebat. Supplicium suspensionis non solum e narrationibus nobis cognita erat. In Regione XII multi homines hoc supplicio afficiebantur. Certo constat matrem meam me impedire voluisse, ne hoc carmen in schola cantarem, cum arte musica instrueremur. Verisimile est eam neque probare, quod id nunc Polluci canto, sed saltem – manedum, in hoc erravi. In obliquum spectans Castora me cinematographavisse animadverto. Omnes intenti me observant. Polluci lacrimas per genas fluunt; carmen meum insanum ei aliquid tremendum in vita eius factum in mentem incidisse apparet. Euge! Suspirans trunco arboris nitor. Tum sulidae imitatrices carmen de Carnificis Arbore a se variatum canunt. E gutturibus eorum dulce quiddam sonat. Mihi conscia sum me cinematographari, et quieta adsto, donec Cressida clamat: »Incisuram faciamus!«

3.4 Snow, die Giftschlange

Finnick, einst Emporkömmling im Kapitol und Dandy, kennt alle Geheimnisse über bedeutende Persönlichkeiten. Er verrät, wieso Snow angeblich stets eine Rose bei sich trägt.

Deutsch: S. 192 (»›Und jetzt zu unserem …«) – S. 193 (»… sagen muss: ›Schnitt‹.«)

»Et nunc veniamus ad bonum Praesidem nostrum Coriolanum Niveum«, Phoenicius dicit. »Tam iuvenis, cum summam potentiam adeptus est. Tamque prudens, ut potentiam retineret. Sine dubio miramini, quomodo id perfecerit? Unum verbum. Nihil addendum est. *Venenum.*« Phoenicius spectatoribus cursum honoris Nivei memorat, de quo nihil scio, quomodo is munus praesidis adeptus sit et adversarii eius de potentia certantes et – quod etiam peius est – amici eius, simulac periculosi ei fierent, deinceps modo obscuro mortem obierint. Quomodo homines aut inter quandam celebrationem statim collabentes mortui sint aut lente et arcane per menses velut in umbras debilitati sint. Causas simulabant aut conchas corruptas aut vira vix detegenda aut infirmitatem incognitam arteriae principalis. Quomodo Niveus ipse e parvo poculo venenato biberit, ut suspicionem averteret. Sed antidotum non semper efficax est. Qua de causa is rosas odoribus imbutas secum portare dicitur. Ut sanguinis odorem supprimant, qui ex apertis vulneribus oris sui exit. Dicitur, dicitur, dicitur … Niveus indicem habere, et nemo scit, qui proximus futurus sit.

Venenum. Arma serpenti valde decora.

Capitolinos eorumque praesidem nobilem ita despicio, ut Phoenicii crimina me non admodum attonitam reddant. Sed ea et seditiosos e Capitolio exactos et gregem meum et Fulviam multo magis commovere videntur – Plutarchus quoque nonnumquam inopinata audire videtur, forte miratur, quomodo hoc aut illud secretum acutum eum effugere potuerit. Postquam Phoenicius peroravit, machinae cinematographicae pergunt, donec postremo ipse dicit: »Incisuram faciamus!«

3.5 Wiedersehen mit Peeta

Nachdem Peeta von dem Soldaten Boggs, der rechten Hand der Präsidentin Alma Coin, aus der Gefangenschaft im Kapitol befreit worden ist, wo er mit Gift und Gas gefoltert worden war, freut sich Katniss auf ein Wiedersehen mit ihm. Sie wird jedoch bitter enttäuscht.

Deutsch: S. 197 (»›Peeta ist am Ende …«) – S. 202 (»… unsere aktuelle Theorie.‹«)

»Petrus in extremo vestibulo est. Vis gasi minuitur. Optimum erit, si ei aderis, cum expergiscitur.«

Petrus.

Salvus – immo saltem superstes. Procul a Niveo. Extra periculum. Hic. Mecum. Mox eum tangam. Eum subridentem videbo. Risum suum audiam.

Faenomius renidens me aspicit: »Age, adveni!«, dicit.

Vertigine corripior. Quid dicam? Nihil refert, quid dicam. Petrus felicissimus erit, quodcumque faciam. Verisimile est eum me osculis excepturum esse. Miror, num eius osculis ita afficiar ut iis osculis ultimis in arena datis, de quibus adhuc cogitare non audebam.

Petrus iam exsomnis est, in extremo lecto sedet confusamque speciem praebet, dum tres medici eum sedare conantur, eius oculos illustrant, eius pulsum venarum sentiunt. Spe decepta sum, quia faciem meam non primam is experrectus aspexit, sed nunc eam aspicit. Eius vultus mihi et incredulitatem et fortiorem motum animi quendam indicat, quem non aeque aestimare possum. Aut cupiditatem aut desperationem? Ambae scilicet, quia is exsilit et medicos depellit et ad me adit. Bracchia mea porrigens ei cito obviam eo. Hic etiam bracchia sua mihi porrigit, scilicet ut faciem meam mulceat.

Labra mea modo nomen eius formant, cum is manus suas ad guttur meum admovet.

Focali isto frigido collum meum terenti involuta tremorem eo peius inhibere possum. Saltem non iam in ista tuba angustissima haereo circumdata instrumentis pulsantibus et frementibus et ea voce sine corpore, quae me subsistere iubet, dum probare studeo, num adhuc respirem. Quamquam nunc certa sum corpus meum non perpetua vulnera habiturum esse, aliquantulum aeris sitio.

Gravissimae medicorum curae – de medulla spinali, de meatibus spirandi, de venis, de arteriis laesis – dissipatae sunt. Livores, fauces raucae, larynx vulnerata, ea mira tussicula – haec omnia non tam perniciosa sunt. Haec praeteribunt. Sulida imitatrix vocem non amittet. Medicusne quidam explorare potest, quaeso, num mente capiar? Sed nunc loqui mihi non licet. Ne Paludoso quidem gratias agere possum me visitanti. Me diligenter observat et dicit vulnera nonnumquam multo peiora esse, cum milites in suffocationibus se exerceant.

Paludosus fuit, qui Petrum uno ictu tantum prostravit et consopivit, antequam mihi maiora damna afferret. Faenomius me servavisset, nisi plane improvisum id accidisset. Non saepe fit, ut aliquis et me et Faenomium incautos opprimat. Sed ambo tam cupidi fuimus Petri servandi et sic dolebamus eum in Capitolinorum potestate esse, ut remissi, quia eum recuperavimus, caeci essemus. Si Petrus me solam convenisset, me interfecisset. Nunc, quia insanus est.

Immo, non insanus, reminiscor. *Intextus*. Hoc verbum inter Plutarchum Faenomiumque commeans audivi in vestibulo tracta praeter eos. Nescio, quid hoc dicere velit.

[...]

»Catanissa, Petri status mentis nos omnes terruit«, Plutarchus pergit. »Iam in ultimis duobus interrogationibus status peior fieri videbatur. Manifestum fuit eum vexatum esse, nosque eius statum mentis isti rei attribuimus. Nunc hanc non solam causam fuisse credimus, sed Capitolinos eum insolitis artibus tractavisse, quae nomine intexendi nominantur. Apispine?«

»Veniam peto, Catanissa«, Apispinus dicit, sed tibi non omnia minima explicare possum. Singula huius generis torturae a Capitolinis strictissime occuluntur, egoque puto effectus modo hos modo illos esse. Haec scimus: Est quoddam genus metum artificiose provocandi. Verbum texendi nos ad vespam ducit, quae ›texens‹ nominata est. Conicimus hoc nomen ea de causa electum esse, quia venenum vespae venaticae adhibetur. In primis tuis Famis Ludis tu ipsa ab una puncta es, ergo effectus huius veneni ipsa passa es.«

Terror lymphaticus. Simulacra monstrosa. Visiones incubis similes, quibus te carissimos familiares amittere putas. Nam venenum has partes cerebri aggreditur, in quibus metus habitat.

»Certe adhuc meministi, quam horribile id fuerit. Postea mente perturbata eras?«, Apispinus interrogat. »Difficile tibi erat cognoscere, quid inter res veras et res tibi fictas interfuerit? Plurimi homines, qui puncti supererant, huiusmodi res referunt.«

Sic est. Conventus cum Petro habitus. Etiam postquam vim cogitandi recuperavi, adhuc incerta eram, utrum is cum Catone pugnavisset, ut vitam meam servaret, an hoc mihi finxissem.

»Facta difficile restitui possunt, quia memoria incommodo affecta est.« Apispinus digito suo frontem suum pulsat. »Facta, quae aliquis memoria tenet, in mentem promoventur, fraude alterantur et forma mutata rursus in memoria conduntur. Si exempli gratia tibi quid in memoriam reducendum est – aut te invito aut tibi hoc factum per impressionem quandam repraesento –, et dum hoc factum memoria renovatur, tibi syringa venenum vespae venaticae inicio. Non tantum, ut per tres dies tui non compos sis. Tantum solum, ut memoria metu et dubio afficiatur. Et sic mutatum id in memoria diuturna tua deponitur.«

Sensim male me habeo. Primula hoc quaerit, quod ego quaerere tempto: »Istine hoc Petro attulerunt? Eiusne memoria Catanissae tam distorta est, ut horribilis facta sit?«

Apispinus adnuit. »Tam horribilis, ut Catanissam periculum vitae putet. Eamque interficere conetur. Sic est, hac ratione hoc nunc explicare temptamus.«

3.6 *Panem et circenses* als Motto

Bei einem vertraulichen Gespräch mit Katniss im Rahmen ihres Heilverfahrens nach dem unvermittelten Angriff durch Peeta verrät ihr Plutarch, der ehemalige oberste Spielemacher des Kapitols, was es mit dem lateinischen Spruch *Panem et circenses* auf sich hat.

Deutsch: S. 245 (»Zu meiner Rehabilitation …«) – S. 246 (»… gefällt schließlich jedem.‹«)

Ut melius convalescam, breves ambulationes in aere aperto facio. Post meridiem alicuius diei Plutarchus me foras convenit, ut me de rebus novissimis certiorem reddat. Nunc, postquam Regio II foedus nobiscum fecit, seditiosi bellum paulum intermittunt, ut novas acies instruant. Vias commeatus muniunt, vulneratos curant, copias novo modo disponunt. Ut Regio XIII inter Dies Atros, ita Capitolini nunc ab omni ope aliena interclusi hostibus impetum atomicum minantur. Aliter ac tum XIII Capitolini neque renovari neque sibi ipsis satisfieri valent.

»Ah, urbs per aliquod tempus duriter vitam aget«, Plutarchus dicit. »Certe ii copias acervatim comparaverunt, ut necessitates sustinerent. Quod maximum interest inter XIII et Capitolinos, est id, quod populi exspectant. Homines Regionis XIII inopia iam diu assuefacti erant, cum Capitolini nil nisi *Panem et circenses* novissent.«

»Quid hoc dicere vult?« *Panem* tantum intellexi.

»Haec sententia, quae pridem millenniis ante exstitit, lingua quadam composita est, quae Latina nominatur, et dicta est de urbe quadam, quae Roma nominatur«, is exponit. »*Panem et circenses* vertere potes in *victum* et *ludos*. His verbis auctor indicare voluit populum rationem de re publica habendam et potentiam suam pro pleno ventre et spectaculis perdidisse.«

Capitolinorum reminiscor. Eorumque luxuriae. Et spectaculorum extremorum. Famis Ludorum. »Hoc ergo regionum officium est. Ut victum et ludos praebeant.«

»Sic est. Et dum utrumque ad eos venit, Capitolini parvum regnum suum regere poterant. Sed nunc neutrum praebetur, non tantum saltem, quantum Capitolini accipere solent«, Plutarchus dicit. »Nobis contra alimenta sunt, et spectaculum cinematographicum praestabo, quod libenter spectabunt homines. Nemo nempe est, cui spectaculum nuptiarum non placeat.«

3.7 Katniss als Märtyrerin

Boggs, der Anführer der Spezialeinheit 451, ist wütend auf die Präsidentin Alma Coin, da sie Peeta in Katniss' Einheit versetzt hat – Peeta ist nach wie vor geistig verwirrt und so konditioniert, dass er Katniss hasst und zugleich fürchtet. Katniss' Leben ist also bedroht. Ihr Tod könnte der rachsüchtigen und machtgierigen Coin sogar von Nutzen sein, wie Boggs im Gespräch mit Katniss betont.

Deutsch: S. 291 (»Ich habe Boggs …«) – S. 293 (»… Mit mir zusammen.«)

Paludosum numquam antea iratum vidi. Neque eo tempore, quo eius iussa neglexi, neque quo vomens eum inquinavi. Ne eo tempore quidem, quo Gallus nasum eius fregit. Sed cum a colloquio telephonico, quod cum Numma habuit, revertit, is iratus est. Primo vicariae suae Iabobifiliae imperat, ut duos homines prospiciat, qui dies noctesque Petrum vigilent. Tum mecum ambulat. Cursibus tortuosis circa tentoria castrorum nostrorum imus, donec satis longe a grege nostro absumus.

»Quidquid agemus, is utique me necare conabitur«, dico. »Hic potissimum. Ubi tanta mala facta memoriae condidit, quae eum ad aliquod incitent.«

»Eum coercebo, Catanissa«, Paludosus dicit.

»Cur Numma statim mortem meam desiderat?«, interrogo.

»Haec id negat«, dicit.

»Sed nos ambo scimus hoc ita se habere«, dico. »Tu utique ratione quadam hoc explicare temptas, an non?«

Paludosus diu diligenterque me spectat, antequam responsum dat: »Tibi dicam, quae scio. Numma te non diligit. Ab initio. Ea Petrum ex arena servari voluit, sed nemo ei assentiebatur. Cum tu eam ceteris victoribus impunitatem promitti cogeres, hoc eo peiora omnia fecit. Sed et hoc prae praeclaris actionibus tuis neglegendum esset.«

»Quid aliud est?«

»Aliquando tempore futuro proximo bellum confectum erit. Et tum novum principem eligemus«, Paludosus dicit.

Oculos distorqueo. »Paludose, sit sane nemo, qui credat me principem futuram esse.«

»Recte dicis«, is dicit. »Sed tu candidatum adiuvabis. Utrum Nummam an alium quendam adiuvabis?«

»Nescio. De hac re numquam cogitavi«, dico.

»Nisi ex tempore *Nummam* edicis, tum periculosa ei es. Tu es facies insignis seditionis. Fortasse tibi plus auctoritatis est quam ulli alii«, Paludosus dicit. »Adhuc prae te ferebas te Nummam nihil amplius quam tolerare.«

»Ergo me interficere ea cupit, ut nihil iam eloqui possim.« Cum primum hoc elocuta sum, rem ita se habere scio.

»Te ei non iam opus est quasi persona eminenti, quae hanc seditionem movit. Quod tuum praecipuum officium erat, ut regiones coniungeres, nunc perfectum est, ut ipsa dixit«, Paludosus me admonet. »Ea spectacula cinematographica, quae nunc componuntur, et sine te in scaenam redigerentur. Tibi una res restat, ut seditionem iterum accendas.«

»Mori«, tranquilla dico.

»Sic est. Nobis te martyra praestare, pro qua dimicare poterimus«, Paludosus dicit. »Sed dum ego impero, hoc non accidet, miles Semperdia. Diuturnam vitam tibi excogitavi.«

Qui hoc animo est, magnas difficultates sibi ipsi affert. »Cur? Nihil omnino mihi debes.«

»Tu hoc meruisti«, is dicit. »Et nunc ad gregem tuum revertere.«

Magni hoc aestimare debui, quod Paludosus cum capitis periculo me protegit, sed frustra omnia fuisse tantum opinor. Quomodo nunc ei hologramma surripiam et castra deseram? Etiam sine eius ipsius auxilio satis difficile iudicabam eum fallere. Iam ei gratiam debeo, quia vitam meam servavit.

Cum eum, qui causam harum difficultatum praebuerit, admodum tranquille tentorium suum extendentem videam, irascor. »Qua hora vigilabo?«, e Iacobifilia quaero.

Ea me dubitans aspicit aut forte oculos ea de causa comprimit, ut me melius videat.

»Tibi vigiliam non attribui.«

»Quippini?«, interrogo.

»Dubito, an tu Petrum profecto telo transfigeres, si hoc necesse esset«, ea dicit.

Magna voce et clare loquor, ut ab omnibus audiar. »Neque Petrum telo transfigerem. Is non iam est. Ioanna recte dicit. Mutatam formam a Capitolinis creatam tantum transfigerem.« Post omnes has contumelias, quas ex eius reditu patiebar, bene valeo omnibus audientibus horribile quoddam de eo dicens.

»Hem, hoc dictum tuum te non admodum commendat«, Iacobifilia dicit.

»Attribue ei vigiliam«, Paludosus post me dicit.

Iacobifilia caput quassans aliquid notat. »A media nocte usque ad quartam diei horam. Mecum.«

3.8 Angriff der Echsenmutanten

Im Rahmen ihres Eroberungszugs durch das Kapitol geraten Katniss und ihre Verbündeten, zu denen neben Gale auch der allmählich wieder zu Sinnen kommende Peeta gehört, in einen Hinterhalt in Form einer Fallenkapsel. Sie werden plötzlich von perfiden Mensch-Echse-Hybriden attackiert und es gibt scheinbar kein Entrinnen mehr.

Deutsch: S. 340 (»›Aus dem Weg!‹ …«) – S. 343 (… »›Hier können wir nicht bleiben.‹«)

»Viam mihi date!«, Gallus vociferatur. Sagittas displosivas eicit et posterum extremum pontis e fundamento evellit. Eo ipso momento, quo mutatae formae pontem perveniunt, is totus in cloacam ferventem mergitur.

Nunc primum istas beluas diligentius observare possum. Est genus e homine et lacertilia et quocumque alio compositum. Eis cutis alba et astricta reptilium est, sanguine coagulato oblita, manus pedesque unguibus armatae, facies absurdae. Meum nomen sibilantes edunt, immo paene clamitant, dum corpora iratae torquent. Et unguibus et caudis circum se pulsant et amenti cupidine me destruendi aut invicem aut sibi ipsis oribus spumantibus apertis immanes partes e corporibus evellunt. Odorem meum tam male eae sustinent quam ego earum. Etiam peius, nam subito mutatae formae deinceps in cloacam defluvii putidam saltant – venenum minime caventes.

A ripa opposita proelium inimus. Ut libet, sagittas meas in corpora mutatarum formarum icio, et solitas et acumina ignea vel displosiva habentes. Mortiferae eae sunt, sed res in discrimine est. Nullum animal natum viginti et quattuor glandibus ictum erectum adhuc staret. Quodam modo nobis eas occidere contingit, sed multitudo vix credibilis identidem e tubo profluit seque in aquam venenatam praecipitat.

Neque ingens earum multitudo sola facit, ut manus meae tam vehementer tremant. Nullae bonae mutatae formae sunt. Eae omnes adsunt, ut damnum faciant. Sunt, quae vitam hominibus adimant velut simiae. Aliis, ut mentes turbent, imperatum est, velut vespis venaticis. Sed crudelissimae et maxime horrendae eae sunt, quae prava aliqua fallacia animos moventi praeditae sunt. Mutatae luporum formae oculos sortium tributarum mortuarum habentes. Sulidae garrulae, quae Primulae tortae vocem simulabant. Odor rosarum Nivei sanguine victimarum mixtus. Hic odor iam super cloacam huc flat. Is dissipatur foetore putido praesente. Is facit, ut cor meum citato cursu properet, ut cutis mea gelida fiat, ut pulmo meus arceatur, ne aera capiat. Quasi Niveus recta via in faciem meam spiraret, quia tempus moriendi adest.

Ceteri me inclamant, sed respondere nequeo. Et dum caput unius mutatae formae telo cito percutio, quae talum meum captatura erat, statim a bracchiis firmis rapior et ad scalas icior. Aliquis manus meas gradibus imponit. Me ascendere iubet. Bracchia pupae mea lignea parent. Eo motu sensim ad sanitatem redeo. Super me Pollucem cognosco. Et Petrus et Cressida me sequuntur. Ad suggestum quendam pervenimus. Secundis scalis innitimur. Et situs, qui ubique est, et sudor noster gradus lubricos reddunt. Cum ad proximum suggestum perveniamus, caput meum rursus integrum est, et subito conscia fio, quid acciderit. Raptim homines consequentes ad me educo. Et Petrum. Et Cressidam. Hi omnes sunt.

Quid feci? Quales ceteros reliqui? Rursus deorsum inniti cupio, sed tum caliga manum quandam calco.

»Sursum innitere!«, Gallus vociferatur. Subito rursus supra sum eumque sursum traho. In tenebras oculos defigo, num plures adhuc adveniant. »Minime!« Gallus faciem meam ad se trahit caputque quatit. Eius vestitus militaris laceratus est. In altero latere colli vulnus ei hiat.

Ab imo homo clamans auditur. »Adhuc aliquis vivit«, eum imploro.

»Minime, Catanissa. Eorum nemo iam veniet«, Gallus dicit. »Nemo nisi mutatae formae.«

Hoc aequo animo ferre nolens ea luce, quae in Cressidae sclopeto est, puteum illumino. In imo Phoenicium cognosco tribus mutatis formis resistentem, quae eum trahunt. Cum una earum eius caput retro rapiat, ut morsu letifero eum afficiat, mirum quoddam accidit. Quasi ego Phoenicius essem et imagines vitae eius transeuntes spectarem. Malum naviculae, umbellam descensoriam argenteam, Magam ridentem, caelum roseum, Apispini tridentem, Annam vestitu nuptiali indutam, undas a saxo fractas. Tum actum est.

Hologramma de cingulo demo et pro viribus dico: »Noctis repagula, Noctis repagula, Noctis repagula.« Idque in puteum amitto. Cum ceteris ad parietem corpus demitto, dum displosio suggestum quatit et corpora lacera mutatarum formarum hominumque per tubum icta quasi eisdem ipsis in nos pluit.

Pollux fragore quodam operculum tubo imponit eumque claudit. Et Pollux et Gallus et Cressida et Petrus egoque. Plures non superstites sunt. Humanitas postea redibit. Nunc desiderium immane tantum sentio reliquos comites nostrae turmae servandi. »Hic manere non possumus.«

3.9 Begegnung mit der kuriosen Designerin Tigris

Nachdem Katniss und die anderen Rebellen ins Herz des Kapitols vorgedrungen sind, erhalten sie kurze Zeit Unterschlupf im Unterwäscheladen der Stylistin Tigris, einer früheren Freundin von

Plutarch. Sie verkleidet die Rebellen zudem als Bewohner des Kapitols, damit sie in der Masse nicht auffallen.

Deutsch: S. 348 (»Vor einem schmuddeligen Schaufenster…«) – S. 351 (»… Ihr Laden hat uns verschluckt.«)

Ante sordidam fenestram tabernariam pupas interulis e pelle factis indutas monstrantem consistimus. Taberna quidem non aperta esse videtur, sed Cressida tamen impigra per portam ruit cantilenam male modulatam suscitans. In ea taberna angusta et obscura et mercium loculamentis quasi circumsuta odor pellium nasum meum invadit. Taberna non frequentari videtur, nam emptores soli nos sumus. Cressida recta via ad personam flexam adit, quae in interiore parte tabernae sedet. Dum eam consequor, digitis mollia vestimenta stringo.

Post abacum tabernae persona maxime mira sedet, quam umquam vidi. Pessimum exemplum sectionis pulchritudinis causa factae ea praebet, talem faciem ne Capitolini quidem formosam aestimant. Cutis retro tracta et contenta lineis albis et aureis compuncta est. Nasus tam planus est, ut vix iam adsit. Iam capillos barbae felis in faciebus Capitolinis vidi, sed numquam tam longos. Ita facta est persona absurda, feli similis, quae nunc nos suspiciosa lustrat.

Cressida capillamentum deponit et notas compunctas clavicularum formam habentes monstrat: »Tigris«, ea dicit, »nobis auxilio tuo opus est.«

Tigris. Ex intima mente recordor. Ea – vel potius eius exemplar minus natu minusque provocans – perpetuo particeps primorum Famis Ludorum erat, quorum memor sum. Ornatrix erat, nisi fallor. Qua regione ea orta sit, non iam scio. Certe non XII. Tum plures sectiones, quam aequum erat, subiit ideoque tam monstrosam speciem praebet.

Hic ergo est finis ornatricum, quae non iam utiles sunt. Tristissimae tabernae insolitarum interularum, in quibus mortem exspectant. Homines earum obliti sunt.

Oculos defigens in eius facie miror, utrum eius parentes eam Tigrim nominaverint eamque iam infantem hac deformitate affecerint, an ea primo vestitumque speciemque designaverit et tum nomen eius accommodans mutaverit.

»Plutarchus dixit nos tibi confidere posse«, Cressida addit.

Optime, ea Plutarchi sodalis est. Scilicet ea nos aut statim Capitolinis tradet aut Plutarchum (quod est etiam Nummam) de loco, ubi sumus, certiorem faciet. Minime, Tigridis taberna certo non optimus locus est. Sed ad tempus nullus alius nobis est. Si quidem ea nos adiuvat. Eius aspectus inter televisorium vetus in abaco stans et nos susque deque migrat, quasi ea nos aestimare vellet. Ut hoc opus ei facilius reddam, et pannum collarem detraho et capillamentum exuo et propius accedo, ut lux televisionis faciem meam illuminet.

Tigris parva voce fremit, quasi Caltha Palustris me salutaret. Ea de sella delabitur et post loculamenta bracarum artissimarum pannis e pelle factis insutarum plena discedit. Sonitum trahentis audimus, tunc eius manus apparet nosque nutibus advocat. Cressida me spectat, quasi interroget: *Vere putas?* Sed quid nobis reliquum est? Si his rebus in viam exiremus, certo aut caperemur aut necaremur. Pelles amoveo. Tigris tabulam ligneam in imo pariete demovit. Post eam scalae lapideae arduae apparent. Me descendere iubet.

Omnes hae condiciones quasi clamare videntur: *Cave insidias!* Terror caecus me occupat, Tigridis oculos fulvos specto. Cur ea hoc facit? Ea Cinna non est, non est homo paratus ad vitam suam profundendam pro aliis. Haec femina personam levitatis Capitolinorum ipsius gerebat. Ea aster Famis Ludorum erat, donec … donec non iam aster erat. Haecne est causa? Aegrimonia? Odium? Ulciscendi cupiditas? Quodammodo haec cogitatio me sedat. Cupiditas ulciscendi diu et calide flagrare potest. Praesertim cum aspectus tuus in speculo eam cottidie alit.

»Niveusne te e ludis eiecit?«, ex ea quaero. Oculos ea tantum in me defigit. Alicubi cauda tigris eius aegre ferens micat. »Eum enim interficiam, scito.« Os eius ad risum quendam distorquetur. Placata, quod hic non furor merus est, in foramen repo.

Dimidiis scalis facies mea ad catenam dependentem offendit. Quam cum traham, latebrae lucerna micanti illuminantur. Est parva cella portis fenestrisque orba. Humilis et longa. Opinor eam lineam solam esse inter dua conclavia cellaria vera. Eos, qui dimensiones oculis non bene iudicare possunt, ea bene lateat. Id conclave et frigidum et umidum est et pellium cumulos intus structos per annos lucem numquam vidisse verisimile est. Dum Tigris nos non prodit, hic neminem nos inventurum esse constat. Cum ultimus comitum meorum in scalis sit, tabula lignea in locum suum reponitur. Statumen interularum in locum suum promoveri et Tigrim rursus in sella sua considere audio. Eius taberna nos devoravit.

3.10 Erneute Hungerspiele mit den Nachkommen des Kapitols

Katniss und die Rebellen erobern das Kapitol und nehmen Präsident Snow gefangen, doch dann wird Katniss' Schwester Prim bei einem unvorhergesehenen Bombenangriff getötet (die potentielle neue Präsidentin Alma Coin hatte ihn heimlich veranlasst). Nun schlägt Alma Coin vor, noch einmal Hungerspiele zu veranstalten – mit den Nachkommen der ehemaligen Machthaber des Kapitols. Dieser Vorschlag wird kontrovers diskutiert und schockiert Katniss, die diese Emotion jedoch verbirgt.

Deutsch: S. 403 (»›Da meine Kollegen …«) – S. 407 (»… Tot.«)

»Cum collegae et ego hac de re adhuc dissentiamus, conventum est inter nos, ut victores decernant. Si quattuor proposito favent, id acceptum est. Nemini licet se a voto abstinere«, Numma dicit. »Propositum est: Ne omnem populum Capitolii exstinguamus, ultimos Famis Ludos insignes habebimus, quibus et liberi et nepotes et neptes eorum intererunt, quorum summa potestas erat.«

Nos convertimur: »Quid?«, Ioanna dicit.

»Ultimos iam Famis Ludos habebimus, quibus liberi Capitolini intererunt«, Numma dicit.

»Iocularisne?«, Petrus interrogat.

»Minime. Hoc unum addam: Si hi ludi futuri sint, nuntiabimus id consensu vestro factum esse, sed vota uniuscuiusque occultabimus incolumitatis vestrae causa«, Numma explicat.

»Hocne Plutarchi consilium erat?«, Faenomius interrogat.

»Meum erat«, Numma respondet. »Bonum compromissum hoc mihi videtur inter cupiditatem ulciscendi et quam minimum vitarum damnum. Nunc vota vestra dare potestis.«

»Minime!«, Petrus erumpit. »Certo propositum repudio. Nulli novi Famis Ludi esse debent!«

»Quippini?«, Ioanna opponit. »Hoc aequum tantum iudico. Etiam Niveo neptis est. Ego propositum probo.«

»Et ego approbo«, Enobaria paene neglegens dicit. »Id eis par pari referemus.«

»Sed huic rei ipsi restitimus! Hoc obliti estis?«, Petrus nos aspicit. »Anna?«

»Sicut Petrus propositum repudio«, ea dicit. »Etiam Phoenicius hoc votum dedisset, si adesset.«

»At non adest, quia Nivei mutatae formae eum interfecerunt«, Ioanna eam admonet.

»Minime«, Apispinus dicit. »Pessimum exemplum esset. Desinamus nos invicem hostes existimare. In hoc rerum statu concordia maximo momento est, ut superstites simus. Minime.«

»Adhuc iam desunt et Catanissa et Faenomius«, Numma dicit.

Miror, num hoc tunc simili modo actum sit? Ante septuaginta quinque annos? Etiam tunc grex hominum convenerat et vota dedit, num Famis Ludi futuri essent? Contrariaene opiniones erant? Nonnullique misericordiam ceterorum excitantes ab eorum suffragiis victi sunt, qui mortem liberorum regionibus ortorum postulabant? Odor rosae Nivei per nasum meum permeat usque in fauces easque constringit. Res est spe orbata. Tot homines, quos amabam, mortui sunt, nosque ea mente de proximis Famis Ludis disputamus, ne plures insuper vitas perdamus. Nihil mutatum est. Nihil umquam mutabitur.

Cum cura facultates examino, omnia diligenter penso. Rosam intuens dico: »Propositum probo. … Primulae.«

»Faenomi, nunc tua est optio«, Numma dicit.

Petrus Faenomium exhortatur, ne particeps horum scelerum atrocium fiat, sed Faenomium me intuentem sentio. Nunc tandem animadvertimus, quam similes simus quamque bene is me intellegat.

»Sulidam imitatricem sequor«, is dicit.

»Optime. Sic votum constat«, Numma dicit. »Et nunc tempus nobis est considendi, ut supplicio publico intersimus.«

Ei praetereunti poculum vitreum rosam continens porrigo. »Potestne fieri, ut Niveus eam vestimento applicet? Cordi proximam?«

Numma ridet. »Certo. Egoque faciam, ut is de ludis certior fiat.«

»Gratias ago«, dico.

Nunc turba hominum conclave intrat et me tractat. Ultimum pulvere odorato ungui, Plutarchi iussa, dum ad portam principalem Praesidis palatii ducor. Forum multitudine abundat, homines in vias adiacentes funduntur. Ceteri foris locos suos tenent. Vigiles. Officiosi. Seditiosorum duces. Victores. Ovationes indicant Nummam in maeniano apparuisse. Subito Euvia umerum meum leviter pulsat egoque in frigus solis hiemalis exeo. Multitudine vehementissime clamante in loco meo consisto. Iussis obsequens ad latus me verto, ut vultum obliquum meum spectare possint, et exspecto. Cum Niveus e porta educatur, spectatores furore capiuntur. Manus suas sudi cuidam alligantur, quod minime necesse est. Is non fugiet. Nullus est locus, quo confugiat. [...]

Arcum in manu mea vibrantem sentio. Retro capesso sagittamque extraho. Eam impono. Rosam peto, sed faciem eius specto. Is tussit et saliva sanguinea ei per mentum manat. Eius lingua confestim per labra tumida volat. In eius oculis minima indicia motus alicuius quaero – aut metus aut paenitentiae aut irae. Sed eundem vultum iucundum aspicio, quo ultimum colloquium nostrum evenit. Quasi is ultimam sententiam repeteret: *»Eheu, cara virgo Semperdia. Putavi inter nos conventum esse, ne alter alteri mendacia dicat.«*

Recte dixit. Hoc conventum erat.

Cacumen sagittae sursum rapio. Nervum remitto. Et Praeses Numma de crepidine maeniani decidit et magno fragore in solum cadit. Mortua.

3.11 Eine kleine Familie zum Schluss und trotzdem kein Happy End

Katniss wird schließlich von dem Mord an Alma Coin freigesprochen (geistige Unzurechnungsfähigkeit). Nach einiger Zeit gründet sie mit Peeta, ihrer großen Liebe, eine Familie, die beiden bekommen einen Sohn und eine Tochter. Doch trotz dieses familiären

Idylls bleibt Katniss aufgrund der miterlebten Gewalt eine gebrochene Figur.

Deutsch: S. 424 (»Ein Versprechen ...«) – S. 428 (»... schlimmere Spiele.«)

Fidem datam desidero vitam nostram processuram esse, quamquam tanta damna passi sumus. Vitam nostram bonam futuram esse. Hanc fidem nemo nisi Petrus mihi dare potest.

Et si is e me quaerit: »Me amas. Verum an falsum?«

Tum respondeo: »Verum.«

Epilogus

In agris pascuis ludunt. Puella saltans capillis fuscis et oculis caeruleis. Puer cirris flavis et oculis canis, qui cruribus suis infantis crassulis sororem cursu aequare luctatur. Quinque, decem, quindecim annos erat, donec assensa sum. Sed Petrus eos utique cupiebat. Cum primum eam in me moventem sensi, terror me occupavit, qui tam vetustus est quam vita ipsa. Gaudium tantum eam bracchiis meis tenendi eum domuit. Cum illo haec res mihi paulo facilior erat.

Sensim quaestiones emergunt. Arenae funditus destructae sunt, monumenta erecta, non iam Famis Ludi sunt. Sed in scholis hi tractantur et puella scit nos partes in iis egisse. Puer paucis annis post hoc comperiet. Quomodo eis de isto mundo narrabo summum terrorem eis non iniciens? Liberis meis, qui verba huius carminis vera esse putant:

In hoc prato sub agris pascuis, / lectus graminis, sericus pulvinus. / Illic oculos claude, caput depone, / cum expergiscaris, sol relucebit. / Hic tutum est, hic calidum, / hic te protegit taraxa-

cum. / Hic habes somnia dulcia, cras vera futura. / Hic est locus, hic amo te.

Liberis meis, qui nesciunt se in necropoli quadam ludere.

Petrus dicit omnia bene eventura esse. Nos familiam nostram habemus. Et librum. Aliquo modo id eis ita explicare poterimus, ut fortiores exituri sint. Sed aliquando eis de incubis meis narrare debebo. Unde ii veniant. Cur ii numquam abituri sint.

Eis narrabo, quomodo supersim. Eis dico me malis diebus mane ne imaginari quidem posse me ulla re gaudere, quia metus, ne eam perdam, omnia superet. Tunc mente tabulam conscribo et omne actum benignitatis, quod mihi umquam contigit, colligo. Quasi ludus est. Semper idem. Paene paulum fastidiosus post plus quam viginti annos.

Sed sunt ludi multo peiores.

FINIS

Verzeichnis der Eigennamen

Lateinisch	**Deutsch**
Ahenobarbus	Rory (»Rothaar«) Hawthorne (Gales Bruder)
Alma Numma	Alma Coin (Revolutionsführerin)
Amens	Cray (ehemaliger oberster Friedenswächter in Distrikt 12; später Avox)
America Septemtrionalis	Nordamerika
Anna	Annie Cresta (Finnicks Freundin; Siegertribut aus Distrikt 4)
Apispinus	Beetee Latier (»Bienenstachel«; Forscher und Tüftler; Siegertribut aus Distrikt 3)
Atala	Atala (Obertrainerin der Hungerspiele)
Avox	Avox (stummer menschlicher Bediensteter)
Bella	Bonnie (»Hübsch«; Geflüchtete und junge Rebellin aus Distrikt 8)
Brutus	Brutus Gunn (Jubeltribut aus Distrikt 2)
Caesar Flagravir	Caesar Flickerman (Interviewer)
Caltha Palustris	Butterblume (Prims Kater)
Capitolini	Leute vom Kapitol
Carnificis Arbor	der Henkersbaum
Casimiria	Cashmere Ritchson (weiblicher Jubeltribut aus Distrikt 1; Karriero)
Castor	Castor (Kameramann aus Distrikt 13)
Catanissa Semperdia	Katniss Everdeen (die Protagonistin)
Cato	Cato (Karriero)
Cinna	Cinna (Stylist)
Claudius Templiferrarius	Claudius Templesmith (Obermoderator)
Coriolanus Niveus	s. Praeses Niveus
Cornu Copiae	Füllhorn (das Waffenarsenal)
Coryla	Hazelle Hawthorne (Gales Mutter; Wäscherin in Distrikt 12)
Crassa Sais	Greasy Sae (alte Suppenverkäuferin auf dem Hob)
Cressida	Cressida (Filmregisseurin aus dem Kapitol; Begleiterin der Spezialeinheit 451)
Daltonius	Dalton (Flüchtling aus Distrikt 10)
Delia Carpentaria	Delly Cartwright (Mädchen aus Distrikt 12, das die

	Rebellion in Distrikt 13 erlebt; gute Freundin von Peeta)
Dies Atri	die Dunklen Tage (die Schreckenszeit nach der ersten Rebellion)
Domina	Primroses Ziege
Enobaria	Enobaria (Jubeltribut)
Euvia Ornata	Effie Trinket (»Schmuckstück«; Betreuerin von Distrikt 12 bei den Hungerspielen)
Facetius	Chaff (»Scherzkeks«) Mitchell (Jubeltribut aus Distrikt 11)
Faenomius Sednatius	Haymitch Abernathy (Altsieger aus Distrikt 12)
Filaferrea	Wiress (Erfinderin aus Distrikt 3)
Filus	s. Romulus Filus
Flora	Posy (»Blumenstrauß«) Hawthorne (Gales Schwester)
Foculus	Hob (wörtlich: »Herdplatte«; der Schwarzmarkt in Distrikt 12)
Fulvia Cardua	Fulvia Cardew (Plutarchs Assistentin)
Gallus	Gale Hawthorne (Katniss' bester Freund)
Hoveriana	s. aeroplanum Hoverianum / scapha Hoveriana (im Vocabularium)
Iacobifilia	Jackson (Boggs' Stellvertreterin in der Einheit 451)
Ioanna Caementaria	Johanna Mason (Jubeltribut; später Rebellin)
Latrator	Woof Casino (alter Jubeltribut aus Distrikt 8)
Ludi Famis	Hungerspiele
Maga	Mags (alter weiblicher Jubeltribut aus Distrikt 4)
Magdalena Submarina	Madge Undersee (Tochter des Bürgermeisters; Katniss' beste Freundin)
Margo	Saum (das Armenviertel von Distrikt 12)
Marsilia Tonitrua	Maysilee Donner (Madges Tante)
Messalla	Messalla (Mann aus der Filmcrew 451; Kollege von Cressida)
Morphicus, a	Morfixer/Morfixerin (drogensüchtige Tribute)
Niveus	s. Praeses Niveus
Noctis repagula	Nachtriegel (wer dies dreimal hintereinander sagt, bringt das Holo zum Explodieren)
Numma	s. Alma Numma
Obliquia	Twill (»Köper«; Geflüchtete aus Distrikt 8)
Pacis Vigil	s. Vigil Pacis

Paludosus	Boggs (Soldat; rechte Hand von Alma Coin)
Panis	das Land, in dem die Romanhandlung angesiedelt ist
Petrus Mollarcus	Peeta Mellark
Phoenicius Odorius	Finnick Odair (Startribut)
Plutarchus Caelapis	Plutarch Heavensbee (Oberspielleiter)
Pollux	Pollux (Avox; Kameramann)
Porcia	Portia (Stylistin)
Praeses Niveus	Präsident Coriolanus Snow
Primula	Primrose, Prim (»Primel«; Katniss' Schwester)
Regio	Distrikt
Romulus Filus	Romulus Thread (»Faden«; oberster Friedenswächter in Distrikt 12)
Ruta	Rue (»Raute«; zwölfjähriger Tribut aus Distrikt 11 bei den 74. Hungerspielen)
Scintilla	Glimmer Belacourt (weiblicher Tribut aus Distrikt 1 bei den 74. Hungerspielen)
Seneca Grus	Seneca Crane (»Kranich«; Spielmacher)
Splendor	Gloss Ritchson (Siegertribut aus Distrikt 1; Bruder Cashmeres)
Submarinus	Undersee (Bürgermeister)
Tigris	Tigris (ehem. Stylistin; Unterwäschehändlerin)
Verber	Thresh (»Prügel«; Siegertribut aus Distrikt 11)
Victor	Vick Hawthorne (Gales Bruder)
Vigil Pacis	Friedenswächter
Vulpisfacies	Fuchsgesicht (Foxface)

Glossar/Vocabularium

Für im Text groß geschriebene Begriffe s. das Verzeichnis der Eigennamen (S. 191 ff.).

Die Kenntnis der in Reclams *Standardwortschatz Latein* (Universal-Bibliothek Nr. 14107) aufgeführten Vokabeln wird vorausgesetzt. Von darin aufgeführten Verben abgeleitete Substantive bzw. umgekehrt Verben oder Adjektive, die sich von darin aufgeführten Substantiven ableiten, sind im Folgenden nur in Ausnahmefällen aufgenommen. Auch zusammengesetzte Wörter, deren Bedeutung sich mithilfe des *Standardwortschatzes* erschließen lässt, sind zumeist nicht aufgeführt (s. zu diesem Thema den Abschnitt »Kleine Wortbildungslehre« im *Standardwortschatz Latein* auf S. 11 ff.). Aufgeführt wird nur die Bedeutung in den *Tributen von Panem*. Längenstriche sind nur in Einzelfällen angegeben.

abacus tabernae Tresen
abdere verstecken
abnuere ablehnen, -winken
abrupte tollere hochreißen
abscindere abreißen/-hacken
absurdus, a, um unverständlich, unpassend, grotesk, ohne Sinn, sinnlos
accensere, -censo, -censum hinzuzählen
accommodare anpassen
accuratus, a, um akkurat, genau
acer, eris *n* Ahorn
acerbus, a, um herb, bitter
acervus, i *m* Stapel, Haufen
acidum, i *n* Säure
acidus, a, um säuerlich
acquirere verdienen, erwerben
actio, onis *f* Auftritt, Technik
acumen, inis *n* Spitze
acus, ūs *f* Nadel
adamas, ntis *m* Diamant
adaptare anpassen
additamentum, i *n* Zutat
adhortatio, -onis *f* Ermunterung
ad irritum cadere um die Ohren fliegen
adminiculum, i *n* Lehne
adnuere (zu)nicken, beifällig nicken
adquiescere sich ausruhen
adrenalinum, i *n* Adrenalin
adstringere überstreifen, -ziehen
adulationes Lobhudelei
adultus, a erwachsen
adumbrare andeuten
adumbratio, onis *f* Umriss
adumbratus, a, um schemenhaft
adurere, -uro, -ussi, -ustum verbrennen
adustio, onis *f* Verbrennung
advesperascit der Abend dämmert
aegrimonia, ae *f* Verbitterung
aegrotare krank sein
aegrotus, a, um krank

aeneus, a, um Bronze-
aenum, i *n* Kessel
aeroplanum Hoverianum/pyrobolarium/vectorium Hoverplane/Bomber/Transportflugzeug
aerosolum, i *n* Spray
aestimatio, onis *f* Wertung
aestivus, a, um sommerlich
aevum, i *n* Zeit(alter)
affectus, ūs *m* Gefühl(sregung)
affligere niederwerfen; *passiv:* zusammenbrechen, aufschlagen
agglutinare kleben
agmen, inis *n* Rudel
agninus, a, um Lamm-
agnoscere etwas spitz bekommen
ain tu? wirklich?
ala, ae *f* Flügel
alacritas, atis *f* Schwung, Fröhlichkeit
albus, a, um weiß
alcoholum, i *n* Alkohol
algēre kalt sein, frieren
alicubi/-unde irgendwo/-woher
alimenta, orum *n* Lebensmittel
alioquin normalerweise, ansonsten
allectus, a, um anziehend
alligare hoch-/zusammen-/an-/festbinden
alternis tactibus impositus verschränkt
alveus, i *m* Trog, Bauch
alveus apium Bienenkorb
amarus, a, um bitter
ambages, is *f* Umweg
ambitiosus, a, um Karriere-; *Substantiv:* Karriero
ambo beide
amburere, -uro, -ussi, -ustum verbrennen
a mente discedere bewusstlos werden
amictus, ūs *m* Umhang
amplecti, -plector, -plecti, -plexus sum umarmen
anabathrum, i *n* Aufzug
anaticula, ae *f* kleine Ente, Entchen
ancora salubris Rettungsanker
angor, oris *m* Beklemmung
angulus, i *m* Winkel, Kante
anhelare keuchen, schnüffeln
anhelitus, ūs *m* Keuchen, Fauchen
animal natum natürliches Lebewesen
animam cum sanguine effundere verbluten
animo (re)linqui das Bewusstsein verlieren
annectere, -necto, -nexui, -nexum an-/festschnallen
anniversarium, i *n* Jahrestag
ansa, ae *f* Knauf
anserinus, a, um Gänse-
antidotum, i *n* Gegengift
anulus, i *m* Ring
apertura, ae *f* Lasche
apis, is *f* Biene
apophoretum, i *n* Andenken
apparatus, ūs *m* Apparat
se applicare alicui sich jemandem anschließen, sich an jemanden schmiegen
applicari (an)lehnen, etwas anstecken
appropinquare sich nähern, näherkommen, auf jemanden zugehen
aqua vitae Schnaps

aquaticus, a, um Wasser-
arbitri, orum *m* Prüfkommission
arca, ae *f* Kommode
arcanus, a, um unerklärlich, geheim, geheimnisvoll
arcus, ūs *m* Bogen
area, ae *f* Areal, Gelände, Beet
area energetica Kraftfeld
aridus, a, um trocken
arma nuclearia Atomwaffen
armarium, i *n* (Wand-)Schrank
armilla, ae *f* Armreif
arteria, ae *f* Arterie
arteria principalis Hauptschlagader
articulus, i *m* (Hand-)Gelenk, Knöchel
artus, a, um eng, fest
aspectus, ūs *f* (An-)Blick
asperitas, atis *f* Unebenheit
aspergere herausspritzen
aspernere etwas verschmähen, nicht wollen
assuefacere sich gewöhnen an etwas
assula, ae *f* Splitter
aster, eris *m* Star
astrictus, a, um straff
athleticus, a, um Sport-, Turn-; sportlich
atrium, i *n* Salon
attamen (je)doch, trotzdem
attinere betreffen
attonitus, a, um erstarrt, mit aufgestellten Nackenhaaren, hingerissen, verrückt gemacht
aula postica Hinterhof
aura, ae *f* Luftstrom
auranteus, a, um orange
auscultare lauschen, hin-/zuhören
autocinetum, i *n* Auto
automatum, i *n* automatische Einrichtung
autoraeda, ae *f* Auto
avidus, a, um versessen auf etwas
avis canaria/canora Kanarien-/Singvogel

baca, ae *f* Beere, Perle
baculum, i *n* Stock
balbutire stammeln
balneum pluvium Dusche
barba Bart
barba felis Schnurrhaar
barbaria, ae *f* Barbarei
basilica iuridica (Gerichts-)Gebäude, Halle
basilicum, i *n* Basilikum
bellariolum, i *n* Leckerei
bellus, a, um schön
belua, ae *f* Viech
bencinum recipere tanken
bini, ae, a je zwei
blandiri jemanden umschmeicheln, einwickeln
blanditiae, arum *f* Kompliment
blandus, a, um gewinnend, aufreizend, einschmeichelnd
bracae, arum *f* Hose
bracae artissimae Leggins
bracae inferiores Hosenbein
bracchium, i *n* Arm
bubulus, a, um Rind-, Rinds-
buteo, onis *m* Bussard

(furtim) cachinnare kichern

cacumen, minis *n* Spitze
cadaver, eris *n* Leiche
caecus, a, um blind
caedes, ium *f* Gemetzel, Blutbad
caementum, i *n* Zement
caeruleus, a, um blau
caespes, itis *m* Rasen, Wiese
calcare auf etwas treten, etwas feststampfen
calceamentum, i *n* Schnürsenkel
calceus, i *m* Schuh, Stiefel
calcitrare (aus)schlagen
calfacere heizen
caliga, ae *f* Stiefel
calix, icis *m* Glas
calva mortua Totenschädel
caminus, i *m* Kamin
cancelli, orum *m* Barriere
candela, ae *f* Kerze
candēre glühen
candidatus, i *m* Kandidat
candidus, a, um weiß
candor carnosus Fleischfarbe
canescere grau werden
canistrum, i *n* Kanister
cantare singen, (Musik) abspielen
cantharulus, i *m* Tasse
cantharus theanus Teekanne
cantilena, ae *f* Schlaflied, Wiegenlied, Melodie
cantitare trällern
canus, a, um grau, fahl
capessere etwas ergreifen/einfangen/schnappen
capillamentum, i *n* Perücke
capillus, i *m* Haar
capitis periculum Lebensgefahr
capitis poena Todesstrafe
capitium colli Halsausschnitt
capra, ae *f* Ziege
caprinus, a, um Ziegen-
captare schnappen, greifen
carbo, onis *m* Kohle
carbunculare verkohlen
carcer, eris *m* Startraum, Startplatz, Gefängnis
carnifex, icis *m* Henker
carninus, a, um Fleisch-
carnivorus, i *m* Fleischfresser
caro, carnis *f* Fleisch
caro assa iuvenci Roastbeef
caro ferina Wild
casearius, a, um Käse-
caseus, i *m* Käse
castanea, ae *f* Kastanie
catacumba, ae *f* Katakombe
catena, ae *f* Kette
caterva, ae *f* Schar
catillus, i *m* Untertasse
catinus, i *m* Teller
cattus, i *m* Kater
catula, ae *f* Kätzchen, Katze
cauda, ae *f* Schwanz
causa antegressa Präzedenzfall
cautes, is *f* Klippe
cautio, onis *f* Vorsicht
cautizerare verätzen
cavea, ae *f* Höhle
cavus, a, um hohl
celare tarnen
cella, ae *f* Kammer
cenare (zu Abend) essen
census populi Volkszählung, Buchführen über die Bevölkerung
centeni Hunderte
centimetrum, i *n* Zentimeter
cerebri commotio Gehirnerschütterung

cerebrum, i *n* Gehirn, Erinnerung
cernuare sich nach vorn abrollen, einen Purzelbaum schlagen
cervix, icis *f* Genick
cessare zögern, innehalten
chalybeius, a, um stählern
charta, ae *f* Zettel, Karte
chartula, ae *f* Karte
chiliogramma, atis *n* Kilo
chiliometrum, i *n* Kilometer
chirurgia, ae *f* Chirurgie
chirurgus, i *m* Chirurg
chorus, i *m* Chor
cibus, i *m* Nahrung, Essen
cicatricosus, a, um narbig
cicatrix, icis *f* Mal, Narbe
cimex, icis *m* Wanze
cinematographare filmen
cinematographi, orum *m* Kamerateam
cinematographicus, a, um Film-, Unterhaltungs-
cineraceus, a, um asch-, aschfarben
cingulus, i *m* Gürtel
cinis, eris *m* Asche
circuitus, ūs *m* Kreisverkehr, Tour
circulus, i *m* Kreis
circumsuere, -suo, -sui, -sutum, säumen
cirratus, a, um gelockt
cirrus, i *m* Locke, Haarsträhne
cista, ae *f* Kasten
citato cursu properare rasen
clades, is *f* Katastrophe
clades infernorum exoritur die Hölle bricht los
clam heimlich
clamitare kreischen, rufen
clandestinus, a, um geheim
clangor, oris *m* Gezwitscher, Klang
claudicare humpeln
claustrum, i *n* Lasche, Verschluss
clausura denticulata Reißverschluss
clava, ae *f* Keule
clavicula, ae *f* Ranke
clavulus, i *m* Nagel
clemens, ntis sanft
clipeus, i *m* Schild
clivus, i *m* Hang
cloaca, ae *f* Kloake
clunis, is *f* Keule
coacervare stapeln
coagulari gerinnen
cochlear, aris *n* Löffel
cognatus, a, um verwandt
cognitio spatialis Orientierung
cohibere unter Kontrolle bringen; *reflexiv:* die Zähne zusammenbeißen
collare, is *n* Kragen
collidere zerquetschen
colloquium (telephonicum) (Telefon-)Gespräch
collum, i *n* Hals
columba, ae *f* Taube
columna marmorea Marmorsäule
comiter höflich, nett
commeare hin- und hergehen
commeatus, ūs *m* Nachschub
commentarius, i *m* Notiz
commigrare umziehen, übersiedeln
comminari drohen
comminus in der Nähe, im Angesicht
commotio cerebri Gehirnerschütterung
comoedia, ae *f* Komödie
comparare erwerben

compensare ausgleichen, aufwiegen
compescere zurückhalten
complecti (um)klammern, halten, erfassen
complere füllen
complicare zusammenknüllen
compos sui / mentis suae / animi bei Bewusstsein / bei Sinnen
compromissum, i *n* Kompromiss
comptus, ūs *m* Frisur
compungere, -pungo, -punxi, -punctum tätowieren
computatio statistica Statistik
conbustus, a, um völlig verbrannt, abgebrannt
concameratus, a, um gewölbt
concentus, ūs *m* Harmonie
concha, ae *f* Muschel
conciliare gewinnen
conclave, is *n* Zimmer
conclave cellare Kellerraum
conclave studiorum/operarium Arbeitszimmer
concors, concordis ein Herz und eine Seele
concretum, i *n* Beton
conculcare zertrampeln
concutere, -cutio, -cussi, -cussum schütteln
condire würzen, zubereiten
sibi condonare für sich verbuchen
conectere, -necto, -nex(u)i, -nexum einen Knoten machen
conferre vergleichen
confestim schnell
conflare anzetteln
confisus, a, um optimistisch
confusio, onis *f* Durcheinander
confusus, a, um verwirrt, konfus
congregari sich zusammenscharen
coniectus, ūs *m* Reichweite
convīēre blinzeln, die Augen schließen
consanguineus, a, um verwandt
consero, -sevi, -situm besäen, bepflanzen
consilia ludorum Strategie
consobrinus, i *m* / consobrina, ae *f* Cousin/Cousine
consociare vereinen
consopire betäuben, einschläfern
conspicillum, i *n* Brille
conspirare kooperieren
constipare einpferchen
constituere cum +*Abl.* mit jemandem absprechen
constringere zu-/zusammenschnüren
consulto absichtlich
consultor, oris *m* Berater
contendere straffen
conticescere verstummen
continuari weitergehen, fortlaufen
contrarius, i *m* / contraria, ae *f* Konkurrent/Konkurrentin
contrectare (be)tasten
contremescere zusammenzucken
contristare betrüben, quälen
contritus, a, um abgewetzt
contrucidare niederstechen, niedermetzeln
contumax, acis trotzig
contumelia, ae *f* Demütigung
convalescere aktiv/gesund werden, sich rehabilitieren
conversio rerum Revolution
convivalia, ium *n* Tischmanieren

convivium festivum Festessen
convolvere, -volvo, -volvi, -volutum zusammenrollen, zusammenkauern
convomere vollkotzen
coquere, -o, coxi, coctum kochen, backen
corium, i *n* Leder, Schicht
coronare krönen
corpore conspicuus athletisch
corripi erfasst werden
corripi retro herumfahren
corruere zusammenbrechen
cortex, icis *m* Rinde
coruscare funkeln
costa, ae *f* Rippe
cramum, i *n* Sahne
crassulus, a, um pummelig
crepare klirren
crepido, inis *f* Brüstung
crepitare klappern, prasseln, krachen, schnippen
crepitus, ūs *m* Krachen, Knacken
crepusculum, i *n* (Abend-)Dämmerung
crines disponere die Haare hochstecken, frisieren
crispus, a, um gelockt
crocire krächzen
cruciatus, ūs *m* Qual
crus, cruris *n* Bein
crusta, ae *f* Kruste
crustulum, i *n* Brocken, Kräcker, Keks
cubiculum, i *n* (Schlaf-)Zimmer
cubitum, i *n* Ellbogen, Arm
cubitum ire ins Bett gehen
cubus, i *m* Würfel
cucullus, i *m* Kapuze
cucurbita, ae *f* Kürbis
culina, ae *f* Küche
culleus, i *m* Schlauch
culmen, inis *n* Höhepunkt
culter, tri *m* Messer
culter plicatilis Springmesser
cultor pomorum Obstarbeiter
cummeus, a, um Gummi-
cumulare anhäufen
cumulus, i *m* Haufen
cuneus, i *m* Keil
cuniculus, i *m* Kaninchen
cuniculus montanus Mine
curriculum, i *n* Parcours, Wagen
currus, ūs *m* Wagen
cursim im Lauf, schnell
cursus honoris politischer Aufstieg
cursūs obstati Hindernisparcours
cursūs tortuosi Zickzack
curvare beugen, krümmen
custos, odis *m f* Mentor/Mentorin
cutere stoßen
cutis, is *f* Haut
cylindrus, i *m* Zylinder
cymbalum pendulum Gong

debilitatus, a, um erstickt, behindert, gelähmt
debitus, a, um gebührend, schuldend
decantare trällern
decemplex, icis zehnfach
decennium, i *n* Jahrzehnt
(de)decere (nicht) auszeichnen / anständig aussehen / sich gehören / passen
decies centenis milibus annis in einer Million Jahren

dedicare widmen, etwas für etwas bestimmen
defatigatio, onis *f* Erschöpfung
defessus, a, um erschöpft
defluvium, i n Abwasser
deformis, e hässlich
deformitas, atis *f* Entstellung
degere Zeit verbringen
deinceps einer nach dem anderen, nacheinander
delectamentum, i n Unterhaltungswert
deliberare sich etwas fragen
delicatus, a, um fein, köstlich
deliciae, arum *f* Leckerei, Vergnügen
delineare zeichnen
de medio recedere beiseitetreten
demens, ntis verrückt
de mensa sua detrahere vom Mund absparen
demere, demo, dempsi, demptum wegnehmen, lösen
demergere, -mergo, -mersi, -mersum ertränken; *passiv:* tauchen
denigrare schwärzen
densus, a, um dicht, gedrängt, eng, kräftig
dentes restringere die Zähne fletschen
denuo von Neuem
deorsum nach unten, hinunter
depromere, -promo, -prompsi, -promptum etwas abnehmen/herausholen
descriptio, onis *f* Plan
desecare abschneiden
designare entwerfen
desilire herunterspringen
despondēre, -spondeo, -spondi, -sponsum sich verloben
destinare zielen, etwas für etwas bestimmen
destinatum, i *n* Ziel
desuper herab, von oben
detergēre abschrubben, abputzen, abwischen
detestari verabscheuen
detrimento esse schaden
detrudere hinunterstoßen
deversorium, i *n* Quartier
devertere bleiben, sich aufhalten
devorare verschlucken
dexter, dextra, dextrum rechts
dies festus/profestus/natalis/negotiosus Feierlichkeit, Feiertag / normaler Tag / Geburtstag / Arbeitstag
diffidentia, ae *f* Misstrauen
diffidere misstrauen
digitalis, e Finger-
digitos inter se pectine iungere die Hände falten (*wörtlich:* die Finger kammartig miteinander verbinden)
digitus, i *m* Finger
dilatari sich weiten
dilucescit die Sonne geht auf
dilucidus, a, um deutlich
diluculum, i *n* Tagesanbruch, Dämmerung
dimensio, onis *f* Abmessung
dimicare kämpfen
dimidius, a, um halb
directe transmittere live übertragen
dirimere trennen
diruere niederreißen
dirumpi explodieren

diruptione perforare sprengen
discidium, i *n* Spannung
discindere etwas zerreißen, durchtrennen
dispertire, -pertio, -pertivi, -pertitum aufteilen
displicēre nicht gefallen/mögen, leidtun
displodere, -plodo, -plosi, -plosum in die Luft jagen
displosio, onis *f* Explosion, Sprengung
displosivus, a, um Spreng-
dissipare zerstreuen; *passiv:* sich ausbreiten
distorquēre verdrehen, verziehen
ditissimus, a, um megareich
diuturnus, a, um lange
dolium purgamentorum Mülltonne
domicilium, a *n* (Wohn-)Haus
dormitorium, i *n* Schlafzimmer
dorsum, i *n* Rücken
dramatis persona Figur
dulcacidus, a, um süßsauer
dumetum, i *n* Dickicht
dummodo solange
durescere hart werden
duriter vitam agere sich durchschlagen

ebrius, a, um betrunken
efficax, acis wirksam
effigies vana Halluzination
efflare aussenden
effodere ausgraben, fördern
effrenatus, a, um ausgerastet, ungebremst
effulgere, -fulgo, -fulsi, -fulsum aufleuchten
eiaculari herausschießen
eiulatus, ūs *m* Wehklagen
elatio animi Begeisterung
electricus, a, um elektrisch
elicere entlocken
eluctari sich losreißen
eluere fortspülen
emanare hinauswabern, heraussickern
emergere aufkommen
eminēre herausragen/-schauen
eminus aus der Entfernung
emissio, onis *f* (Fernseh-)Übertragung
emolumentum, i *n* Vorteil
emptor, oris *m* Kunde, Käufer
eniti in altum/alte hochklettern
enodare entwirren
epitonium, i *n* Zapfhahn
epulae, arum *f* Essen
errare sich täuschen
erubescere rot werden
eruptio, onis *f* Explosion
eruptio sanguinis Bluterguss
esca, ae *f* Köder
essedum, i *n* Streitwagen
esurire hungern
euge! nun denn!
evanescere, -vanesco, -vanui verpuffen, verschwinden
evellere herausreißen
eversio Zerstörung
eversio rerum Revolution
evertere stürzen, zerstören
eviscerare ausnehmen
evitare vermeiden
evomere ausstoßen
ex adverso gegenüber

exaequare jemandem das Wasser reichen können
exaestuare aufwallen
exaggerare übertreiben
examen, inis *n* Prüfung, Schwarm
examinare abwägen, untersuchen
exanimatus, a, um außer Atem
exardescere auflodern
exasperatus, a, um rau
excurrere einen Ausflug machen
excursio, onis *f* Ausflug
exemplar, aris *n* Version
exercitatio, onis *f* Training, Übung, Sport
exercitator/exercitatrix Trainer/Trainerin
exercitium, i *n* (Haus-)Aufgabe
exhaustus, a, um erschöpft
exilis, e dünn
eximius, a, um außerordentlich, äußerst, bemerkenswert, besonders
exitialis, e endgültig, unheilvoll
exordiri anfangen, beginnen, loslegen
exordium festi Eröffnungsfeier
expedire zurechtkommen
expergisci, -pergiscor, -perrectus erwachen
expers, expertis sich nicht auskennend
explorare ausspionieren
expromere rausholen
exsanguis, e blutleer
exscindere/exsecare herausschneiden
exsilire aufspringen, hochschnellen
exsomnis, e wach
exsultare aufspringen, jubeln
exsultatio, onis *f* Jubel
extemplo sofort
(nuntios) extorquere durch Folter (Informationen) herausholen
extrinsecus, a, um von außen
exuere etwas ausziehen, abnehmen

faber (carbonarius/montanus) (Kohle-/Minen-)Arbeiter
fabricare herstellen
fabricatio, onis *f* Entwicklung
fabula scaenica Theaterstück, Aufführung
facetus, a, um witzig, ironisch
falco, onis *m* Falke
fallacia, ae *f* Trick
falx, cis *f* Sichel
fanaticus, i *m* Freak
farcire, farcio, farsi, fartum stopfen
fascia, ae *f* (Haar-)Band
fasciculus, i *m* Bündel, Packung
fasciola, ae *f* Träger
fascis, is *m* Paket
fastidiosus, a, um langweilig
fastidire Ekel empfinden
favēre für etwas sein, jemandem seine Gunst schenken
favēre lingua die Zunge hüten
fauces raucae Heiserkeit
faux, cis *f* Maul, Kehle, Rachen
fax, facis *f* Fackel
feles, is *f* Katze
feles mas *m* Kater
femur, oris *n* (Ober-)Schenkel
fenestella, ae *f* Luke
fenestra tabernaria Schaufenster
ferae, arum *f* Wild
feriae, arum *f* Urlaub
ferire zielen, schlagen, hauen

ferrum serratorium Sägeklinge
ferus, a, um wild
fervere brodeln
fervidus, a, um heiß
fessus, a, um müde
festivus, a, um festlich, Fest-
fetus, ūs *m* Embryo
fibula, ae *f* Brosche
fiducia, ae *f* Zutrauen
filum, i *n* Faden
filum ferreum/metallicum Draht/Maschendraht
fimbria, ae *f* Franse, Strähne
fissus, a, um gespalten
flabellum calefactorium Heizlüfter
flagellum, i *n* Peitsche
flamma subita Stichflamme
flare wehen
flatus, ūs *m* Luftstrom
flavus, a, um blond, gelb
flere, fleo, flevi, fletum weinen
flores inculti wilde Blumen
fluitare wallen
flumen electricum Strom
focale, is *n* Halskrause
fodere durchstechen
foedus, a, um widerlich
foetidae nubes stinkende Wolken
foetor, oris *m* muffiger Geruch, Gestank
folium, i *n* Blatt, Laub
foramen, inis *n* Loch, Öffnung
foras draußen, zur Seite
foris, is *f* Tür
forma mutata Mutation
formidulosus, a, um gespenstisch, unheimlich
formosus, a, um schön, hübsch
forsitan vielleicht
fortuito unwillkürlich
foruli mercium Warenregal
fortunam tentare sein Glück versuchen
fortunatus, a, um vom Glück begünstigt
fovēre aufwärmen
fragilis, e brüchig, zerbrechlich
fragmentum, i *n* Brocken
fragor, oris *m* Krachen, Knall
fragum, i *n* Erdbeere
fraudare täuschen; *passiv:* reinfallen
fraude alterare manipulieren
fremere grummeln, dröhnen, knurren, surren
fremitus, ūs *m* Knurren, Fauchen
frenari bremsen
frequentare besuchen
fricare reiben, massieren, putzen
frigere frieren
frondosus, a, um Blätter-
frons, frondis *f* Laub, Grün
frustatim Scheibe für Scheibe
frustum, i *n* Brotstück
frutex, icis *m* Beerenstrauch
fu! igitt!
fucare färben
fucus, i *m* Make-up
fugare verscheuchen
fulcrum, i *n* Lehne
fulgēre funkeln
fulgor, oris *n* Blitz
fuligo, inis *f* Ruß
fultura, ae *f* Fassung
fulvus, a, um gelbbraun
fumus, i *m* Rauch
funda, ae *f* Schleuder, Zwille
fundamentum, i *n* Verankerung

funditus, a, um völlig, von Grund auf, ganz
fungus, i *m* Pilz
funis, is *m* Seil
fur, furis *m* Gauner
furari, -or, -atus sum stehlen
furere ausrasten, wild werden
furibundus, a, um stinkwütend
furiosus, a, um wütend, glühend
furnaria, ae *f* Backstube
furnus, i *m* Backofen
furtim unauffällig
fuscus, a, um dunkelbraun, schwärzlich

gallopavus, i *m* Truthahn
gasum, i *n* Gas
gelidus, a, um eiskalt
gelu concrescere festfrieren
gemere stöhnen
gemitus (oppressus) (mattes) Stöhnen
gemma, ae *f* Juwel
gena, ae *f* Wange
geneticus, a, um genetisch
genitus, a, um entstanden
genoma, atis *n* Gen
genu, us *n* Knie
gestus, ūs *m* Geste
glacies, glaciei *f* Eis
glans, glandis *f* Kugel
glandibus invius kugelsicher
globus, i *m* Kugel, Ball
globus ignivomus terrestris / incendiarius / sclopeti Landmine/ Bombe/(Gewehr-)Kugel
gradi, -ior, gressus sum kommen
gradus caloris Temperatur
gramen, inis *n* Gras
grandiloquus gekünstelt
grando, inis *f* Hagel
granis purgare entkernen
graphites, is *m* Grafit
gratuitus, a, um Gratis-
gratulari jemanden beglückwünschen
gregatim in Gruppen
gremium, i *n* Schoß
grex, gregis *m* Team, Gruppe
grex lanistarum Vorbereitungsteam
gubernatores, um *m* Regierung
gurges, itis *m* Loch
gustare essen
guttur, uris *n* Kehle

habilis, e geschickt
habilitas, atis *f* Geschicklichkeit
habitus, ūs *m* Kostüm, Zustand
haesitare cunctatione/lingua Vorbehalte haben / stottern
haesitatio, onis *f* Zögern
hama, ae *f* Kübel
hamum, i *n* Haken
hasta, ae *f* Speer
hastile, is *n* Schaft
haudquaquam bestimmt nicht
haurire schöpfen
haurire spiritu einatmen
haustus, ūs *m* Schluck, Schlucken
hebdomas, adis *f* Woche
hedera, ae *f* Liane
herbae inertes Unkraut
hercle verdammt
heros (tragicus) (tragischer) Held, Legende
heus! hey!
hiare klaffen, offenstehen
hiatus, ūs *m* Öffnung

hilaris, e hell, gut gelaunt
hologramma, atis *n* Holo(gramm) (ein Gerät, mit dessen Hilfe man Hindernisse und Gefahren finden kann)
holus, holeris *n* Gemüse
horologium (parvum) (Taschen-)Uhr
horrendus, i *m* Grusling
horreum, i *n* Kornspeicher
hui och
hymnus (nationis) (National-)Hymne

iactare etwas schwingen, schwenken
iactus, ūs *m* Werfen, Schuss
iaculari schießen
iaculatio pyrobolorum Bombenangriff
iaculum, i *n* Speer
iam pridem schon längst
icere, icio, ici, ictum treffen
ictus, ūs *m* Einstich, Wurf, Schuss
ictus electricus Stromschlag
identidem immer wieder
ideo damit
iecur, oris *n* Leber
ieiunus, a, um nüchtern, trocken, fade
ientaculum, i *n* Frühstück
ignavus, i *m* / ignava, ae *f* Schwächling
ignitabulum, i *n* Feueranzünder
ilico sofort
illecebra, ae *f* Verlockung, Anziehungskraft
illecebrosus, a, um verführerisch
illepidus, a, um trist
illicere locken
illidere an etwas/jemanden stoßen
illucere auf etwas leuchten
illucescere aufleuchten
illudere verspotten
illuminare hineinleuchten, erleuchten
illustrare leuchten
imaginari sich denken/vorstellen
imber, imbris *m* Regen
immanis, e wahnsinnig, riesig, total, unglaublich
immensus, a, um gewaltig, riesig
immergere eintauchen/-tunken
immolare opfern
immundus, a, um unsauber
imo ex pectore inständig, von Herzen
impedimenta, orum *n* Gepäck
impeditus, a, um verkrampft
impenetrabilis, e undurchdringlich
impervius aquae wasserdicht
impetus atomicus Nuklearangriff
impiger, gra, grum unverdrossen
impilia, ium *n* Socken
implere füllen
implicare einwickeln, herumhüllen, ineinander verschränken
implorare flehen
importunitas, atis *f* Schererei
impressio, onis *f* Aufnahme
improvisus, a, um aus heiterem Himmel, überraschend
impunitas, atis *f* Straffreiheit
imus, a, um untere(r/s)
inanimus, a, um leblos
incisura, ae *f* Schnitt
incitare in Gang bringen

(obliquum) inclinare etwas (schräg) legen, neigen
incohare anfangen
incola, ae *m f* Bewohner
incredulitas, atis *f* Unglauben
incredulus, a, um ungläubig
incubus, i *m* Albtraum
incurvare krümmen
index, icis *m f* Spitzel, Zeiger, Zeigefinger, Liste
index ciborum Speisekarte
inducere anziehen, anlegen, aufsetzen
induere, -duo, -dui, -dutum anziehen, tragen, aufsetzen, verpacken; *passiv:* bekleidet sein mit
indulgere nachgeben
industria, ae *f* Industrie
indutiae, arum *f* Waffenruhe
indutorium, i *n* Overall
inedia, ae *f* Hungern
inepta, orum *n* Quatsch
inepte offendere anpöbeln
ineptiae, arum *f* Versagen
inermis, e unbewaffnet, schutzlos, verletzlich
infarcire hineinstopfen
infeste intueri böse Blicke zuwerfen
infirmitati concedere nachgeben
infligere zufügen, etwas beibringen
influentia, ae *f* Grippe
infringi abbröckeln
ingemere/ingemiscere seufzen
in glacie ligari festfrieren
ingruere hereinbrechen
inguen, inis *n* Leiste
inhibēre kontrollieren, etwas stillen, hindern
initium ludorum Eröffnungsfeier
inniti, -nitor, -nixus sum hinaufsteigen, erklimmen, sich gegen etwas lehnen
innumerus, a, um / innumerabilis, e endlos, unzählig, zahllos
inopinans, ntis nichts ahnend, unwillkürlich
inopinatus, a, um überraschend
inops, inopis hilflos
in orbem agitare herumwirbeln
inquinare beschmutzen
inquinatio, onis *f* Sauerei
in scaenam redigi über die Bühne gehen
insectum, i *n* Insekt
inserere etwas anstecken, hineingreifen, einblenden, einlegen
insigne, is *n* Hinweisschild, Wappen, Symbol
insilire auf etwas / in etwas hineinspringen/-hüpfen
inspicere kontrollieren
instigare hetzen
instillare träufeln
institutum publicum Gemeindeheim
instrumenta auricularia / primi succursus Kopfhörer/Erste-Hilfe-Set
instrumentum, i *n* Gerät, Gegenstand
instrumentum captans / exiguum ausculatorium / investigans Greifer/Wanze/Aufspürer
insuere, -suo, -sui, -sutum einnähen, füttern
insuper darüber, außerdem, noch mehr

insuperabilis, e unerreichbar
insusurrare (zu)flüstern
intercipere abfangen
interdum manchmal
interitus, ūs *m* Vernichtung
intermissio, onis *f* Stopp
interrogatio, onis *f* Interview
interrogator, oris *m* Interviewer
interula, ae *f* Unterwäsche
intestina, orum *n* Innereien
intexere weben, einflechten
intra iactum teli in Schussweite
introitus, ūs *m* Flur
intus innerlich
in umbras debilitare zum Schatten (seiner selbst) werden
in ungues erigere sich auf Zehenspitzen stellen
inusitatus, a, um ungewöhnlich
investigare untersuchen
invicem wechsel-/gegenseitig, im Gegenzug
involucrum, i *n* Umschlag, Verband, Verpackung
involucrum epistulare (inveteratum) (vergilbter) Briefumschlag
involutus, a, um wellig, aufgerollt, eingehüllt, zusammengekauert
iocari/ioculari Gags/Witze machen
iocosus, a, um lustig
iocus, i *m* Scherz, Gag
iodum, i *n* Iod
irasci jemandem böse sein
irrepere, -repo, -repsi, -reptum hindurchschlüpfen
irreverenter rüpelhaft
iubilaeum iubilationis Jubel-Jubiläum
iugulare den Hals umdrehen
iugulum, i *n* Kehle
iunior, ius jünger
iussum separatim Sonderbefehl
iuxta neben(einander)

labefacere zum Schwanken bringen; *passiv:* wacklig sein
laboratorium, i *n* Labor
labrum, i *n* Lippe
lacer, era, erum zerfetzt
lacerare zerfetzen
lacertilia, ae *f* Echse
lacessere, -o, -ivi, -itum aliquem sich mit jemandem anlegen, jemanden reizen/herausfordern
lacinia, ae *f* Streifen
lacrimare weinen
lacuna paludis Schlammpfütze
laevus, a, um links
lagoena, ae *f* Flasche
lamina, ae *f* Platte, Klinge
lamina plastica unius metri quadrati Plastikplane, ein mal ein Meter groß
lanista, ae *m* Vorbereiter, Trainer
lanius, i *m* Metzger
lanterna portabilis Taschenlampe
lapideus, a, um Stein-
lapis pavimentalis Pflasterstein
laquear, aris *n* Decke
laqueus, i *m* Schlinge, Falle
largitor, oris *m* Spender
larynx, yngis *m* Kehlkopf
lassus, a, um schlaff
latebrae, arum *f* Versteck
lavacrum mammatum Dusche
lavatione pluvia lavari duschen
laxare lockern

lectica, ae *f* Trage
lectulus, i *m* Sofa
legitimus, a, um offiziell
leniter strepere rascheln
lepidus, a, um hübsch
letifer, a, um tödlich
libellus spectaculi Programm
ad libitum wie gewollt
librari ᐅ ponderibus librari
libum, i *n* Kuchen
ligamentum (pressum) (Druck-)Verband
ligare binden
ligneus, a, um hölzern, Holz-
lignum, i *n* Holz
ligula, ae *f* Löffel
limus, i *m* Schlamm
linea, ae *f* Linie, Streifen
lineae, arum *f* Muster
lineamentum, i *n* Muster, Kontur
linere, lino, livi, litum schmieren
lingula, ae *f* Zünglein
linteamen, inis *n* Wäsche
linteum, i *n* Leinen
linum, i *n* Leinen
liquamen, inis *n* Soße
liquefacere, -facio, -feci, -factum schmelzen
liquor, oris *m* Flüssigkeit
litigare sich in die Haare kriegen
livor, oris *m* Bluterguss
loca deserta Wildnis
loculamentum, i *n* Regal
locuples, etis wohlhabend
longaevitas, atis *f* Langlebigkeit
longinquus, a, um fern
lorica, ae *f* Panzer
lubricus, a, um glitschig, leicht verrutschend
lucerna, ae *f* Lampe
lucernula, ae *f* Lämpchen
lucidus, a, um leuchtend hell, glänzend
luctari kämpfen
luculentus, a, um besonders, bedeutend
lucus, i *m* Lichtung
ludibrium, i *m* Streich
ludorum magister/magistra Spielmacher/Spielmacherin
(poenam) luere etwas büßen
lumen intermittens Blinklicht
lumina retro flectere sich umschauen
luridus, a, um fahl
lustrare mustern
luteus, a, um schlammgelb
lutosus, a, um matschig
lutum, i *n* Schlacke, Lehm
luxare verstauchen
lux sublustris Dämmerlicht
lycopersicum, i *n* Tomate
lymphaticus, a, um panisch

macer, macra, macrum mager, dürr
maceratus, a, um eingefallen, abgemagert
machina cinematographica/investigandi Kamera/Aufspürgerät
machinalis, e mechanisch
macies, ei *f* Magerkeit
macula, ae *f* Fleck, Farbklecks
macula sanguinea Bluterguss
madefacere, -facio, -feci, -factum durchweichen
madere nass sein
madescere nass werden
madidus, a, um durchnässt

maenianum, i *n* Balkon
maeror, oris *m* Trauer
maestus, a, um bedrückt
magistratum inire ein Amt antreten
magistratus, ūs *m* Beamter
malevolenter schadenfroh
malleus, i *m* Hammer
malum, i *n* Apfel
malum persicum Pfirsich
malus, i *m* Mast
manare fließen, rinnen
mancus, a, um verkrüppelt
mandere kauen
manducare kauen, essen
mane morgens, am Morgen
manedum! warte!
manica, ae *f* Ärmel, Handschuh
maniculus, i *m* Handvoll
manifestus, a, um offensichtlich, klar und deutlich
mantele, is *n* Handtuch
manubrium, i *n* Stiel, Griff
mappa, ae *f* Serviette
margarita, ae *f* Perle
margo, inis *f* Ende, Rand
martyr, yris, *Akk.* martyra *m f* Märtyrer, Märtyrerin
mas/masculinus männlich
massa, ae *f* Klumpen
materia displosiva/plastica Sprengstoff/Plastik
matertera, ae *f* Tante
matrona, ae *f* Dame
matutinus, a, um morgendlich
meatūs spirandi Atemwege
mederi heilen
medicamen, inis *f* Medikament
medicamen faciei Make-up
medulla spinalis Rückenmark
mehercle! Hey!
mel, is *n* Honig
membrum compulsum Prellung
memorabilis, e markant, historisch, legendär
memorare in Erinnerung rufen
mendacium, i *n* Lüge
mendicare betteln
mensa culcita strata / dapifera / scriptoria gepolsterter Tisch / Bankett / Schreibtisch
mensula nocturna Nachttisch
menta piperata Pfefferminze
mente capi den Verstand verlieren
mentio, onis *f* Erwähnung
mentum, i *n* Kinn
mephitis, is *f* Stinktier
mercatus (vetitus) (Schwarz-)Markt
mergere tauchen, ertränken; *passiv:* versickern, versinken
merus, a, um völlig, rein
merx, mercis *f* Ware
messis, is *f* Ernte
metallicus, a, um Metall-
metallum, i *n* Metall
metere ernten
metrum (quadratum) (Quadrat-)Meter
metum artificiose provocare Angstkonditionierung betreiben
micare zucken, flackern
microphonum cum instrumentis auditoriis coniunctum Headset
migrare pendeln, wandern, umziehen
miles medicus Sanitäter
milia, ium *n* Meile
milies tausendmal

minae, arum *f* Drohungen
minari (an)drohen
minax, acis furchteinflößend
minister, tri *m* / ministra, ae *f* Kellner/Kellnerin
ministrare beliefern, jemandem etwas reichen
minuta, ae *f* Minute
minutim consecare in Scheiben schneiden
misericordia, ae *f* Gnadenakt
mitis, e sanft
mitra, ae *f* Haube
mixtura, ae *f* Mischung
moderator, oris *m* Moderator
modi, orum *m* Melodie
modicus, a, um karg, mittelmäßig
modulatus, a, um melodisch
moles, is *f* Stück, Haufen, Masse
momento/-i esse von Bedeutung sein, wertvoll sein
monstrosus, a, um abstoßend
monstrum, i *n* Ungetüm
moram facere eine Pause machen
moratus, i *m* Nachzügler
mordere beißen
moribundus, a, um an der Schwelle zum Tod stehend
morositas, atis *f* Mürrischsein
morosus, a, um mürrisch
morsus, ūs *m* Biss
mortem obire / sibi consciscere ums Leben kommen / Selbstmord begehen
mortiferus, a, um tödlich
motio tardata Zeitlupe
mugire brüllen
mugitus, ūs *m* Gejaule
mulcēre streicheln
mundus, a, um sauber
munificus, i *m* Sponsor
murmurare murmeln
mus (rusticus) (Feld-)Maus
musca, ae *f* Fliege
musculus, i *m* Muskel
muscus, i *m* Moos
musica, ae *f* Musik
mutata forma Mutation
mutilare verstümmeln
mutus, a, um stumm, wortlos, unhörbar
mutuum sumere ausleihen
mutuus, a, um gegenseitig

naribus scrutari beschnüffeln
narratiuncula, ae *f* Anekdote
nasus, i *m* Nase, Schnauze
natare schwimmen
natator, oris *m* Schwimmer
naufragium facere versagen
nausea, ae *f* Übelkeit
nauseare übel sein
navicula, ae *f* Boot
nebula, ae *f* Nebel
necopinans, ntis überrascht
necropolis, is *f* Friedhof
nectere, necto, nexi, nexum flechten, knüpfen
nempe freilich, schließlich, wohl
nepos, otis *m* Neffe
neptis, is *f* Enkelin
nequaquam keineswegs/-falls
nequire nicht können
nervus, i *m* Sehne, Nerv
nescioquamdiu wer weiß wie lange
nescius, a, um nicht wissend

nex, necis *f* Mord, Tötung
nexus, ūs *m* Verbindung
nictare blinzeln
nidor, oris *m* Dampf
nidus, i *m* Nest
nihilominus trotzdem
nihil/non refert es ist egal / es ist nicht die Frage
nimirum natürlich, garantiert
nitere funkeln
nodare verknoten
nodosus, a, um verknotet
nodus, i *m* Knoten, Zopf
nomen ioculare Spitzname
nomisma, atis *n* Medaille
nota, ae *f* Eintrag
nubes, is *f* Wolke
nubilus, a, um trüb
nucleus, i *m* Kern
nugae, arum *f* Kleinigkeiten, Belangloses
nunciam jetzt gleich
nuncupare jemanden küren
nuptiae, arum *f* Hochzeit
nusquam nirgendwo
nutrire (er)nähren
nutrimentum, i *n* Nahrungsmittel
nutus, ūs *m* Nicken, Winken
nux, nucis *f* Nuss
nympha, ae *f* Elfe

obdormiscere, -dormisco, -dormivi einschlafen
obesus, a, um dick
obicere zuschlagen
obiter nebenbei, beiläufig
obligare verbinden
oblinere, -lino, -levi, -litum beschmieren
obliquus, a, um krumm, schräg, seitlich
oblivio, onis *f* Vergessen
obmutescere, -mutesco, -mutui verstummen
obrepere anschleichen
obruere überhäufen/-schütten/-wältigen
obscurare verdunkeln, in den Schatten stellen; *passiv:* verschwimmen, düster werden, sich verdüstern
obsecrare bitten
obserare abriegeln
obserere, -sero, -sevi, -situm bedecken
obstrepere übertönen
obtorpescere, -torpio, -torpui in Starre fallen
obtusus, a, um dumpf
obtutus, ūs *m* Blick
obumbrare vernebeln
obversus/obvius entgegen
obviam gegenüber
occaecare blenden
occulcare feststampfen
occulere geheim halten, überdecken, verstecken; *reflexiv:* Deckung suchen
octava, ae *f* Oktave
oculos/oculis defigere (in) etwas (an)starren, Blickkontakt herstellen mit jemandem, die Augen auf etwas richten
odorari beschnüffeln, an etwas schnuppern
odoribus imbutus parfümiert
oecus, i *m* Raum
offa, ae *f* Bissen

offendere gegen etwas stoßen
officina electrica/textilium Elektrizitätswerk/Textilfabrik
officiosus, i *m* Funktionär
oleo litus geschmiert
oleum, i *n* Öl
oliva, ae *f* Olive
olla, ae *f* Topf
olus, oleris *n* Gemüse
onerare überhäufen
opera diurnalis Schicht
operari, -peror, -pertus sum arbeiten
operculum, i *n* Deckel
opertorium, i *n* Decke
opossum, i *n* Opossum
opperiri, -perior, -pertus sum erwarten, abwarten
opprobrium, i *n* Vorwurf
ops, opis *f* Hilfe
optio, onis *f* (Aus-)Wahl, Wahlmöglichkeit
opulentus, a, um wohlhabend, üppig
orbare berauben
orbis icendi Zielscheibe
orbita, ae *f* Augenhöhle
orbitae binae Gleis
orbus, a, um frei von etwas, ohne
orichalcum, i *n* Messing
ornator, oris *m* / ornatrix, icis *f* Stylist/Stylistin
ornatus scholaris Schuluniform
oscula iacere Küsschen zuwerfen
osculari küssen
osculum, i *n* Kuss
ovare jubeln
oxygenium, i *n* Sauerstoff
pacisci einigen
pactio, onis *f* Deal
paenitentia, ae *f* Reue
paenitet etwas reut jemanden / tut jemandem leid
pagina, ae *f* Seite
pala, ae *f* Schaufel
palaestra, ae *f* Trainingscenter
palatium, i *n* Palast
palatum, i *n* Mund(raum), Gaumen
palla, ae *f* Jacke, Kleid
pallescere blass werden
pallidus, a, um blass
pallium, i *n* Jacke, Mantel
palma, ae *f* Handteller, Handfläche
palpebra, ae *f* Augenlid
palpitare pochen
palpitatio, onis *f* Klopfen
palus, i *m* Pranger
paluster, tris, tre matschig
pampinus, i *m* Ranke
panariolum, i *n* Brotkörbchen
panarium, i *n* Brotkorb
pandere sich ausbreiten / breitmachen
panicellus, i *m* Brötchen
paniculum, i *n* Korb
paniculus, i *m* Brot
panis secundarius grobes Brot
panniculus, i *m* Fetzen
pannus, i *m* Stück Stoff
pannus collaris/insutus Schal/Futter
papilio, onis *m* Schmetterling
papyraceus, a, um Papier-
paraffinum, i *n* Paraffin
parasitus, i *m* Parasit
par, paris *n* Paar, Team
paries, etis *m* Wand

par pari referre heimzahlen
partes agere eine Rolle spielen
particula, ae *f* Stückchen
parumper eine Weile
passer imitator Spottdrossel
pascuus, a, um Weide-
pastellus, a, um Pastell-
pastilli tubulati Nudeln
pastillum, i *n* Brötchen
patera, ae *f* Schale
patibulum, i *n* Galgen
patina, ae *f* Schüssel
pauculum ein Anflug/Hauch von etwas, ein wenig
paulatim allmählich, langsam
paulisper einen Moment lang
paxillus, i *m* Pflock
pecora admissaria Zuchtvieh
pectere bürsten
pectorale (glandibus invium) (kugelsichere) Weste
peculiaris, e besonders
pedeplana, orum *n* Erdgeschoss
pedes supplodere stampfen/stapfen
pegma, atis *n* Gestell
pegma scansorium Aufzug
pellicere in Versuchung führen
pellis, is *f* Leder, Pelz
penetrare durchdringen
penicillum, i *n* Pinsel
penna, ae *f* Flügel
pensum, i *n* Hausaufgabe
pera, ae *f* Tasche, Rucksack
percellere, -cello, -culi, -culsum durchbohren
percontari nachsehen, in Erfahrung bringen
percutere, -cutio, -cussi, -cussum erwischen, erledigen, schlagen
perduellio, onis *f* Hochverrat
perennis, e ewig
perfodire auf etwas einstechen
perforare Löcher machen, bohren
perfringere durchbrechen
perfungi, -fungor, -functus sum überstehen
periclitari in Gefahr sein
periclymenum, i *n* Geißblatt
peripleumonia, ae *f* Lungenentzündung
perlucidus, a, um transparent
permeare sich winden
permulcens crines leves reddere / capillos post aures reponere Haare glattstreichen / hinter die Ohren streichen
permulcere dolores animumque Schmerzen und Stimmung regulieren
permulcere streichen
pernoctare übernachten
peroratio, onis *f* letzte Worte
perpeti vultu iucundo res iniucundissimas gute Miene zum bösen Spiel machen
perscrutari ab-/durchsuchen
perseveranter aus Prinzip
perseverare auf etwas beharren/bestehen, durchhalten, sich durchschlagen
persicum (malum) Pfirsich
personatus, i *m* ein Maskierter
perspicillum, i *n* Brille
perspicuus, a, um durchsichtig
pertica athletica Klimmzugstange

pervagari umherstreifen, durch etwas gehen
perviolaceus, a, um tiefviolett
pervius, a, um begehbar, zugänglich
pes posterior/prior Hinter-/Vorderlauf
pestifer, fera, ferum Gift-
pestilentia variolica Pockenepidemie
petiolus, i *m* Stiel
pharetra, ae *f* Köcher
pharmacopola, ae *m* Apotheker
pharmacopolium, i *n* Apotheke
piceus, a, um pechschwarz
pictura photographica Foto
pigere es leid sein; verärgern
pila, ae *f* Ball
pilleus, i *m* Mütze, Kopfbedeckung
pineus, a, um Kiefern-
pinguis, e dick
pinna, ae *f* Feder, Flosse
pinus, ūs *f* Kiefer
pipiare piepsen
piscari fischen, angeln
piscatorius, a, um Fischer-
piscatus, ūs *m* Fischerei
piscina, ae *f* Schwimmbecken
pistor, oris *m* / pistrix, icis *f* Bäcker/Bäckerin
pistrina, ae *f* Bäckerei
pisum, i *n* Erbse
placare beschwichtigen
planities, ei *f* Ebene
planta (esculenta et salutaris / ligans / serpens / silvana) (Ess- und Arznei- / Kletter- / Kriech- / Wald-)Pflanze
planta silvana Pflanze aus dem Wald
plaudere, -o, -si, -sum applaudieren, bejubeln, schlagen
pluere herabregnen
plumbago, inis *f* Grafit
plumbum, i *n* Blei
plumosus, a, um flauschig
pluteus, i *m* Brüstung
pluvia, ae *f* Regen
pocillum, i *n* Tasse
poculum, i *n* Becher
polire glatt streichen, polieren
pollex, icis *m* Daumen
pompa, ae *f* Parade
pomum, i *n* Obst
pondera levare Gewichtheben
ponderibus librari sein Gleichgewicht halten
pondo pendere wiegen
pone hinter
porcellana, ae *f* Porzellan
porcellaneus, a, um aus Porzellan
porcus, i *m* Schwein
porcus lactens Spanferkel
porrigere (aus-/vor-/entgegen-) strecken
porro nach vorn, weiter
porta principalis Haupteingang
postridie am nächsten Tag
potio theana Tee
potissimum ausgerechnet, erst recht, gerade, spätestens, überhaupt
potus, ūs *m* Drink
praeceptor, oris *m* Mentor, Lehrer
praecidere, -cido, -cidi, -cisum zuschneiden
praecipuus, a, um besonders, exzellent
praeco, onis *m* Sprachrohr

praedicare sich über etwas auslassen, anpreisen
praeditus, a, um ausgestattet
praedium bovum educandorum Rinderfarm
praedo ferarum Wilderer
praegnans, ntis schwanger
prae se ferre sich (nach außen hin) geben/zeigen
praesertim besonders
praeses, idis *m/f* Präsident/Präsidentin
praesidium, i *n* Deckung, Barriere
praestantia, ae *f* Überlegenheit
praesto esse zur Verfügung stehen
praetextum, i *n* Vorwand
praetor, oris *m* Bürgermeister
praetorium, i *n* Hauptquartier, Kommandozentrale
prandēre zu Mittag essen
prandium, i *n* Mittagessen
pratum, i *n* Rasen
pravus, a, um schlecht, pervers
pressus aquae Wasserdruck
pridem (millenniis) vor (Tausenden von Jahren)
pristinus, a, um alt
probatio ultima Generalprobe
proceritas, atis *f* Größe
procerus, a, um stattlich
procumbere sinken, sich hinlegen
proditrix, icis *f* Verräterin
proficere etwas ausrichten, etwas nützen
profugus, i *m* Flüchtling
progenetrix, icis *f* Stammmutter
promere hervorholen/-nehmen
prominere hervorragen/-springen, sich erheben
pronus, a, um auf dem Bauch
prooemium musicum Eröffnungsmusik
propellere pumpen
pro re parce notdürftig
prorsus vorwärts, nach vorn
prosilire auf-/hervorspringen, herausschießen
proterva puella Göre
provocatio, onis *f* Herausforderung
prunum (torrefactum) (Back-)Pflaume
prurigo, inis *f* Jucken
puella delicata Sexbombe
pugilator, oris *m* Boxer
pugnus, i *m* Faust
pulex, icis *m* Floh
pullus, i *m* Junges, Tierbaby
pulmo, onis *m* Lunge
pulsare schlagen, ticken, klopfen, stoßen, tippen, hämmern
pulsus, ūs *m* Schlag
pulsus venarum Puls
pulvere odorato ungui pudern
pulvinar, aris *n* / pulvinus, i *m* Kissen, Polster
pulvis, eris *m* Staub
puma, ae *f* Puma
punctim detergere abtupfen
pungere, -o, pupugi, punctum stecken, stechen
pupa, ae *f* Puppe
pupilla, ae *f* Pupille
purgamenta scrutari im Müll wühlen
purgare säubern, von etwas befreien
purpureus, a, um lila
pusillus, a, um klein
pustula incendialis Brandblase

puteus, i *m* Schacht
putidus, a, um faulig, Fäulnis-
pyrobolum (ignivomum) (Brand-)Bombe
pyxis, idis *f* Dose

quadra, ae *f* Scheibe
quadratum, i *n* Viereck
quadrum visificum Bildschirm
quaeso! bitte!
quantulum wie wenig
quassare schütteln
quatere schütteln, erschüttern
quax quak
qualislibet wie auch immer beschaffen, jede Art von etwas
querela, ae *f* Klage
quilibet, quaelibet, quodlibet jeder/jede/jedes Beliebige
quippini? wieso nicht?, nicht wahr?
quispiam irgendjemand/-etwas
quisse *Inf. Pf.* können
quivis, quaevis, quodvis jeder/jede/jedes (Beliebige)
quoad so weit
quodammodo in gewissem Maß
quotannis jedes Jahr

rabidus, a, um tollwütig
radiare strahlen
radius, i *m* Speiche, Strahl
radix, icis *f* Wurzel
ramenta ligni Sägespäne
ramentum flammiferum Streichholz
ramum, i *n* Ast, Zweig
rapido cursu in vollem Lauf
raptim hektisch
rasura, ae *f* Kratzer
ratio, onis *f* Plan, Strategie
ratio rei publicae (politisches) System
rattus, i *m* Ratte
raucus, a, um dröhnend, kratzig, schrill
rebellio, onis *f* Rebellion
rebellis, is *m f* Rebell/Rebellin
recentissima scientia machinalis Hightech
receptaculum, i *n* Behälter
reclinare sich anlehnen, zurücklehnen
recognoscere prüfen, untersuchen
redigere zurückbringen
redimiculum, i *n* Band
redintegrare wieder in Ordnung bringen
refellere das Gegenteil beweisen
refercire, -fercio, -fersi, -fertum (voll)stopfen, füllen
reflexus, ūs *m* Reflex
refrenare kontrollieren
refrigerare abkühlen
regredi, -gredior, -gressus sum zurücktreten
relator, oris *m* Reporter
religare zurückbinden
remigare rudern, paddeln
reminisci sich erinnern, an etwas denken
remissus, a erleichtert
renidere lächeln, grinsen
renovare auffrischen; *passiv:* sich neu erfinden
renuere den Kopf schütteln
renuntiare abblasen, zurücknehmen
repagula, orum *n* Riegel
repercussus, ūs *m* Widerschein

repercutere, -cutio, -cussi, -cussum abprallen, spiegeln
repere kriechen, krabbeln, schleichen
replere füllen
replicatura, ae *f* Revers
repositorium, i *n* Tablett
repraesentare vorspielen
reptare krabbeln
reptile, is *n* Reptil
repudiare mit Nein stimmen
reputare denken
res domesticas meditari die Haushaltsplanung machen
res memoriales Andenken
resorbere aufsaugen
respirare atmen, Luft holen
restinguere (er)löschen
rete, is *n* Netz
retinaculum, i *n* Schraubstock
retro/retrorsus rückwärts
retro tractus et contentus straff nach hinten gezogen
reverens, ntis ehrerbietig
reviviscere sich weiterentwickeln, wiederaufleben
ridiculus, a, um komisch, lächerlich
rigidus, a, um steif
rigor, oris *m* Starre
rima, ae *f* Spalte, Riss
ringi fletschen, grinsen
risus, ūs *m* Grinsen, Lächeln, Lachen
ritu triumphantis triumphierend
robigine contrahi einrosten
robustus, a, um stark, kräftig
rodere, rodo, rosi, rosum (ab)kauen, nagen, knabbern
rosa, ae *f* Rose
roseus, a, um rosa
rostrum, i *n* Schnabel
rota, ae *f* Rad
rotundus, a, um rund
rubidus, a, um dunkelrot
rubrus, a, um rot
rubus, i *m* Brombeere
rudens, ntis *m* Seil
rudis, e roh
rudus, eris *n* Schutt
ruere stürzen, losrennen
ruga, ae *f* Falte
rupes, is *f* Fels

saccharinus, a, um Zucker-
saccharum, i *n* Zucker, Glasur
sacculus, i *m* Tasche, Beutel
saccus arenae/dormitorius/linteus Sand-/Schlaf-/Leinensack
sadisticus, a, um sadistisch
saepes, is *f* Zaun, Gehege
saepire einpferchen
saeptum, i *n* Hindernis, Pferch
sagitta, ae *f* Pfeil
salire springen
saliva, ae *f* Speichel
saliva in ore cietur das Wasser läuft im Mund zusammen
salivam edere / graviter haurire geifern / schwer schlucken
salix, icis *f* Weide (Baum)
salsus, a, um Salz-
saltem zumindest, wenigstens, jedenfalls
saltu cernuare einen Purzelbaum schlagen
saltus praeceps Kopfsprung
sancire festlegen, vorschreiben
sane quidem na gut

sanguineus, a, um / sanguinolentus, a, um blutig
sanitas, atis *f* Besinnung
sapere schmecken
sapo, onis *m* Seife
saponatum capillarium Shampoo
sapor, oris *m* Geschmack
sarcinula, ae *f* Bündel
satura, ae *f* Eintopf
scabere, scabo, scabi schrubben, kratzen
scaena, ae *f* Bühne
scalae, arum *f* Treppe, Leiter
scamnum, i *n* Podest
scapha aeria/Hoveriana Luftfähre/Hovercraft
scarabaeus, i *m* Käfer
scintilla, ae *f* Funke
sciscitare erfahren wollen
scissura, ae *f* Schlitz
scissus, a, um geschnitten, aufgesprungen
sciurus, i *m* Eichhörnchen
sclopetere erschießen
sclopetum, i *n* Gewehr
scobis, is *f* Sägemehl, Sägespäne
scopae virgeae Reisigbesen
scopulus, i *m* Fels
scopus, i *m* Ziel(scheibe)
scorteus, a, um Leder-
screare sich räuspern
scriblita, ae *f* Torte
scrutari s. naribus scrutari
sculpere, sculpo, sculpsi, sculptum schnitzen
scurra, ae *m* Entertainer
secare schneiden, operieren
sectio, onis *f* Operation
sectura transversa Profil
secunda, ae *f* Sekunde
securis, is *f* Axt
sedare beruhigen
sedes communicandi Kommunikationszentrum
seditio, onis *f* Rebellion, Aufstand
seditiosus, i *m* Rebell
sella (rotalis) (Roll-)Stuhl
semel einmal
semiapertus, a, um halb geschlossen, angelehnt
semita, ae *f* Pfad
semitectus, a, um halb verdeckt
sensim langsam, aber sicher; allmählich
separare abtrennen, -schneiden
sericus, a, um / sericatus, a, um seidig, aus Seide
series, ei *f* Abfolge
sermo Capitolinus Kapitolakzent
serpens, ntis *m f* Schlange
serpere kriechen
serra, ae *f* Säge
serratorius, a, um Säge-
seta, ae *f* Seide
sibilare fauchen, pfeifen
sibilus, i *m* Zischen, Pfiff
siccare trocknen
siccitas, atis *f* Dürre
sidus, sideris *n* Stern
silva tropica Dschungel
simia, ae *f* Affe
simulacrum, i *n* Puppe, Gestalt
simulacrum icendum/monstrosum Zielpuppe/Halluzination
simus, a, um eingedrückt
sine ulla haesitatione ohne mit der Wimper zu zucken
singultare schluchzen

singultus, ūs *m* Schluchzer
sinuare wehen, wallen, flattern
siquidem jedenfalls wenn
sitire durstig sein, lechzen nach etwas
situla, ae *f* Eimer
situs, ūs *m* Schimmel
smaragdinus, a, um smaragd-
smaragdus, i *m* Smaragd
societas (clandestina/coniuratorum) (Untergrund-/Widerstands-)Organisation/Bewegung
sodalis, e befreundet
solacium, i *n* Trost
solea, ae *f* Sohle
solidus, a, um fest
solium balneare (Bade-)Wanne
sollemnis, e gewöhnlich, obligatorisch
sollertia usitata Professionalität
sollicitus, a, um nervös, besorgt
sopire, sopio, sopivi, sopitum betäuben
sorbere aufnehmen, einsaugen
sorbitio, onis *f* Suppe, Brühe
sordes, ium *f* Schmutz
sors, sortis *f* Los
sors tributa Tribut
sortiri gezogen werden, durch Los bestimmt werden
sortitio, onis *f* Auslosung
spargere, -o, sparsi, sparsum bestreuen, spritzen
spasmus, i *m* Krampf
spatiari flanieren
spatium praecipere Vorsprung haben
speciosus, a, um auffällig schön
spectaculum cinematographicum/primum/pyrotechnicum Propagandafilm, Propo / Premiere / Feuerwerk
speculum, i *n* Spiegel
spe deceptus enttäuscht
spelunca, ae *f* Höhle
spelunca praerupta Felsnische
spernere verschmähen, abtun
spiculum, i *n* Pfeil
spina, ae *f* Dorn
spinetum ferreum aculeatum Stacheldrahtrolle
splendēre glitzern, glänzen, strahlen, prangen
splendor, oris *m* Glanz
spongia, ae *f* Schwamm
sponsalia, orum *n* Verlobung
sponsio, onis *f* Wette
sponsus, i *m* Verlobter
spumare schäumen
squalor, oris *m* Dreck
stabilire etwas befestigen
stagnum, i *n* Tümpel
statio tramitum/valetudinaria Bahnhof/Krankenstation
statumen, inis *n* Ständer
statura (quadrata) (stämmige) Statur
sterilis, e unfruchtbar
sterilizatus, a, um steril
stillare träufeln
stipari sich drängen
stipes, itis *m* Stamm
stomachum facere alicui jemanden ärgern
storea (balneari) (Bade-)Matte
stragula, ae *f* Decke
stragulum, i *n* Teppich
stramentum, i *n* Stroh
strangulare würgen

stratum, i *n* Matratze, Schicht
strepere platschen, krachen, schnattern, tösen, lärmen
strepitus, ūs *m* Lärm
strictus, a, um streng
stridor, oris *m* Summen, Kreischen
stringere über etwas fahren/streichen, etwas ziehen/zücken/spannen/zuschnüren
stropha, ae *f* Strophe
stupere verblüfft/erstaunt sein
subauscultare mithören, belauschen
sublica, ae *f* Pfahl
submergere eintauchen
subruere untergraben, ins Wanken bringen
subsidere kauern
subsidiarius, a, um Ersatz-
subsistere stillhalten
subterraneus, a, um unterirdisch, Untergrund-
subtilis, e tief, bedeutungsvoll, ausgefeilt
subula, ae *f* Ahle
succursus primus Erste Hilfe
sucineus, a, um bernsteinfarben
sucus, i *m* Saft
sucus soporifer Droge
sudare schwitzen
sudis, is *f* Pfahl
sudor, oris *m* Schweiß
sufficere ausreichen
suffocare ersticken
suffocatio, onis *f* Würgegriff
suffragium, i *n* Stimme
suggestus, ūs *m* Tribüne, Plattform
sulida garrula/imitatrix Schnattertölpel/Spotttölpel
summissa voce leise
supellex, ectilis *f* Einrichtung
superbire stolz sein
superbulus, a, um leicht überheblich, etwas von oben herab
supercilium, i *n* Augenbraue
supereminēre über etwas ragen
superficies, ei *f* Oberfläche
superstes, stitis überlebend, verschont
suppeditare jemanden mit etwas versorgen
supplodere stapfen
sura, ae *f* Wade
surgere aufstehen
surripere klauen
sursum nach oben, hoch
suscitare auslösen, jemanden wecken
suspendere, -pendo, -pendi, -pensum hängen
suspensio, onis *f* Erhängen
suspensus, a, um gespannt, spannend
suspirare seufzen
susque deque hin und her
(vitam) sustentare (sein Leben) verbringen, am Leben halten
susurrare tuscheln, flüstern
susurrus, i *m* Summen, Gesäusel
syringa, ae *f* Spritze
syrma, atis *n* Schleppe

taberna dulciaria Süßwarengeschäft
tabescere verwesen
tabula instrumentaria/lignea Bedienfeld/Brett
tabulas percurrere die Liste durchgehen

tabulata, orum *n* Etage
tabulatum, i *n* Decke
tabulatum subterraneum
Untergeschoss
tacere, -eo, -ui schweigen
taciturnus, a, um schweigsam
taedium, i *n* Unzufriedenheit
taeter, tra, trum ekelerregend
talus, i *m* Knöchel
tantopere so sehr
taraxacum, i *n* Löwenzahn
tegmen, inis *n* Schutz
tegula, ae *f* Ziegel
tegumentum/teg(i)mentum,
i *n* Decke
televisio (publica) (Staats-)Fernsehen
televisorium, i *n* Fernsehgerät,
Fernseher
telo cito percutere wegpusten
temerarius, a, um unüberlegt
tempestas ignivomum Feuersturm
tempus, oris *n* Zeit; Schläfe
tempus postmeridianum
Nachmittag
tenebrae, arum *f* Dunkelheit
tenebrosus, a, um dunkel
tener, tenera, tenerum
zart, zärtlich
tentorium, i *n* Zelt
tepidus, a, um warm
terere scheuern
terminatio, onis *f* Begrenzung
terror caecus/lymphaticus Panik
tessera, ae *f* Spielball
tessera lapidea/sponsionis
Tessera-/Wettstein
testa, ae *f* Schale
texere, texo, texui, textum weben
textile, is *n* Stoff
textum, i *n* Stoff
thermocantharus, i *m* Thermoskanne
tholus, i *m* Kuppel
tibia, ae *f* Flöte
tinnitus, ūs *m* Geklingel
tintinnabulum, i *n* Klingel, Gong,
Glocke
tirocinium, i *n* Debüt
titillatio, onis *f* Kitzeln
titubare wanken, taumeln,
das Gleichgewicht verlieren
tonare dröhnen, donnern
tonsorius, a, um Rasier-
tormentum, i *n* Qual
tormentum ignivomum Kanone
torosus, a, um wulstig
torpefactus, a erstarrt
torpor, oris *m* Dumpfheit, Starre
torquere, -eo, torsi, tortum
(ver)drehen, winden; *passiv:*
gequält werden
torques, is *m* Halsband
torrefacere braten
torrēre, torreo, torrui, tostum
versengen, rösten
torta (panis) Laib (Brot)
tortura, ae *f* Folter
torvus, a, um grimmig, finster
tractare sich an etwas/jemandem
zu schaffen machen
tractus, ūs *m* Streifen
tragoedia, ae *f* Tragödie
trames, itis *m* Zug
transfodire, -fodio, -fodi, -fossum
niederstechen
transmissio televisifica repetita
Wiederholung im Fernsehen

tremere zittern, erschrocken sein, dröhnen
tremiscere anfangen zu zittern
tremor, oris *m* Zittern
triangulum, i *n* Dreieck
triclinium, i *n* Speisezimmer
tridens, entis *m* Dreizack
trucidare abschlachten
truncus, i *m* Rumpf, Stamm
tuba, ae *f* Röhre, Fanfare
tuba stentoria Sprachrohr
tuber, eris *n* Beule
tubus, i *m* Röhre, Rohr
tumidus, a, um aufgedunsen, angeschwollen
tumor, oris *m* Schwellung
tunica, ae *f* Hemd
tunica bracata/crispata/inferior/subucula Overall/Rüschenbluse/Rock/Hemd
tunicula, ae *f* Bluse, Hemd
turba, ae *f* Team
turma, ae *f* Schar
tussicula, ae *f* Hüsteln
tussire husten
tussis, is *f* Husten
tutela, ae *f* Schutz

ulcisci, ulciscor, ultus sum (sich) rächen
ulcus, eris *n* Quaddel
ulula, ae *f* Eule
ululare heulen
ululatus, ūs *m* Geheul
umbella descensoria Fallschirm
umectare benetzen
umerus, i *m* Schulter
umidus, a, um nass
undosus, a, um gewellt
unguentum, i *n* Öl
unguis, is *m* (Finger-)Nagel, Kralle, Klaue
unicus, a, um einzig(artig)
urere brennen
ursus, i *m* Bär
ursus (lotor) (Wasch-)Bär
usitatus, a, um normal, schlicht, vertraut, abgetragen, alltäglich
utcumque/utique wie auch immer, jedenfalls, unbedingt
utensilia cultus infantium Babysachen
uva, ae *f* Weintraube
uva passa Rosine

vacca, ae *f* Kuh
vacillare baumeln
vagari sich tummeln, umherziehen, wandern
vagire winseln
vagitus, ūs *m* Laut
valedicere Abschied nehmen
valetudinarium, i *n* Krankenhaus
valetudinarius, a, um Kranken-
valor, oris *m* Wert
vanescere verschwinden
variare abändern/-wechseln
varietas genetica genetische Vielfalt
vas, vasis *n* Gefäß, Behälter
vasa theana Teeservice
vastitas, atis *f* Wüste
vates, is *m f* Prophet
velamen, inis *n* Hülle, Schleier
velamentum, i *n* Kapuze
vellicare zwicken
vellutinus, a, um samt-
velum, i *n* Vorhang
vena, ae *f* Ader

venari jagen
venator, oris *m* Jäger
venatorius, a, um Jagd-
venenatus, a, um Gift-, giftig
veneno imbutus, a, um vergiftet
ventosus, a, um windig
ventriosus, a, um dickbäuchig
venustus, a, um schön
verberare schlagen
verisimilis, e wahrscheinlich
verisimillimus, a, um täuschend echt, höchstwahrscheinlich
vermiculus, i *m* Nudel
vermis, is *m* Wurm
versicolor, oris bunt
versutus, a, um durchtrieben
versutus animus Einfallsreichtum
vertex, icis *m* Wirbel
vertigo, inis *f* Schwindel
vertigine moveri herumwirbeln
vesci sich ernähren
vespa (venatica) (Jäger-)Wespe
vespertinus, a, um Abend-
vestibulum, i *n* Flur
vestimentum, i *n* Kleid
vestis nocturna/nuptialis Nachthemd/Brautkleid
vestitus, ūs *m* Kleidung, Kleid, Anzug
vestitus forensis/militaris/nuptialis Uniform/Kampfuniform/Hochzeitskleid
vetulus, a, um altbacken
(per)vetustus, a, um (sehr) alt
vexillum, i *n* Fahne, Flagge
via strata Straße
vibrare vibrieren, züngeln
vicarius, i *m* / vicaria, ae *f* Stellvertreter/Stellvertreterin
vices rependere heimzahlen
victima, ae *f* Ziel, Opfer
victrix, ricis siegreich
victus, -ūs *m* Lebensunterhalt, Auskommen, Lebensart
videlicet natürlich, anscheinend, offenbar
vincire zusammenbinden, fesseln
vindex, icis *mf* Rächer(in)
vindicta, ae *f* Rache
vinum conditum Punsch
violaceus, a, um lilafarben
vipera, ae *f* Viper
virga, ae *f* Stöckchen
virgis caedere auspeitschen
virgultum, i *n* Gebüsch, Unterholz
viridis, e grün
virus, i *n* Virus
visificum linteum/quadrum Leinwand/Bildschirm
visio, onis *f* Vision
visitare besuchen
vitreus, a, um Glas-, aus Glas
vividus, a, um lebhaft
vixdum kaum noch
voces dissonae Misstöne
vociferari rufen, schreien
vociferatio, onis *f* Kreischen
volitare (umher)flattern, herumwirbeln, schwirren
voluntarius, a, um freiwillig
vomitare würgen, kotzen
vomitus, ūs *m* Erbrechen
vulpes, is *f* Fuchs
vultus obliquus Profil

xerochromaticus, a, um pastellfarben